전남대학교 도서관 소장

〈위문강일기〉

전남대학교 도서관 소장 〈위문강일기〉

인 쇄 2023년 11월 27일
발 행 2023년 12월 2일

옮긴이 채윤미·조지형
발행인 김광석
발행처 전남대학교출판문화원

등 록 1981. 5. 21. 제53호
주 소 61186 광주광역시 북구 용봉로 77
전 화 (062) 530-0571~2 마케팅 530-0573
팩 스 (062) 530-0579
홈페이지 http://www.cnup.co.kr
이메일 cnup0571@hanmail.net

값 22,000원

ISBN 978-89-6849-999-9 (93800)

전남대학교 도서관 소장

위문강일기

채윤미 · 조지형 옮김

전남대학교출판문화원

새로운 연구 지평에 발을 내딛으며

전남대학교 지역문화교육연구센터가 호남지역의 문화유산에 대한 체계적이고 전문적인 연구라는 기치를 내걸고 활동을 시작한 지 올해로 15년이 되었다. 그동안은 대체로 지역의 민속 및 전통문화를 대상으로 한 연구과제의 수행에 집중하며 소기의 학문적 성과를 이루었다. 그러나 적지 않은 시간이 흐르면서 연구센터의 핵심 구성원인 연구진에 큰 변화가 생겼으며, 이로 인해 우리 연구센터에서는 학술 연구의 다변화를 모색하는 한편 다양한 지역문화 연구에 대한 요구에 지속적으로 부응하기 위해서라도 새로운 연구 지평을 개척하지 않을 수 없었다.

이에 따라 우리 연구센터에서는 이번에 새롭게 위원회를 꾸려 전남대학교 도서관 고문헌자료실에 소장된 한국학 관련 고전 자료 중에 학술적 가치가 높은 유일본, 희귀본, 선본(善本), 이본(異本) 자료들을 가려 뽑았으며, 이를 대상으로 향후 10년간 20여 권의 연구서를 순차적으로 발간하는 계획을 수립하고 본격적인 연구에 돌입하였다. 이제 그 두 번째 연구의 결과물로 채윤미, 조지형 교수가 역주하고 해제를 덧붙인 〈위문강일기〉를 책으로 내놓는다.

전남대학교 도서관 소장 〈위문강일기〉는 학계에 〈문성기〉로 소개된 계모형 가정소설의 이본이다. 본래 도서관 소장 자료 목록에 '위순강일긔(OC 3Q2 위57)'로 기재되어 있었으나, 본 작업을 통해 제목을 바로잡게 되었다. 〈위문강일기〉는 한글 필사본으로 한 면에 9~10行×12~15字로 필사되었으며 총 46장(91쪽) 분량이다. 이 작품만 필사되었고 필사기는 없다. 다만 표지에 '셰지계축 정월육일'로 표기되어 있는데, 계축년은 〈문성기〉 이본들의 필사 시기를 염두에 둔다면 1913년으로 추정된다.

〈위문강일기〉는 낙질본이지만 계모형 가정소설의 핵심 설정을 전부 갖추고 있다는 점에서 주목을 요한다. 특히 〈위문강일기〉는 첩인 계모가 본처로 지위가 상승하고 귀족 출신인 본처가 천첩으로 강등되면서, 계모와 전처소생의 갈등이 시작된다는 점에서 독특하다. 게다가 계모와 함께 가부장에 대한 비판에 심혈을 기울인다는 점도 여타 고소설에서 보기 어려운 설정이다. 이러한 설정은 계모 문제의 원인을 바라보는 이 작품의 시선을 드러낸다고 볼 수 있다. 이와 같은 점들로 미루어 〈위문강일기〉는 계모형 가정소설 연구를 진전시킬 만한 작품이자 이본으로서 특별한 가치를 지닌다.

하지만 〈위문강일기〉는 그간 자료에 대한 접근은 물론 난삽한 필사 상태로 인해 내용 파악에도 어려움이 있었다. 그런데 이번에 우리 연구센터에서 원전 판독과 입력, 현대역, 교주, 해제 작업을 거치고 더욱이 원전 영인까지 덧붙여 〈위문강일기〉를 출간하게 되었다. 이로써 전문 연구자들뿐만 아니라 고전에 관심 있는 일반인들도 쉽게 읽고 활용할 수 있는 신뢰도 높은 연구 결과물을 제공하게 되었다. 이에 따라 소박하나마 고전 자료에 대한 학술적 사회적 관심을 촉발하는 계기로 작용했으면 하는 기대를 담아본다.

이번 책을 시작으로 우리 연구센터에서는 연구총서를 지속적으로 발간할 계획이며 곧 세 번째, 네 번째 책을 마주할 수 있을 것이다. 하지만 이 같은 원대한 목표와는 달리 연구센터의 형편을 들여다보면 마치 가난한 집의 살림살이를 꾸려가는 듯한 느낌을 지울 수가 없다. 그러나 '단표누항(簞瓢陋巷)'에도 '흣튼 혜음'을 하지 않겠다던 선현들의 처세관과 삶의 철학을 곱씹으며, 드넓은 학적 토양 위에서 밭 갈고 씨 뿌리고 물도 대고 풀도 뽑고 벌레도 잡아가며 오곡백과의 풍년을 기대하는 농부의 마음으로 앞으로도 이 연구사업에 매진하고자 한다.

끝으로 이번 책을 간행하는 과정에서 원전 이미지자료 제공에 도움을 준 도서관 고문헌자료실과 원고를 다듬어 출간해 준 출판문화원에도 고마운 마음을 전한다.

2023년 만추(晩秋)의 길목에서

전남대학교 지역문화교육연구센터장

국어교육과 교수 노 철

차례

전남대학교 소장본 〈위문강일기〉의 서사 특성

— 계명대학교 소장 새 이본 소개를 겸하여 —

1. 들어가며

〈위문강일기〉는 〈문성기〉의 이본으로, 위씨 가문을 배경으로 계모와 죽은 전처소생 남매의 갈등을 작품 전체의 중심 사건으로 다루는 계모형 가정소설 작품이다. 지금까지 〈문성기〉에 대한 이본은 총 5종이 소개되었다. 숭실대학교 한국기독교박물관 소장본(이하 숭실대본이라 칭함), 연세대학교 중앙도서관 소장본(이하 연세대본이라 칭함), 단국대학교 율곡도서관 소장본(이하 단국대본이라 칭함), 전남대학교 중앙도서관 소장본(이하 전남대본이라 칭함), 고하문학관의 최승범 소장본(이하 최승범본이라 칭함)이 그것이다.[1] 숭실대본, 연세대본, 최승범본은 완질본이고 전남대본과 단국대본은 낙질본이다.

〈문성기〉의 이본들은 세 가지 특성을 보인다. 먼저 숭실대본, 연세대본, 전남대본, 단국대본은 원본 계열로, 최승범본은 변개된 계열로 볼 수 있다는 점이다. 최승범본을 제외한 나머지 4종은 서사의 뼈대가 동일한 반면 최승범본은 그로부터 벗어난 부분들이 많기 때문이다. 둘째 이본마다 제명이 다르다는 점이다. 연세대본과 숭실대본은 '문성기', 단국대본은 '위시랑전', 전남대본은 '위문강일기'이며 본 글에서 새롭게 소개하는 또 다른 이본인 계명대학교 소장본(이하 계명대본이라 칭함)은 '위시전'이다. 마지막으로 〈문성기〉는 완질본만으로는 제대로 된 독해가 어렵다는 점이다. 그간 선본으로 규정되어 온 연세대본조차 필사상의 오류가 상당하다. 게다가 또 다른 완질본인 숭실대본은 연세대본의 필사상 오류와 흡사한 모습을 보이거나 더욱 오류가 빈번하다. 따라서 연세대본의 오류는 숭실대본과의 비교를 통해서는 바로잡기 어렵다. 그 결과 낙질본과 대조해야만 맥락이 파악되

---

1 고하문학관은 고하 최승범 선생 소장 자료를 보관한 곳이다. 장경남이 처음으로 『문성기』의 이본을 3종(숭실대본, 연세대본, 단국대본) 소개하였고 후속 논자인 엄태식이 2종(전남대본, 최승범본)을 추가로 소개하였다. 장경남, 「〈문성기〉 연구」, 『古小說硏究』 21, 한국고소설학회, 2006; 장경남, 「숭실대학교 한국기독교박물관 소장 〈문성기〉」, 『숭실어문』 23, 숭실어문학회, 2009. 엄태식, 「「문성기」의 이본, 「위순강일기」와 「위수경전」」, 『영주어문』 53, 영주어문학회, 2023.

는 경우가 적지 않다.

요컨대 〈문성기〉에 대한 연구가 제대로 이루어지기 위해서는 반드시 낙질본과의 대조가 필요한데 이때 전남대본 〈위문강일기〉가 주목된다. 〈위문강일기〉는 계모의 징치가 이루어지는 단계까지의 내용을 담고 있어 연세대본의 맥락을 좀 더 정확하게 파악하는데 필요한 부분들을 두루 갖추고 있기 때문이다. 무엇보다도 〈위문강일기〉는 계모형 가정소설의 핵심 서사구조를 온전히 지닌 이본이다. 〈문성기〉는 여타 계모형 가정소설에서 보기 어려운 독특한 설정들을 보이는데 그러한 요소들을 전남대본에서도 대부분 확인할 수 있는 것이다. 더불어 〈위문강일기〉는 고전소설 이본 목록에 올라와 있지 않을 뿐 아니라 학계에 본격적으로 소개된 적이 없는 새 자료이다. 물론 선행 연구에서 한 차례 언급된 바 있으나, 이 논의는 최승범본을 대상으로 연구를 진행하는데 목표를 두었기 때문에 〈위문강일기〉에 대해서는 서지사항과 제목을 거론하는 데 그쳤다. 그런데 선행 연구에서 소개된 바와 달리, 이 자료의 필체를 연구해보면 제목은 〈위문강일기〉로 정정되어야 한다고 판단된다.

이에 따라 이 글에서는 전술했던 것처럼 계명대본 〈위시전〉을 새롭게 소개하는 한편, 전남대본 〈위문강일기〉의 서사적 특성에 초점을 맞추어 이 이본의 가치와 의의를 살펴보고자 한다.

2. 계명대본 〈위시전〉과 전남대본 〈위문강일기〉의 서지사항

먼저 계명대본 〈위시전〉은 이 글에서 처음 소개하는 〈문성기〉의 이본으로 서지사항을 제시하면 다음과 같다.

> 계명대학교 동산도서관 소장본 〈위시젼〉(필사본)
>
> (古) 811.35 위씨전
>
> 1책 완질본 10行14字, 29.2×20.2cm

이 자료는 한글 필사본으로 표지가 몹시 훼손되어 있지만 표제는 "위시젼"이고 권수제는 "위시젼이라"로 되어 있다. 완질본이다. 이 자료는 〈위시전〉 외에 또 다른 글과 합철되어 있으며 필사기가 있다. '위시젼이라'로 시작되는 부분부터 필사기 부분까지 계산할 때 총 53장(106쪽) 분량이며 그 가운데 '위시젼'은 총 47장(93쪽)에 걸쳐 필사되었다.

이 이본은 필체가 대단히 독특하다. ㅁ, ㅇ, ㅂ이나 ㄱ, ㄷ은 글자 모양만 보고는 구별이 어렵고, 같은 단어에 대해서도 ㆍ, ㅏ 혹은 ㅕ, ㅑ 모음을 다르게 써서 문맥을 알 경우에만 글자를 식별할 수 있다. 따라서 판독이 쉽지 않다. 〈위시전〉의 내용은 필사면 93쪽에서 '비로 더부러 향슈 구십 연인듸 늑십 여년을 동유ᄒᆞ고 북일승ᄒᆞᆼ이 세ᄉᆞᆼ의 긔특ᄒᆞᆫ 일이러라 승ᄉᆞᆼ이 슈ᄃᆞᄒᆞᆫ ᄌᆞ숀을 거날려 팔십 세에 모든 영화부귀 듕 셰월을 보닉든니 일일의 ᄌᆞ려랄 불너 영결ᄒᆞ고 부부 ᄒᆞᆫ 가지로 죽으니 황졔 드르시고 흠쳔관으로 장ᄉᆞᄒᆞ고 시호로 문셩공이라 ᄒᆞ드라'로 종결된다. 이어서 같은 줄에서 두어 칸 띈 다음 '규즁녀ᄌᆞ 장탄마라 송나라 ᄯᆡ 박명옥이 사ᄃᆡ독ᄌᆞ 고단ᄒᆞᆫᄃᆡ'로 시작되는 새로운 글이 총 12쪽에 걸쳐 필사되었다. 그 다음 면에 다음과 같은 필사기가 있다.

> 긔유(己酉) 십월(十月) 쵸륙일(初六日) 긔(記). 부인(婦人) 단문(短文) 흉필(凶筆)로 씌ᄌᆞ니 볏기오나 가간(家間) 셜화(說話) 난 보옴 즉 ᄒᆞ오니 보시나 니 비쇼(誹笑) 마르시ᄅᆞ. ᄋᆡ들하ᄃᆞ 이 ᄂᆡ 필ᄌᆡ(筆才). 알들 느지 못 절박 벽위 참난 쳐쳐ᄒᆞ니ᄃᆞ.
>
> 위시젼 권지종이라.

대략적인 내용을 설명하자면 '기유년 10월 초6일에 기록한다. 부인네의 짧은 문장과 좋지 않은 필체지만 베끼었다. 집안의 이야기가 볼 만하니 보시는 분들은 비웃지 말라. 안타깝다. 나의 필체'로 파악되며 이어지는 부분은 판독이 정확히 되지 않는다. 필사기에 보이는 기유년은 1849년이나 1909년으로 생각되는데, '위시젼'에 이어 필사된 내용이 개화기에 나올 법한 내용을 가사 형식으로 서술한 글로 파악된다는 점에서 1909년으로 추정된다.

다음으로 전남대본 〈위문강일기〉의 서지사항을 살펴보고자 한다.

전남대학교 중앙도서관 소장본 〈위문강일긔〉(필사본)
(위문강일긔 OC 3Q2 위57)
1책 낙질본 46장 23.5×21.4cm

〈위문강일기〉는 한글 필사본이고 낙질본이며 필사기가 없다. 다만 표지에 "셰지계축정월육일"로 표기되어 있는데 계축년은 1853년과 1913년 가운데 〈문성기〉 이본들의 필사시기를 염두에 둔다면 1913년으로 추정된다.[2]

전남대본은 1책 46장 91쪽에서 필사가 끝났고 이 작품만 필사되어 있다. 한 페이지에 9~10行으로 필사되었으며 자수는 12~15字로 일정하지 않다. 받침을 빼먹거나 벼슬을 '벼이'로, 아들을 '아그로' 필사하는 등 오류가 많다. 또 '간함이로소이다'를 '가낫미르소이다'로, '서얼'을 '서울'로 표기하는 양상을 보이는데 이 경우들은 필사자의 발음상 소리 나는 대로 표기했을 것으로 추정된다. 이러한 이유들로 인해 문맥이 파악되지 않을 경우 글자 판독이 쉽지 않다.

2 선행 연구에 따르면 〈문성기〉 연세대본, 숭실대본, 단국대본 모두 작품의 공간적 배경을 "경성"으로 설정한다는 점, 숭실대본의 경우 합철되어 있는 〈회심곡〉이 유행한 시기를 염두에 둘 때, 〈문성기〉 이본은 대체로 1900년대에 필사된 것으로 추정되었다.(장경남, 앞의 논문, 2009, 172쪽)

이 자료는 그간 '위순강일긔'로 인식되었으나 필사자의 필체 습관상 'ㅅ'과 'ㅁ'의 필체가 흡사하지만 문맥이 파악될 경우 확연히 구별되기 때문에 '위문강일기'로 보는 것이 적절하다. 또 이 자료의 대표 제목으로 알려진 〈문성기〉는 남주인공이 죽은 후 받은 시호 '문성'에서 비롯되는데 이러한 정황으로 미루어 전남대본의 제목을 시호로 본다면, 필사되지 않은 부분에서 남주인공이 받은 시호는 '순강'보다 '문강'일 가능성이 크리라 판단된다. 이에 따라 제목을 정정하면 표제는 "위문강일긔 권지단"이고 본문이 시작되기 바로 전 페이지에는 "위문강닐긔 권지단"이라고 적혀 있으며 권수제는 "위문강일긔 권지단"이다.

〈위문강일기〉는 '대명 성화 연간에 한 재상이 있으니'로 시작된다. 연세대본, 숭실대본, 단국대본은 '대명 성화 연간에 경성 미황 한 재상이 있으니'라고 하여 작품의 공간적 배경으로 경성을 제시하고 있다. 한편 계명대본 〈위시전〉은 '대명 성화 연간에 경성 미가향에 한 재상이 있으니'로 시작되므로 역시 경성이 제시된다. 서론에서 언급했듯이, 〈문성기〉의 원본 계열에는 연세대본, 숭실대본, 단국대본, 전남대본이 속한다. 그런데 작품 서두에서 '경성'을 제시하고 있는가를 기준으로 살펴보면 계명대본은 '경성'이 제시되는 데 비해 전남대본 〈위문강일기〉만 빠져 있다. 물론 〈위문강일기〉도 서사 전개 과정에서 주인공 가문의 공간적 배경으로 경성이 언급되지만 서두의 첫 줄부터 '경성'이라는 배경을 빠뜨리는 오류를 범했다고 보기보다는 애초에 필사 저본이 달랐던 탓으로 여겨진다. 이렇게 본다면 계명대본은 연세대본 등의 계열에 속하고 전남대본이 원본 계열 가운데 또 다른 계열에 속한다고 볼 수 있다.

한편 〈위문강일기〉는 남녀 주인공이 성취를 이룩하여 집으로 복귀한 다음, 황제의 지시에 따라 계모 일당이 심문을 받는 장면까지만 남아 있다. 완질본에 의거하면 계모의 징치 이후 남주인공이 혼인을 하고 아버지의 뒤를 이은 가부장이 되어 위씨 가문을 다스리는 모습과 가문의 번영이 지속되는 가운데 등장인물들이 차례로 죽음을 맞이하는 내용이 생략된 것이다. 이러한 부분은 고전소설에서 일반적으로 볼 수 있는 상투적인 후일담이다.

무엇보다도 〈위문강일기〉는 계모형 가정소설의 서사구조인 '영입된 계모의 전실자식 학대 → 계모의 전실자식 모해와 제거 → 전실자식의 시련 극복 → 전실자식의 가족 재회와 계모처리'[3]를 온전히 갖추고 있다. 이러한 기준을 염두에 두면서 전남대본의 서사 단락을 제시하면 다음과 같다.

[3] 이윤경, 「계모형 가정소설의 서사구조적 원리와 존재 양상 연구」, 『고소설연구』 16, 한국고소설학회, 2003, 7쪽.

1. 대명 성화 연간에 이부시랑 위정양은 유씨 부인과의 사이에 성혜와 경수 남매를 두었다.
2. 유씨 부인이 죽고 손씨 부인이 후처로 들어온다.
3. 손씨가 성혜 남매에게 천한 일을 시키면서 구박한다.
4. 손씨의 제안으로 죽은 유씨가 첩이 되고 손씨가 정실이 되며, 유씨의 신주에 천첩이라 명기되고 성혜 남매가 반발하자 손씨가 신주를 부순다.
5. 손씨가 성혜 남매를 무수히 때리고 경수가 병들어 일을 못하자 밥을 주지 않는다.
6. 손씨가 성혜 남매를 종으로 부리니 노비들이 이들을 서얼로 칭하고 성혜 남매가 서얼 대신 이름으로 부르게 한다.
7. 손씨가 성혜에게 하룻밤 새 관복을 짓게 한다.
8. 손씨가 경수에게 소 몰고 밭 갈게 한다.
9. 손씨가 자기 조카와 성혜를 혼인시키려 하나 성혜가 거부하다가 매 맞는다.
10. 손씨가 자기 유모의 아들 주천을 시켜 성혜를 겁탈하게 하나 경수가 주천을 칼로 베어버린다.
11. 위정양이 어사로 파견되어 집을 떠난다.
12. 손씨가 성혜 남매에게 자기 소생들을 업고 돌보게 하고 바깥 구경을 하게 하고 성혜가 거부하다가 매 맞는다.
13. 손씨가 성혜에게 자기 오라비 손은의 술시중을 들게 하고 오라비의 첩으로 보내려 한다.

14. 이를 거부하기 위해 성혜와 경수 남매가 가출하여 아버지의 임소를 찾아간다.
15. 위정양이 손씨의 참소에 속아 성혜 남매를 하관들을 시켜 때리고 내쫓는다.
16. 성혜 남매가 어떤 하인 단동영의 도움을 받고, 술 파는 노파의 도움을 받아 걸식을 면한다.
17. 도로에서 방황하던 중 원각로의 구함을 입어 성혜는 원각로의 양녀가 된다.
18. 원각로가 자신의 딸과 경수의 혼인을 추진하려 하지만 경수가 아버지의 허락이 있어야 한다면 거부한다.
19. 황제의 둘째 아들 제왕의 비 간택령이 내려오자 원각로가 자기 딸 대신 성혜를 간택에 내보내고 성혜가 간택되어 제왕비가 된다.
20. 성혜가 황제와 제왕의 총애를 받아 부귀영화를 누리지만 슬픈 기색을 보이자 제왕이 분노한다.
21. 위정양이 수년 만에 국사를 마치고 집으로 돌아와 성혜 남매가 행방불명이 된 것을 알게 되지만 찾지 않는다.
22. 위정양이 원각로를 방문하자 원각로가 신랄하게 꾸짖어 깨닫게 한다.
23. 경수가 장원에 급제하여 조정에서 아버지와 재회하고 관료들의 축하를 받으며 집으로 복귀하고 손씨가 경수를 보고 경악한다.

24. 성혜가 황제에게 자신의 정체를 밝히고 계모의 죄상을 고발하며 죽은 친모의 위호를 올려줄 것을 요청한다.
25. 황제가 성혜와 제왕을 함께 위씨 가문으로 보내면서 제왕에게 옥사를 다스리도록 시킨다.
26. 집으로 복귀한 성혜를 보고 계모가 또 다시 경악하는 한편 제왕비가 된 성혜의 지위로 인해 굴욕을 당한다.
27. 위정양이 성혜와 경수에게 용서를 빈다.
28. 황제의 명령에 따라 계모의 죄를 처리하는 장면에서 필사 중단.

위의 서사 단락에 따르면, 전남대본은 낙질본일지라도 계모형 가정소설의 핵심 서사를 전부 갖추고 있기 때문에 이 이본만으로 작품의 서사 특성을 논의할 만하다고 판단된다.

3. 전남대본 〈위문강일기〉의 서사 특성

〈위문강일기〉의 서사 특성은 세 가지로 살펴볼 수 있다. 첫째, 계모와 전처소생의 갈등을 첩과 적자의 신분 갈등으로 문제 삼는다. 둘째, 남녀 주인공이 설정되었으나 여주인공 중심의 서사로 전개된다. 셋째, 가부장에 대한 다각적인 비판이 드러나는 가운데 특히 지배층 남성에 의한 신랄한 비판이 이루어진다. 차례대로 살펴보기로 한다.

1) 첩과 적자의 신분 갈등

이 작품에서 계모와 전처소생의 갈등은 계모의 다음과 같은 제안, “뉴시(劉氏)ᄂᆞᆫ 첩(妾)으로 ᄒᆞ고 손시(孫氏)ᄂᆞᆫ 젹모(嫡母)로 하라.”에서 본격화된다. 손씨는 죽은 정실 유씨를 첩으로 만들고 후처인 자신을 적자의 모친, 즉 정실로 만들어 달라고 가부장에게 요구한다. 손씨의 제안에 따라 정실이 첩이 되고 첩이 정실이 된다. 어머니의 신분에 대응하여 첩의 자녀는 적자가, 정실의 자녀인 주인공 남매 성혜와 경수는 서자가 된다. 작중 손씨가 위씨 집안에 들어온 이후부터 성혜와 경수는 손씨에 의해 노비들이 종사하는 천한 일을 담당하면서도 순종하기를 위주로 하였지만, 이 사태 앞에서는 피를 토하고 기절하고 땅을 구르며 울부짖고 비분해하는 등 격렬하게 저항한다. 그 항변이 무례하다며 손씨는 죽은 정실의 목주를 부셔버리고 성혜와 경수는 ‘손씨를 원수’라 규정한다.

계모 손씨가 정실이 되려는 이유는 전반부에서 명확히 드러나지 않지만 후반부에서 성혜가 신원(伸寃)하는 부분에서 제시된다.

> 신의 오라비 맛ᄋᆞ쌀이라 종통의으로 이음이 녜여 ᄀᆞᄒᆞᆫ지라. 손시 스ᄉᆞ로 ᄒᆞᆫ 바 아달을 세워 장ᄌᆞᄅᆞᆯ 삼고져 ᄒᆞ야 임의 차마 ᄒᆞ지 못ᄒᆞᄂᆞᆫ 일을 일우이 아비 예 너긔무로 밀막으이 손

씨 ᄯᅩ 신의 망모의 위호을 나리와 쳔쳡 만을말 청ᄒᆞ오이 신의 이뷔 본ᄃᆡ 심졍이 약ᄒᆞᆫ지라. 은연ᄒᆡ 조차이 망모의 목쥬을 곳치가 신등을 셔울노 이라말 참지 못ᄒᆞ여 실젹 죽기을 결ᄒᆞ이 손시 등을 무수히 ᄂᆞᆫ치ᄒᆞ고 어미 묵쥬ᄅᆞᆯ ᄂᆡ여 분마아ᄃᆞᆺ ᄒᆞ시이(71～72쪽)

이에 따르면 손씨는 자신이 낳은 아들로 장자를 삼기 위해 죽은 전처의 위호(位號), 즉 지위를 내려 천첩으로 만들었다. 이렇게 보면 손씨의 욕망은 종사에 대한 관심으로 볼 수 있다.

〈장화홍련전〉, 〈황월선전〉, 〈김취경전〉 등 대표적인 계모형 가정소설에서 계모의 욕망은 집안의 재산을 독점하려는 경제적 욕망으로 제시된다는 점을 염두에 두면[4], 손씨의 욕망이 종사에 대한 관심으로 설정된 것은 나름대로 독특한 것이다. 그런데 손씨의 욕망을 종사에 대한 것으로만 규정하기에는, 종사에 대한 욕망을 다루는 여타 가정소설에서의 경우와 변별성을 보인다는 점이다. 첩이나 후처의 종사에 대한 욕망이 표현된 대표작인 〈사씨남정기〉를 통해 보면 종사에 대한 관심은 정실이나 정실 소생을 죽이려는 시도로 표현되는데 반해, 〈위문강일기〉의 계모 손씨는

[4] 이승복, 「계모형 가정소설의 갈등 양상과 의미」, 『冠嶽語文研究』 20, 서울대학교 국어국문학과, 1995, 275쪽.

죽은 정실의 신주를 첩으로 고치는 방식을 통해 정실 되기에 대한 욕망을 드러낸다는 점에서 독특한 면모를 보인다.

이때 전술했던 계모와 전처소생의 갈등이 폭발하는 장면에서 주인공 남매가 손씨의 집안을 무시하는 듯한 발언이 주목된다.[5] '우리 모친을 어떻게 헤아리면 천인(첩)이 됩니까. 승상의 친손이요, 대부의 외손입니다. 집안이 보잘것없는 손씨만 못하겠습니까.'라는 대목이다. 남매의 발언에 따르자면, 집안이 보잘것없는 손씨의 집안 내지 신분이어야 첩이 되는 것이다. 작중 손씨는 서얼 집안의 자손[6]으로 보이는데, 성혜가 서얼과 혼인하거나 첩이 될지 모르는 상황에서 보이는 반응, '내가 사족인데 이런 개 같은 욕을 받으리오.', '너는 어떤 놈이건대 나를 욕보이느냐.'와 같은 대목을 통해 서얼이나 첩에 대한 부정적 태도가

5 세샹 텬지의 이런 일니 어ᄃᆡ 인나뇨." 싱이 쇼ᄅᆡᄅᆞᆯ 늣기 ᄊᆡᆺ히 업더져 인사ᄅᆞᆯ 모라이 성혀 가삼을 쑤다려 ᄯᅡ흘 굴너 왈, "하날 세샹 이런 일도 잇나야. 숀부인은 니제 우리 모친이 엇지 혜아리니 쳔인니릿가, 승샹의 친손이뇨, ᄐᆡ우의 외손이라. 문미ᄒᆞᆫ 손시만 못ᄒᆞ리요. ᄒᆞᆫ말며 ᄀᆞᆺ뷔로 ᄒᆞ야곰 초부되야 조부모 적연 초호ᄅᆞᆯ ᄒᆞᆫ 가지로 ᄒᆞ여 계시고 가의 드러오신 지 이십 년의 쳔직 고명을 쥬어 일품 명뷔 ᄃᆡ녀 계시니 엇지 일조의 쳔인이 ᄃᆡ리오. 우리 남ᄆᆡᄅᆞᆯ 쥭이시고 모친 위효ᄅᆞᆯ 녀ᄃᆡ로 두소셔."(3~4쪽)

6 연세대본 〈문성기〉에는 계모 손씨의 조카가 서얼이라는 서술이 나온다.

표현된다.

이렇듯 주인공 남매가 드러내는 서얼과 첩에 대한 태도는 자신보다 신분이 낮은 계모에 대한 그들의 태도를 암시한다. 첩이 천인이라는 그들의 인식에 따르자면 처와 첩, 적자와 서자는 지배층과 피지배층의 관계에 다름 아니다. 성혜와 경수가 손씨의 집안을 무시하는 발언은 손씨를 어머니로 인식하기 전에 신분을 우선시하는 태도를 나타낸다. 따라서 갈등 국면에서 노골화된 남매의 처첩과 적서에 대한 태도는 평소 손씨가 이들로부터 가졌던 신분 열등의식을 짐작하게 하며, 가부장이 모든 일을 손씨가 하는 대로 두기 시작하자 정실 되기를 시도했던 것은 그러한 열등의식의 분출로 해석된다.

요컨대 이 작품에서 계모와 전처소생의 갈등을 촉발하는 계모의 욕망은 종사에의 욕망보다 더 근원적인 첩과 적자의 신분 격차에서 비롯된 신분 갈등으로 파악된다. 첩이 정실이 되고 적자가 서자로 전도된 후, 계모의 박대담이 전처소생을 천한 서얼 신분으로 길들이기의 성격을 띤다고 볼 수 있다는 점에서도 그러하다.[7]

---

7 〈문성기〉에 대한 선행 연구에서도 '전실부인의 위호 문제'는 계모와 전실자식 간에 벌어진 갈등의 핵심으로 지적되었다.(장경남, 앞의 논문, 2006, 435쪽). 위호 문제는 전실 자식들의 입장에서 친모의 신분이 정실이냐 첩이냐의 문제를 가리킨다.

손씨가 주인공 남매를 박대하는 양상은 노비 역할에 종사하기와 서얼로 명명하기로 압축된다. 인간의 정체성은 주로 하는 업무와 명명 방식을 통해 가장 손쉽게 규정될 수 있는데 이 작품에서 계모의 박대담은 이에 대응된다. 손씨는 성혜에게 물 기르고 밥 짓기, 경수에게는 뒷간 치우기와 소 몰고 밭 갈기 등의 '천역(賤役)'을 시키고 '감히 당에 오르지 못하게' 하며 손씨의 소생에게 이름이 아닌 공자, 소저라는 존칭을 쓰게 하며 이들을 업어 키우게 한다. 이로써 주인공 남매를 '공연히 종'으로 취급하는 것이다.

또 "딸을 인{*안}고 슈명다혀 웃고 일으듸 얼(孼)형과 얼(孼)누의 ᄒᆞᄂᆞᆫ 양(樣)을 보라."(5쪽)라는 데에서 손씨는 주인공 남매를 얼자로 지칭한다. 이로부터 이들은 작중 공식적으로 얼자가 되는데, 집안 노복들이 이들을 서얼로 부른다는 대목에서 단적으로 드러난다. 이에 주인공 남매가 '원컨대 이름을 부르고 서얼로 일컫지 말라'고 하여 노비들이 남매를 이름으로 부른다고 나온다. 부모가 지어준 이름을 같은 신분 동류들도 함부로 부르지 못하게 하느라 호나 자를 짓는 당대의 관습을 염두에 둘 때, 노비들로 하여금 이름 부르기를 허락한 것은 신분에 대한 민감성을 역설(力說)하는 것이다.

계모의 박대 과정에서는 경수보다 성혜의 고난이 두드러지는데, 그 고난이 양반 신분을 지탱하는 여성 윤리 규범을 이탈하여 성혜로 하여금 하층 여성처럼 행동하게 만드는 사건들이라는 점도 주목된다. 우선 성혜는 손씨의 명령으로 손씨 오라비 손은의 술시중을 든다. 물론 성혜는 외간 남성에게 겁탈 당할 위기에 놓인다. 계모에 의한 전실 딸의 정절 모해 모티프야말로 계모형 가정소설에서 여주인공에게 가장 치명적인 사건이 되는데[8], 〈위문강일기〉는 이 모티프를 중요하게 다루어지지 않는다는 점도 특이하다. 겁탈 위기는 성혜의 처소에 남성이 진입하자마자 경수가 칼로 베어버리는 두어 줄로 처리되고 이 사건은 어떠한 전환점을 만들지 못하기 때문이다. 대신 이 작품에서 성혜에게 가장 치명적인 사건은 첩이 될지 모르는 상황이다. 성혜는 첩이 될 상황을 피하기 위해 가출한다. 계모형 가정소설의 핵심 서사 구조 중 하나가 계모에 의한 전처소생 축출 혹은 죽음인데, 이 작품에서 축출은 첩이 될 사건을 통해 구현된다.

계모는 성혜를 자신의 조카에게 시집보내려 하는데 이때 가부장의 허락 없이, 다시 말해 가부장 몰래 혼인시키려 한다는 점이 거듭 제시된다.

8 〈장화홍련전〉, 〈김인향전〉, 〈정을선전〉, 〈황월선전〉에서 계모는 전실 딸을 외간 남성과 사통한 부정한 여자로 누명을 씌우는 음모를 꾸미고 그 결과 여주인공은 죽음에 이른다.(김귀석, 『조선시대 가정소설론』, 국학자료원, 1997, 129~131쪽)

㉠ 순시 일일 셩혀 남미롤 불너 왈 "싱 너희 임의 자라시 맛당이 혼인은을 할지라. 닉 일요 오라비 ᄌ여 남미 이시니 너희롤 맛쳐 시람을 잇고져 ᄒ노라." 싱이 소왈 "부인은 우리 호인을 염여 마라소셔." 슌시 노왈 "너는 나히 어리거이왈 셩혀는 연긔 ᄎ시이 닉 턱일ᄒ야 지쟈의 썅을 삼으리라." 소졔 울며 왈 "쳡 비록 방명ᄒ나 사족이라. 차아 이런 녹을 바드리오. 죽을 진ᄃ 기 갓탄 무리ᄒ 욕을 밧지 아니리라." 순시 ᄃ로ᄒ야 쥬쟝으로 무수히 치고(16~17쪽)

㉡ 일일은 손시 오라사 은이 니라러 누의롤 보고 말ᄒ더이 셩혀롤 불너 ᄌ 진긔롤 시긔니 손은이 보고 놀나 왈 "니 엇던 시람인고." 손시 답왈 "어사 쳡의 짜리라." 손은 왈 "닉 바야흐로 닉 쳡을 구ᄒᄂ이 어식 잇써들 닉 다러 갈난다." 손시 흔연 왈, "어식 도닉 잇시이 명일노 형의게 보닉리라." (…) 소져 분ᄒ말 이긔지 못ᄒ야 고셩 들왈 "네 엇던 놈이관ᄃ 나을 욕ᄒ나다."(20~23쪽)

㉢ 쟝ᄎ 손시 오라비 손은이 이라러 졔 누의롤 보이 손시 쳔쳡으로써 술을 부으라 ᄒ이 신의 감히 거역지 못ᄒ와 술을 부을 식 손은이 문득 져 누의 다려 신을 보닉라 ᄒ이 이는 다란 쓰지 아이라 신의 근본을 알며 그 쓰들 바다 신을 욕ᄒ려ᄒ미이 신이 비록 부월의 죽으나 밧 반명 업시 쳔히 적인ᄒ리잇가(72~73쪽)

인용문 ㉠에서 손씨가 '내가 택일하여' 성혜를 혼인시키려 하자, 성혜가 '제가 사족인데 차마 이런 욕을 받겠습니까. 죽을진대 개 같은 욕을 받지 않으리라.'라고 울부짖는다. 인용문 ㉡에서는 손씨가 자신의 오라비 손은에게 성혜를 '어사(위시랑) 첩의 딸'로 소개하고 이에 손은이 내 첩으로 데려가고 싶다고 하니 손씨가 내일 당장 첩으로 보내겠다고 한다. 이에 성혜가 '어떤 놈이 나를 욕하느냐.'라며 고성을 지른다. 이러한 성혜의 행위에 담긴 의도는 인용문 ㉢에서 성혜가 황제에게 고변하면서 '신이 비록 부월에 죽을지라도 아비의 명 없이 천하게 혼인하겠습니까.'라는 대목에서 단서를 얻을 수 있다. 또 성혜가 내일 당장 첩으로 보내질 위기를 말하자 경수의 반응인 '우리 평일에는 손씨가 시키는 대로 했지만 우리 혼사는 아버지 명령 없이 강제로 못할 것이요. 아버지가 명령하시면 종과도 혼인하겠지만 아버지 명령 없이 계모의 핍박을 들을 필요는 없다.'라는 것도 같은 맥락이다.

즉 성혜가 광분한 이유는 손씨가 가부장의 허락 없이 혼인시키려 한다는 점이다. 『예기(禮記)』「내칙(內則)」에 "빙례를 행하면 아내가 되고, 야합하면 첩이 된다.[聘則爲妻, 奔則爲妾.]"라 하였다. 규범에 따르면 가부장 몰래 혼인하는 것은 정식 절차를 갖춘 혼례가 아니므로 처가 아니라 첩이 되는 방식이다. 이러한 설정을 통해서도 이 작품이 정절 모해 모티프보다 처첩과 적서의 신분 문제를 더 민감하게 다룬다고 볼 수 있다.

한편 손씨가 주인공 남매에게 자신의 친자들을 업고 화초를 구경하라고 시키는 사건은 성혜와 경수를 천인 취급하기에 해당하는데, 특히 성혜에게 더 치명적이다.

> 손시 이아로 ᄒᆞ야곰 졔 자여롤 업어 외당의 가 귀경ᄒᆞ이라 ᄒᆞ이 양ᄋᆡ니 분ᄒᆞ말 이긔지 못ᄒᆞ나 각각 업고 외당의 화ᄎᆞ롤 귀경ᄒᆞ더이 슈명니 이 일오ᄃᆡ “경슈야 밧긔 가 길희 가ᄂᆞᆫ ᄉᆞ람 보자.” ᄉᆡᆼ이 소왈 “공ᄌᆞ 말솜 ᄃᆡ로 ᄒᆞ리이다.” ᄒᆞ고 밧글 나가자 더이 슈명의 누의 셩ᄋᆡ 셩혀 다러 “ᄂᆞ도 밧긔 가자.” 소져 왈 “소낭자난 ᄂᆞᆫ가소져. 나ᄂᆞᆫ 발 앗퍼 못가 것노라.” 셩ᄋᆡ가 붓ᄎᆡ더이 손시 나 치며 왈 “쳡비 거역ᄒᆞ미 아니라 소낭ᄌᆡ 나히 자랏날 질 ᄀᆞᆺ 샤람을 보ᄌᆞᄒᆞ시이 가낫미르소이다.” 손시 “잔말 말고 업어 나가보라.” 소졔 홀일 업셔 셩ᄋᆡ롤 업고 차마 나가지 못ᄒᆞ니 손시 ᄃᆡ로ᄒᆞ야 곳 ᄆᆡ롤 들고 쑤다라 조치이 쇼졔 일쳔 한을 셔리담고 문밧긔 나가이 ᄉᆡᆼ이 그 누의 나와시말 보고 눈물을 흘이더라.(19～20쪽)

인용 대목에 따르면 7세인 수명이 12세인 경수에게, ‘경수야 밖에 가 길 가는 사람 보자.’라고 하자 경수가 ‘공자 말씀대로 하리이다.’라는 대화가 이루어진다. 이복 형제간에, 경수가 수명보다 연장자임에도 불구하고 적서가 역전되면서 적자가 된 동생은 서자가 된 형에게 명령을 하고 형은 동생에게 순종한다. 형제라는 혈육보다 적서라는 신분 질서가 더 우위에 있음을 보여주는 장면이다. 서녀가 된 성혜 역시 적녀가 된 손씨 딸을 업고 시중들며 8살 어린 적녀에게 소낭자라 부르며 존대한다.

특히 적녀가 집 밖으로 나가기를 요구하자 성혜가 거절하다가 손씨에게 맞고 밖으로 나가는 장면에서 경수가 누이를 보고 눈물을 흘리는 장면을 보자. 이 장면에서 성혜가 손씨의 명령을 거부하는 것은 사족 여성이라면 내외법에 따라 집 밖으로 나가지 않아야 한다는 규범 때문이다. '소낭자가 나이를 먹었는데 길 가는 사람을 보려하시니 간언한 것입니다.'라는 데에서 그러한 정황이 드러난다. 그러나 손씨가 거듭 구타를 가하여 길가로 내보낸다. 이러한 손씨의 행위는 양반 여성의 규범을 지키려는 성혜에게 그러한 규범을 지킬 필요가 없는 천한 신분임을 각인시키려는 의도로 해석된다.

이러한 점들로 미루어 보면, 이 작품은 계모와 전처소생의 갈등을 처첩과 적서의 신분 문제로 예각화하여 다루고 있음이 드러난다. 이 작품의 관심이 종사에 초점을 둔 것이었다면 전처소생 아들인 경수의 고난이 두드러져야 하는데, 딸인 성혜의 고난이 두드러지는 것 역시 계모의 욕망을 종사에 대한 것으로만 보기 어렵게 한다. 더불어 신분 역전에 의한 고난이 성혜에게 더 치명적인 것은, 여성이 남성에 비해 신분의 질곡을 더 많이 경험

하는 당대 현실이 반영된 것으로 보이는데, 이 역시 신분 갈등을 효과적으로 보여주려는 방식으로 볼 수 있다.

2) 여주인공 중심의 서사

〈위문강일기〉는 남녀 주인공이 설정되었으나 여주인공 중심의 서사로 전개되는데, 이러한 양상은 첫째 일대기 서사를 이루는 수난과 성취의 낙폭으로 볼 때 그러하고, 다음으로 작품의 가장 중요한 문제 해결을 성혜가 주도한다는 점 때문이다. 차례대로 살펴보자.

이 작품은 계모와 전처소생의 갈등 서사로 구조화되지만, 한편으로 계모와의 갈등을 중심으로 한 남녀 주인공의 일대기 구조가 병치되어 있기도 하다. 고전소설의 일대기 서사가 수난과 성취의 낙폭에 관심을 둔다고 보면, 이러한 공식에 부합하는 것은 성혜의 서사이다. 성혜의 수난이 경수보다 극대화되어 있고 경수보다 더 높은 신분 상승을 이룩한다는 점에서 그러하다. 작품 전반부의 주된 사건은 계모의 박대에 의한 남녀주인공의 수난이다. 전반부 서사에서 주인공 남매가 당하는 수난을 사건 전개 순서에 따라 빠짐없이 정리하면 다음과 같다.

a. 남매가 천역에 종사 → b. 남매가 모친의 위호 문제로 저항하다가 구타당함 → c. 경수가 일을 못한다고 밥을 주지 않음 → d. 남매가 종으로 취급받고 서얼이라 불림 → e. 경수가 소

몰고 밭을 갈고, 성혜가 밥을 내어 감 → f. 성혜에게 하룻밤 만에 관복 짓기를 시킴 → g. 성혜를 손씨의 서얼 조카에게 시집보내려 함 → h. 성혜를 순씨 유모의 아들을 시켜 겁칙하게 시도 → i. 성혜의 머리카락을 잘라감(경수가 이를 보고 자신의 머리카락도 잘라줌) → j. 경수와 성혜가 각각 손씨의 아들과 딸을 업고 돌보는데, 이때 성혜가 문밖출입을 거부하다 구타당함 → k. 성혜를 손씨 오라비 손은의 첩으로 보내려 시도 → l. (가출하여 아버지 부임지를 찾아가자) 아버지가 군졸을 시켜 경수를 매로 치고 성혜를 꾸짖어 쫓아냄.

남매가 박대 받는 12가지 사건 가운데, 함께 당하는 수난을 제외하면 경수에게 더 치명적인 수난이 c, l 2가지, 성혜만 겪는 수난이거나 성혜에게 더 치명적인 수난은 f, g, h, i, j, k 6가지이다. 앞 장에서 논의한 바와 같이 주인공 남매에 대한 계모의 박대는 이들로 하여금 천인으로서의 신분을 각인시키는 성격을 띠며 성혜의 수난을 통해 더욱 잘 표현된다.

그런데 여주인공은 가중된 수난에 비례하여 후반부에서 최고 수준의 성취를 이룬다. 원각로의 집에서 안신하던 중 황제의 둘째 아들 제왕의 비 간택령이 내려지는데, 이때 원각로의 딸은 경수와 정혼한 상태이기에, 성혜는 원각로의 은혜를 갚고 또 경수의 혼인이 성사될 수 있도록 원각로의 딸 대신 간택에 참여했다가 제왕비로 뽑힌다. 제왕비인 성혜의 성취 수준은 “왕후의 영홈을 바다 일국의 뫼(母)이”, 즉 왕후의 영광과 함께 국모가 되는 것이다.

이 작품은 제왕비가 된 성혜의 성취 수준을 다양한 각도에서 조명하는데, 첫째 제왕의 위상과 인품에 대한 장황한 서술을 들 수 있다. 먼저 황제의 정궁에게 이남일녀가 있는데 장자는 태자가 되고 딸은 명아공주이며 차자인 제왕은 ‘얼굴, 풍채, 문장 실력이 탁월하여 황제가 사랑하는 것이 태자보다 위였다’라고 서술된다. 이러한 제왕의 비로 성혜가 뽑힌 것이다. 그리하여 황제는 제왕 부부의 별궁을 ‘대궐보다 불과 두어 층이 못한 정도’로 성대하게 지어준다.[9]

> 무슈ᄒᆞᆫ 판관과 군관이 ᄒᆞᆫ 쥬인을 웅위ᄒᆞ야 드로오이 ᄇᆡᆨ관과 시랑이 다만 자시보이 그 쥬인 머리의 통쳔관을 쓰고 며뉴을 드리워고 손의 홀을 잡고 몸의 공농을 입어시며 옥씌을 씌여

[9] 어시예 셩화연 졍궁후의게 여를 주어 게시이 ᄉᆡᆼ은 ᄐᆡ자시고 여ᄂᆞᆫ ᄯᆞᆯ은 명아공주라. 탁월ᄒᆞᆫ 얼골이 옥을 문은 ᄃᆞᆺᄒᆞ고 눈씨ᄂᆞᆫ ᄉᆡᆨ별ᄀᆞᆺ타며 단슌은 쥬ᄉᆞ찍은 ᄃᆞᆺ ᄒᆞ며 눈셥은 강산 슈기를 모도 안고 부슬 들면 문장이 되고 말근 소ᄅᆡ 얼푸시 불올 음영ᄒᆞ면 ᄂᆞᆯ니 엽셔 고봉이 츔츄ᄂᆞᆫ 얼굴 풍치와 문장이러랏 ᄒᆞ미 ᄉᆡᆼ니 아랍다이 넉어 권ᄋᆡᄒᆞ시이 ᄐᆡ자 우히러라. 신연이 잡 오세라. 신샹과 풍골니 맛찰ᄃᆡ 업시 ᄌᆞ라시이 황ᄋᆡ 젼지ᄒᆞ자 인간사도의 젼자를 모도아 간ᄐᆡᆨᄒᆞ실 ᄉᆡ(41~43쪽)

안현이 드러오니 옥 ᄀᆞᆺ튼 얼굴과 버들 ᄀᆞᆺ탄 풍치 등인ᄒᆞ고 어득ᄒᆞᆫ 위엄과 식식ᄒᆞᆫ 긔되 사람으로 ᄒᆞ야곰 ᄌᆞ연 드립게 ᄒᆞᄂᆞᆫ지라. ᄒᆞᆫ 환관니 쥬이의 알픠와 젼어 왈 “졔와폐ᄒᆡ 오시나이다.” ᄇᆡᆨ관이 ᄃᆡ경ᄒᆞ여 일시 ᄒᆞ당 양마자올 ᄉᆡ 왕이 읍양 왈 “ᄉᆡᆼ은 비록 친황ᄌᆡ나 열위ᄂᆞᆫ ᄃᆡ국 원신이라 과인이 엇지 감히 몬져 오라리오.” 각노 연원이 쥬왈 “이ᄂᆞᆫ 예도 그러치이 ᄒᆞ오이 뉘 감히 젼ᄒᆞ 옵셤이 이시리잇가.” 왕이 마자 못ᄒᆞ여 오라나 동박으로 안ᄌᆞ신ᄃᆡ ᄇᆡᆨ관이 북좌을 쳥ᄒᆞ이 왕왈 “만셰황얘 남면ᄒᆞ시이 과인이 비록 ᄐᆡ일 본국의 가셔ᄂᆞᆫ 북좌롤 당ᄒᆞ려이와 황셩의 머무러 조졍 ᄃᆡ을 ᄃᆡᄒᆞ여 엇지 감히 졍좌의 안자시리오.” ᄇᆡᆨ관이 왕의 얼굴 풍도롤 ᄒᆞᆼ복ᄒᆞ더이 ᄯᅩ 모둥긔 이 갓탐을 보고 칭찬 공경ᄒᆞ더라.(79~81쪽)

또한 인용문은 제왕의 행차가 위씨 가문에 도착한 다음 제왕과 조정 대신들이 자리를 정하는 장면이다. 백관이 일시에 당에서 내려와 제왕을 맞이하자 제왕은 자신이 비록 황제의 친아들이지만 백관들은 대국의 원신이므로 백관들이 먼저 당에 오르라고 말한다. 이에 백관들이 누가 감히 전하보다 높다고 할 수 있겠느냐고 한다. 이에 제왕이 먼저 당에 오른다. 그러자 이번에는 동쪽 자리에 앉은 제왕에게 백관들이 북쪽 자리에 앉으라고 말하고, 북쪽에 앉는 것이 임금의 자리를 의미하므로 제왕은 황성에서 임금의 자리에 앉는 것은 황제뿐이고 자신은 자신이 왕인 나라에 가서 북쪽에 앉겠다고 하며 거절한다. 이에 백관들이 왕의 풍채와 태도에 항복하고 공경하는 태도를 보이게 되는 장면이다.

〈위문강일기〉가 계모와 전처소생의 갈등을 작품을 관통하는 문제로 다룬다는 점을 염두에 두면, 제왕이 어느 자리에 앉는지는 이 작품의 중심 사건과 하등 관련이 없음에도 불구하고 위 장면이 두 페이지에 걸쳐 서술되었다. 그 적지 않은 비중을 고려하여 위 장면이 갖는 기능을 생각해볼 필요가 있는데, 결국 제왕의 품성을 보여주는 것은 전술되었던 제왕에 대한 장황한 묘사의 연장선상에서 이해된다. 즉 제왕의 부각은 결국 성혜의 성취를 보여주는 다른 방식으로 이해되는 것이다. 이는 경수가 과거에 장원 급제한 뒤 높은 벼슬에 오르고 또 재상의 사위가 된 것과는 비교하기 어려운 성취이기도 하다.

다음으로 성혜의 성취는 가출한 후 처음으로 계모와 재회할 때 성혜와 계모의 달라진 처지를 대비적으로 서술하는 대목을 통해서도 잘 드러난다.

> 손시 황망히 예복을 가오고 문왈 제왕 져궁낭낭은 그나 쇼듕ᄒᆞ신지라. 어지 쳔가의 오시오 궁여부답ᄒᆞ고 순금쇄을 쎄고 칠보진쥬발을 들고 위왕비을 붓드러 ᄂᆡ이 머리예 칠보단으로 보ᄇᆡ 비찰 버금어 샹셩에 안거 어ᄅᆡ엿고 몸의 홍금젹을 진쥴얼거

시며 금쥴노 ᄒᆞᆫ 시이 눈의 입ᄒᆞ고 허리예 ᄇᆡᆨ옥 씌ᄅᆞᆯ 씌고 췌금 딘쥬 샹을 ᄆᆡ엿고 ᄇᆡᆨ옥월낭ᄑᆡᄅᆞᆯ ᄎᆞᆺ고 팔희급풀쇠울 걸며 손의 ᄒᆞᆨ 홍옥을 잡고 칠보충쥬리을 어연보을 나즉나즉 옴기이 ᄑᆡ옥 챵챵ᄒᆞ고 일신의 ᄡᅳ린 거시 옥과 진ᄌᆔ라. 능히 이긔지 못할듯이 곳 져좌셔 머리 버히고 물길 이여 밥 지니던 셩혜소져라. ᄃᆡ경 황겁ᄒᆞ야 문득 다라나 궁여 ᄌᆞᆸ아왈 엇지 낭낭을 맛지 아이나뇨. 손씨 ᄯᅥᆯ며 왈 셩혀 이리 영귀할 줄 알이요. 궁여 일시 ᄭᅮ지져왈 이부인니 사례을 모라ᄂᆞᆫ 사람이로다. 뉘라 명호ᄅᆞᆯ 부라나뇨. 손시 말도 못ᄒᆞ고 나오도 못ᄒᆞ야 셔던이 시에 비 울뫼셔 정좌 후 좌을 쥴픠 와 일월션을 잡고 아 갈나 셔고 비례을 길게 부라이 손씨 부지불각의 고두지비ᄒᆞᆫᄃᆡ 왕비 좌으로 붓드러 아라셔고 ᄯᅩ ᄒᆞᆫ졀여왈 엇지 부인니 천쳡의게 졀ᄒᆞ여 부모위을 낫초시나 이닛가. 손시 아모리 ᄒᆞᆯ쥴 모라나ᄒᆞ더이(83~86쪽)

인용 대목을 차례대로 짚어보면, 손씨가 제왕비의 행차를 보고 '제왕 정궁 낭랑은 존귀한데 어째서 천한 집에 오셨냐.' 묻는데 이어 가마에서 내린 성혜의 복색이 신발, 머리 장식, 상의와 하의, 허리띠, 허리·팔·손에 걸친 장식에 이르기까지 하나하나 거론되면서 '일신에 걸친 옥과 진주가 너무 많아 능히 이기지 못할 지경'으로 묘사된다. 그러고는 서술자가 '이 사람이 바로 저 자리에서 머리카락을 베이고 물 기르고 밥 짓던 성혜 소저'라고 평한다는 점이다. 즉 성혜의 수난과 성취의 낙차를 '보여주기 방식'뿐 아니라 '서술자에 의한 요약과 논평'으로 다시 한 번 더 강조하는 것이다. 더불어 손씨가 "성혜가 이렇게 영귀하게 될 줄 알았으리오."라고 말했다가 궁녀에게 '누가 감히 제왕 정궁 낭랑의 이름을 부르냐.'며 질책당하고, 제왕비를 모신 시종들의 위세에 압도되어 손씨가 자기도 모르는 새 저절로 머리를 조아리며 두 번 절하는 상황에 이른다.

요컨대 종처럼 일하던 성혜와 보석을 이기지 못할 정도로 화려한 성혜의 대비는, 노비에게도 이름을 불리던 성혜와 계모조차 이름을 부를 수 없는 존귀한 성혜로, 계모에 의해 종으로 취급되어 집안에 오를 수 없었던 성혜와 계모라도 머리를 조아리며 두 번 절해야만 하는 성혜로 대비되어 서술되는데 이러한 서술 또한 성혜의 성취를 부각시킨다.

이 작품이 여주인공 중심으로 서사가 전개된 점은 무엇보다 핵심 문제인 계모 징치와 죽은 정실의 신분 복권이 여주인공에 의해 견인되기 때문이다. 이러한 성혜의 서사적 기능은 원각로의 다음과 같은 말을 통해 암시된다.

> 각뇌는 깃거 위싱다려 왈 "ᄆᆡ형이 자셩이 명혀ᄒᆞ고 복덕이 겸젼한 상이닛나이 이져 왕후의 영흠을 바다 일국의 되이 그ᄃᆡ 모친 위호도 다시 올일 거시뇨. 원슈 갑푸미 여반장이라. 엇지 놀나리오."(51～52쪽)

성혜가 제왕비가 되었다는 소식을 듣고 원각로가 경수에게 한 말이다. 성혜는 왕후와 국모가 될 것이니 그대 모친의 위호를 다시 올리고 계모에 대한 원수를 갚는 일이 여반장이라는 것이다. 이 작품을 관통하는 가장 심각한 문제인 죽은 정실의 위호를 복권시키고 계모를 징치하는 일이 성혜의 성취에 의해 이루어질 것이라는 복선이다.

성혜가 제왕비가 된 이후의 서사는 정체를 속이고 혼인하여 마음이 불편한 성혜가 제왕과 갈등을 겪고, 경수가 과거에 급제하는 순서로 전개된다. 이때 경수는 과거에 급제함으로써 황제와 대면하지만 계모의 문제를 거론하지 않음으로써, 과거 급제 사건이 아버지와의 재회와 집으로 복귀하는 기능에 한정된다면, 성혜의 경우 경수의 급제는 죽은 친모의 지위를 회복하고 계모의 행위를 고발하는 기회로 기능한다.

> 복원 폐ᄒᆞᄂᆞᆫ 신으로 ᄒᆞ여곰 당초의 긔인죄와 쳔ᄒᆞᆫ 근본으로 ᄲᅡ로셔 죄을 다 사리고 나가 아비ᄅᆞᆯ 보게 ᄒᆞ시고 어미 신영을 옛 위예 올여 셩덕이 죽은 ᄲᅧ의 밋게 ᄒᆞ시고 (…) ᄃᆡ 칭찬ᄒᆞ시고 포쟝ᄒᆞ사 위로왈 경의 말을 드라이라. 셕목감동ᄒᆞ리니 ᄒᆞ 말며 직이 ᄡᅡ려 경의 쥬샤ᄅᆞᆯ 살피미 업사리오. 졍양이 졔가 못 ᄒᆞᆫ 일이 다사렴즉 ᄒᆞ되 경의 나라 장원 경슈ᄅᆞᆯ 보아 용사ᄒᆞ나 이 경의 무순죄이시리오 더욱 원젼의 ᄃᆡ신의 드려옴은 의쳐

> 로이 곳고 손은의 겁칙을 밧지 야아비롤 차즈랴 홈은 호졀이 라 졉이미 바다 소셜을 보닉온 거시이 경졔왕으로 더부러 혼 가지로 가 경양을 보고 ᄒᆞ여의 거동 살피고 영통(榮寵)을 빗닉 라.(74~77쪽)

성혜가 황제에게 말한 내용은 세 가지로 정리된다. 첫째 자신은 원각로의 딸이 아니라 이부시랑 위정양의 딸이라는 정체를 밝힌 것이다. 둘째, 계모가 성혜 남매에게 저지른 악행을 고발한 것이다. 셋째, 죽은 어미의 위호를 회복시키길 요구한 것이다. 이에 대해 황제는 성혜가 원각로의 딸 대신 간택에 참여한 것은 "신의"이고, 손은에게 강제로 보내질 위기를 피하려고 가출하여 아버지를 찾아간 것은 "효절"이라고 칭찬한 뒤, 손씨의 징치를 약속한다.

완질본에 따르면 남주인공에 대한 황제의 인정은 남주인공이 죽은 뒤에 이루어진다. 황제가 남주인공이 죽었다는 소식을 듣자, '그 충의'에 감탄하여 '문성공'이라는 시호를 내리는 것이다. 반면, 여주인공에 대한 인정은 위와 같이 살아생전에 이루어진다. 이러한 차이는 살아생전, 다시 말해 작품의 서사가 전개되는 과정에서의 활약이 여주인공이 더 두드러졌음을 의미하는 것으로 해석된다.

3) 가부장에 대한 다각적 비판

이 작품은 크게 세 측면에서 가부장에 대한 부정적 시선을 조명한다. 첫째 가부장의 성격을 시종일관 부정적으로 형상화한 점, 둘째 여주인공이 가부장에 대해 부정적 감정을 표출한 점, 셋째 지배층 남성에 의한 신랄한 비판이 전개된 점이다.

계모형 가정소설에서 가부장은 가내의 일에 무력하고 사리 판단을 못하는 형상으로 유형화되어 있지만, 유형 안에서도 세부적인 층차가 있다. 본격적인 사건이 전개된 뒤에는 계모의 행위에 동참하더라도 본래 전실 자식을 더 애중히 여기는 태도를 보여주는 경우가 많은 것이다. 이러한 가부장의 태도가 계모가 전실 자식을 모해하는 계기가 되기도 한다. 일례로 〈장화홍련전〉에서 계모 허씨는 남편 배좌수가 전처소생에게만 애정과 관심을 보이며 허씨를 소외시키자 이에 대한 불만이 모해의 계기로 작용한다.[10]

이에 비해 〈위문강일기〉에서 계모가 전실 자식을 모해하는 계기는 오히려 가부장이 손씨가 하는 대로 내버려두는 데에서 비롯된다. 위시랑은 죽은 부인 대신 들어온 후처 손씨의 탁월한 용

---

10 오종근·백미애, 『조선조 가정소설 연구』, 월인, 2001, 62쪽. 〈장화홍련전〉 뿐만 아니라 〈김취경전〉, 〈황월선전〉도 남편의 전실 자식에 대한 과도한 보호와 동정, 후처에 대한 냉대가 계모의 욕망을 부추긴다.(이승복, 앞의 논문, 278~279쪽)

모와 비위를 잘 맞추는 태도에 현혹되어 손씨의 말에 무조건 동조하고 손씨가 전실 자식에게 폭력을 행사해도 방관하며, 손씨의 요구대로 정실을 첩으로 내리고 적자녀를 서자녀로 만들며 자식들을 때리고 내쫓는 식으로 계모의 박대에 동참한다.

> 어사 ᄃᆡ경 문왈 "너희 등이 엇지 여그ᄅᆞᆯ 왓나뇨." ᄉᆡᆼ이 울며 젼후슈말을 자시 고ᄒᆞ이 어사 차경ᄒᆡ이ᄒᆞ고 자딘장의 ᄒᆞ야 분늉 머물고 졍이 우려ᄒᆞ더니 문득 경셩 글월이 오니 순시 ᄒᆞ야 시ᄃᆡ '셩혀 남ᄆᆡ 각각 외인으로 교츙ᄒᆞ고 문호ᄅᆞᆯ 더러니이 쳡이 경개ᄒᆞ야 ᄊᆞ지져 칙ᄒᆞ이 문득 다라간 곳술 모라니 심히 놀나와 긔별ᄒᆞ노라.' ᄒᆞ야더라. 어사 졔필의 ᄃᆡ로ᄒᆞ야 ᄉᆡᆼ이 남ᄆᆡᄅᆞᆯ 불너 즐이 왈 "너희 등이 나 이실 젹도 졍모의게 불굴턴이 니졔 공현이 반ᄒᆞ야 다라나 ᄂᆡ게 와 부인을 ᄎᆞᆷ소ᄒᆞ야구 젹셔지분을 문허바라이 ᄂᆡ 당당이 쥭일거시로ᄃᆡ 용ᄉᆞᄒᆞ노라." 즉시 ᄉᆡᆼ은 자바나리와 큰ᄆᆡ로 이십을 뒤이 피 핏ᄃᆡ히 고의이 ᄒᆞ관들이 말이니 ᄯᅩ 소졔ᄅᆞᆯ ᄃᆡ칙ᄒᆞ야 한 씌 등 미러 ᄂᆡ치니 ᄉᆡᆼ이 남ᄆᆡ 임의 이시나 발명ᄒᆞᆯ 길히 업셔 실셩통곡ᄒᆞ며 소졔왈 "ᄂᆡ 쳐암붓탐 이러할 쥴 아랏거날 네 위겨 와셔 일을 만남이 ᄌᆞᆼᄎᆞᆺ 어니ᄒᆞ리요."(26~28쪽)

인용문에 따르면, 주인공 남매가 계모가 저지른 일을 폭로하여 사태를 해결해보려 했으나, 계모에게 속은 아버지는 오히려 남매가 계모를 참소한다면서, 적모에게 순종하지 않아 적서를 분별하는 도리를 무너뜨리니 죽여야 마땅하나 용서한다면서 매로 쳐서 내쫓는다.

> 지젹의 위시랑이 국ᄉᆞ롤 맛고 경사의 도라오이 임의 순연이라. 손시 마자 셩혀 남ᄆᆡ 흔단을 못ᄂᆡ ᄒᆞ거날 시랑니 ᄯᅩ 경셩의 ᄀᆞᆺ거날 쳐 ᄂᆡ친 일을 이라고 왈 "종젹이 업사이 여나 와ᄂᆞᆫ가 어겨더이 어ᄃᆡ 가 죽어ᄂᆞᆫ가. 져ᄒᆡ 죄어이와 불쌰ᄒᆞ다." 순시 ᄃᆡ작 왈 "그것들이 인ᄉᆡᆼ니 앗졔 죄ᄂᆞᆫ ᄇᆡᆨ 번 쥭어도 남을 거시오 ᄯᅩ 가문을 ᄒᆞ리울 것ᄒᆞ여 무엇ᄒᆞ리오."시랑이 올타ᄒᆞ이(53~54쪽)

인용문에 따르면, 위시랑은 몇 년 만에 집으로 돌아와서는, 전에 내쫓은 남매가 집에 왔겠거니 했는데 없으니 죽었는가 싶다며 불쌍하다고 했다가 손씨가 남매를 비난하자 금방 그 말에 동조한다. 계모형 가정소설 〈황월선전〉, 〈어룡전〉에서 아버지는 행방불명된 자식을 찾으려고 노력하는데,[11] 이에 비해 보면 〈위문강일기〉의 아버지는 자식들의 행방을 정확히 모르는 상황에서 죽었다고 단정 짓고 찾지 않는다는 점에서 더욱 비정하다.

---

11 김재용, 『계모형 고소설의 시학』, 집문당, 1996, 141쪽; 김귀석, 앞의 책, 64쪽.

이렇게 동정의 여지가 없는 부정적인 가부장 형상화는 다음과 같은 장면에서도 포착된다.

> 쳔ᄌᆡ 위시랑을 득별이 사쥬ᄒᆞ시고 왈 "셰샹의 아달 두이 만ᄒᆞ나 엇지 경슈의 긔특ᄒᆞᆷ ᄀᆞᆺ타리오. 경은 가히 자식을 두어다 ᄒᆞ리로다." 시랑이 잇ᄯᅢ예 정신 어득ᄒᆞ야 깃분 줄도 모라고 미운 쥴도 몰나 다만 놀나 넉이시이 ᄒᆞ날의 오란 ᄃᆞᆺ(65쪽)

인용 대목은 남주인공이 과거에 급제하여 조정에 불려 가서 부친과 수년 만에 재회한 것이다. 이 재회가 있기 전까지 위시랑은 주인공 남매가 죽었다고 여기고 차라리 잘됐다는 계모의 말에 동조했다. 그러다가 갑자기 이번 과거에 급제한 아들을 조우한 것인데, 이때 황제가 위시랑에게 '세상에 아들 둔 이는 많으나 어찌 경수의 기특함과 같겠는가. 그대야말로 가히 자식을 두었다 하리로다.'라는 극찬을 한다. 이 말을 들은 시랑은 정신이 아득해진다. 위씨 가문의 상황을 모르는 황제의 발언에는 다른 의도가 담겨 있지 않다. 하지만 위씨 가문의 상황을 공유하는 독자에게 이러한 설정은 아버지를 부정적으로 바라보게끔 유도할 수 있다.

다음으로 여주인공이 아버지에 대해 부정적 감정을 표출한다는 점도 주목된다. 계모형 가정소설에서 주인공은 부친을 원망

하지 않고 부친의 잘못을 알면서도 감싸거나 옹호하는 태도를 보이는 것으로 유형화되는 것과 대비되기 때문이다.

> 우의 빨이 다라나야 야긔 가 니 샹으로 고ᄒᆞ미 올흐이다. "소제왈 "ᄂᆡ 심즁 약질노 어ᄃᆡᄅᆞᆯ 지향ᄒᆞ야 ᄎᆞ자며 야"비록 날을 보린시나 일만ᄒᆞ라 ᄒᆞ시고 기시이 엇지 용납ᄒᆞ리요."(24쪽)

> 소제왈 "ᄂᆡ 쳐암붓탐 이러할 쥴 아랏거날 네 위겨 와셔 일을 만남이 중ᄎᆞᆺ 어니ᄒᆞ리요."(28쪽)

계모에 의해 성혜가 첩이 될 상황에 처하자, 경수는 '빨리 아버지를 찾아가서 말씀드리자.'라 하고 성혜는 '비록 아버지가 나를 보시더라도 일만 하라 하시고 계시니 어찌 용납하리오.'라고 한다. 이러한 성혜의 발화는 의미가 모호한데 다음에 나오는 성혜의 반응, 즉 아버지를 찾아갔으나 오히려 매만 맞고 쫓겨나자, '내 처음부터 이럴 줄 알았다.'라는 데에서 앞선 발화의 의미를 해석해볼 수 있다. 즉 '비록 아버지가 나를 보시더라도 일만 하라 하시고 계시니'라는 것은 평소 계모에 의해 천역을 하는 등 박대를 당할 때도 아버지가 방관하던 태도를 의미한다고 볼 수 있고 그렇기 때문에 계모의 박대를 피해 아버지를 찾아가더라도 용납하지 않을 것이라는 뜻이다. 전술했던 것처럼, 아버지는 계모에게 당한 일을 사실대로 말해도 오히려 남매를 의심하여 폭력을 행사하므로 성혜는 '처음부터 이럴 줄 알았다.'라고 반응한 것이다. 이를 통해 성혜는 아버지에 대한 부정적 감정을 숨기지 않고 있다고 볼 수 있다.

무엇보다도 이 작품에서 가부장에 대한 부정적 시선은 지배층 남성에 의한 신랄한 비판에서 정점에 도달한다. 원각로가 위시랑의 잘못을 지적하는 장면은 8면에 걸쳐 제시된다. 원각로는, 어사로서 민가에서 벌어진 수많은 사건을 판결해왔던 위시랑으로 하여금, 위시랑 자신이 저지른 사건을 마치 다른 사람이 저지른 일인 듯이 설명하여 판결하게끔 만든다.

'요사이 판단하기 어려운 공사가 있으니 현명한 형은 잘 판단해 보시오. 벼슬하는 사람이 전처와 후처를 두었소. 전처는 명문가 자손이오. 그 벼슬하는 사람이 후처를 얻고 혹하여 죽은 처의 지위를 내려 첩으로 만들고 전처의 자녀를 무자비하게 학대하다가 내쫓아 버렸다 하오. 이 일이 사실이라면 금수의 짓보다 더하니 극히 한심하다고 하겠소. 형이 어사가 되어 어찌 이런 사건을 철저하게 밝혀 처벌하지 않는 거요?'라고 말하는 것이다. 이에 위시랑은 '후처를 외딴섬으로 보내어 가두고 가장은 80대를 쳐서 변경 지역으로 유배를 보내는 것이 마땅하니 상공께서는 어찌 이 사건을 처리하기가 어렵다고 하십니까.[12]라며 자신만만하게 판결을 내린다.

요컨대 당대의 기준으로 볼 때 이 일은 가부장을 중장을 쳐서 유배 보낼 만큼 엄중한 사태에 해당한다. 이렇게 사태를 객관적으로 조망할 수 있는 시각을 위시랑으로 하여금 확보하게 한 다음, 원각로는 그 말을 듣고 웃으며 "그 사람이 누구인지 아는가?"라 묻고 위시랑은 수상함을 느끼고 얼굴빛이 변하여 "한심한 자이나 알지는 못하겠습니다."라고 대답한다. 이 대목은 위시랑이 객관적으로 판단할 때 금수보다 못하고 한심한 존재가 바로 자신임을 깨닫는 순간이다.

이렇게 위시랑이 각성한 듯 보이자 원각로는 본격적으로 잘잘못을 지적하고 비난한다. 원각로가 가부장의 잘못으로 지적하는 내용은 첫째 함께 자녀를 낳고 부모의 장례를 치룬 조강지처를 내쫓은 점, 둘째 명문가의 여성을 첩으로 만든 점, 셋째 죽은 사

---

12 시랑이 원강뇌ᄅᆞᆯ 보려 가이 각뇌 후ᄃᆡ 인ᄒᆞ야 소왈 "노뷔 요사이 ᄒᆞ거르긔 어려운 공식이시이 현형은 션쳐하라." 시랑이 공경ᄃᆡ왈 "샹공의 이라시ᄂᆞᆫ 공식 ᄒᆞ여오." 각뇌 답왈 "다란 일니 아이라. 벼살ᄒᆞᄂᆞᆫ 사람니 젼후시을 두어시니 젼쳐ᄂᆞᆫ 명가국을 그 사람니 후쳐 어더 맛춤 혹ᄒᆞ야 망쳐ᄅᆞᆯ 나리와 쳡이라 ᄒᆞ고 자여ᄅᆞᆯ ᄃᆡ순과 민자지졍ᄀᆞᆺ치 봇치다가 ᄂᆡ중은 좃쳐 ᄂᆡ치다 ᄒᆞ이 진실노 올흘진ᄃᆡ 금수의 지나 극키 ᄒᆞᆫᄒᆞ심지라. 형이 어사되야 엇지 근힉지 아리오." 시랑이 듯기ᄅᆞᆯ 맛고 착악ᄒᆞ여 왈 "이럴진ᄃᆡ 그 과 츄국ᄒᆞ고 후쳐ᄅᆞᆯ 졀도안ᄒᆞ고 졔긔못ᄒᆞᆫ 가당을 팔십ᄒᆞ야 구벽졍비ᄒᆞ이 올타이이 샹공이 엇지 쳐치 어렵다 ᄒᆞ시나뇨."(54~55쪽)

람의 신분을 고치고 목주를 부순 점, 넷째 친자식이 계모에게 박대를 당하는데 금지하기는커녕 동참한 점, 다섯째 손씨의 거짓 참소를 믿고 규중 여아를 군졸이 보는 데서 죄를 들추고 내친 점 등이다. 이어서 위시랑이 한 행위에 대해 '금수의 짓보다 더하고', '원수지간이라도 슬퍼할 일'이며 '부자지간의 사랑하는 마음은 호랑이도 있'다면서 맹렬히 비난하고, 역사가 시작된 이후 친자식을 박대하는 아비가 고수 한 사람이 있을 뿐이었는데, 수만 년 후에 위정양이 있을 줄 누가 알았겠는가라면서 비꼬기까지 한다.

마지막으로 자신이 재상의 벼슬에 있기 때문에 이런 사안은 황제에게 알릴 만한데, 주인공 남매의 얼굴을 보아 죄를 용서한다면서 하는 발언인 '논책이 나지 않아서 가중을 잘 다스려라.', '살아생전에 자식들을 볼가 생각하지 마라.'라는 발언은 위협적이기까지 하다. 즉 공개적으로 망신을 줄 수 있지만 자식들의 얼굴을 봐서 사적으로 처리하는 것이니 알아서 잘하고 생전에 자식들 볼 생각은 하지 말라고 하기 때문이다.

요컨대 원각로의 비판은 냉정하고 엄격한 가운데 빈정거림과 위협적 태도까지 동반하고 있어 지배층 남성이 우호적 관계에 있는 같은 신분 남성에게 할 수 있는 최대치의 비난으로 보기에 충분하다.

4. 계모형 가정소설로서 〈위문강일기〉의 의의

본 장에서는 앞 장에서의 논의를 토대로 〈위문강일기〉의 주제적 의미를 논의하고자 한다. 〈위문강일기〉는 계모형 가정소설에서 일반적으로 보기 어려운 일원론적 세계관을 지닌다는 점에서 특징적이다. 선행 연구에서 〈문성기〉에 영향을 끼친 작품으로 거론된 〈어룡전〉[13]을 예로 들어 보면, 이 작품은 어룡과 어월 남매가 계모의 박대를 받는 전반부와 어룡의 군담이 중심이 되는 후반부로 구성되어 있지만 대표적인 계모형 가정소설로 거론되는데 이 때 어룡은 천상에서 적강한 존재라는 태몽이 있은 후 탄생하며 탄생 때에는 선녀가 내려와 앞날을 예언한다. 이후 계모의 박대로 인해 추방된 어룡과 어월은 초월적 존재의 도움으로 천상계 존재인 도사를 만나고 도사는 어룡이 영웅적 능력을 갖출 수 있도록 도와준 후 승천한다. 한편 어월은 꿈을 매개로 한 선녀의 지시로 조력자를 만나며 어룡 남매의 부친인 어상서 역시 꿈을 매개로 한 도사의 지시로 아들과 만난다. 〈어룡전〉은 탄생에서 죽음까지 주인공의 삶에 천상계가 개입하는 이원론적 세계관을 보여주며, 〈어룡전〉과 마찬가지로 계모형 가정소설의 후기 유형에 속하는 〈황월선전〉, 〈김취경전〉 역시 마찬가지이다.[14]

13 엄태식, 앞의 논문, 213쪽.

14 김재용, 앞의 책, 130~135쪽

〈위문강일기〉 역시 필사시기로 미루어 볼 때 후기 유형에 속하면서도 주인공의 태몽이 설정되지 않는 것은 물론 초월적 조력자가 한 차례도 등장하지 않는다는 점이 특이하다. 조력자는 전부 서사 속 현실 인물이다. 위정양이 다스리던 관아의 하인 단동영, 술파는 노파, 원각로가 그들이다. 이들은 현실적인 방법으로만 주인공을 돕는다. 단동영은 자신의 옷을 벗어주고, 노파는 숙식을 제공하며, 원각로는 성혜를 수양딸로, 경수를 사위로 삼아 집에 머물게 한다.[15] 이뿐만 아니라 〈위문강일기〉에는 군담이 설정되지 않기 때문에 도술 장면이 나오지 않는다. 더불어 꿈의 계시나 이계(異界) 방문 등의 비현실적 수법 역시 설정되지 않는다. 남녀 주인공 가운데 죽어서 귀신이 되어 출현한다거나 환생 또는 회생하는 경우도 없다. 한 번 죽은 친모는 다시는 서사에 등장하지 않는다. 〈조생원전〉, 〈김취경전〉, 〈효월지〉 등의 계모형 가정소설에서 죽은 친모가 조력자로 기능한다는 점과 대비된다.[16]

요컨대 〈위문강일기〉는 현실주의적 세계관에 따라 서사가 전

15 완질본에 따르면 남녀 주인공이 성취를 이룩한 뒤, 단동영과 노파를 찾아가 보상을 하는데 이들이 초월적 존재가 아니라는 점은 주인공이 다시 찾았을 때 서사 내 현실의 그 장소에 그대로 있기 때문이다.

16 장시광, 「계모형 소설에 나타난 갈등의 양상과 작가의식」, 『국문학연구』 7, 국문학회, 2002, 315~316쪽.

개된다. 계모형 가정소설의 초기 유형은 여성을 주인공으로 삼고 계모와 전실 자식의 갈등에만 초점을 둔다면, 후기 유형은 대체로 남성 주인공이 우세하며 영웅소설적 요소가 대폭 수용되면서 하나의 소설 양식으로 분류하기 어려워진다.[17] 반면 〈위문강일기〉는 후기 유형에 속하면서도 계모와 전실 자식의 갈등을 작품 전체의 유일한 문제로 다루는 데다 여성 중심 서사를 보여주면서 태몽, 군담, 초월적 조력자의 존재를 설정하는 대신 현실주의적 세계관을 고수하는 특징을 보인다. 그 결과 후기 유형이 작품 구조의 유기체적 통일성이 파괴되어 주제가 약화[18]되는 경향이 있는 반면 〈위문강일기〉는 작품을 관통하는 문제의식과 해결방식에서 현실 비판적인 주제적 의미를 효과적으로 구현하였다는 점에서 여타 계모형 가정소설과 변별되는 의의를 찾을 수 있다.

이 작품은 계모와 전처소생의 관계를 첩과 적자의 신분 격차에 따른 갈등으로 예각화하여 문제 삼는다. 계모는 일반적인 계모형 가정소설에서와 마찬가지로 전처소생을 축출해버리는데 혈안이 되어 있다기보다, 전처소생을 집안에 두고 정실과 서자

17 김재용, 앞의 책, 118쪽.

18 이원수, 「「계모형」 소설 유형의 형성과 변모」, 『국어교육연구』 17, 국어교육학회, 1985, 20쪽.

로 전도된 새로운 질서에 따라 지속적으로 괴롭히면서 그들로 하여금 서얼이나 첩이 당할 법한 모욕을 준다. 이로써 이 작품은 처첩과 적서의 신분 갈등을 제기한다고 볼 수 있는데, 이러한 갈등은 조선후기 사회현실을 여실히 반영한 것이다.

1413년에 처첩차등법안이 제정되면서 적처는 한 명이어야 하고 적처 소생만이 합법적인 후계자가 될 수 있으며, 첩은 신분이 상관없으나 처는 사대부 집안 출신이어야 한다는 점이 명문화된다.[19] 이 법안에는 여성의 가문을 중시하는 인식이 반영되어 있으며 처와 첩의 위계가 지배층과 피지배층으로 뚜렷함이 드러난다. 기실 부계 혈통과 부권 지배 가족 그리고 부자 계승의 원칙을 확립한 종법은 그 시초부터 처와 첩의 관계를 주인과 노예의 그것으로 상정하고 아버지의 권력을 계승할 적장자의 자격에서 어머니의 신분을 최우선으로 고려하였다. 역사적으로 "처첩의 구분은 사실상 적서를 구분하기 위한 것"이었기에 "처첩제와 적장자계승제는 동전의 양면을 이루는 것이다."[20] 17세기 이후 가부장적 종법 질서가 정착되면서 적서를 엄격히 구분하는 것이 가족 질서를 유지하기 위한 근간으로 인식된다. "적서의 엄격한

19 김미영, 「조선의 유교화 과정에 나타난 女德 담론 분석」, 『여성학논집』 25, 이화여자대학교 한국여성연구원, 2008, 21쪽.
20 이숙인, 『동아시아 고대의 여성사상』, 여이연, 2001, 63쪽.

구분은 바로 처첩간의 엄격한 구분을 강조하는 것으로 여성의 신분이 자식의 신분을 결정하는 데 중요한 역할을 하였다는 것을 의미한다."[21]

이러한 당대 현실에 유념하면 〈위문강일기〉에서 계모의 욕망은 어머니의 신분에 따라 적서의 분별이 정해지는 사회상을 인식하여 종사에 대한 관심을 장자권 승계자 어머니의 신분문제에 초점을 맞추어 표현하고, 첩에서 정실이 된 계모가 가족 질서를 새롭게 구성하기 위해 적서의 분별을 엄격하게 하려는 방편으로 전처소생들을 학대하면서까지 서얼 신분에 순응시키려는 과정으로 이해할 수 있다.

다만 적서의 분별이 어머니의 신분에 따라 결정된다는 시대상을 반영하되, 처는 사대부 출신만 될 수 있다는 법안에 의거하면 첩에서 처가 되는 설정은 비현실적이라 할 수 있다.[22] 소설 장르가 인간의 문제를 보편적이고 본질적인 차원에서 문제 삼기 위해 현실을 그대로 반영하는 것이 아니라 재구성한다는 점을 고려하면, 처첩과 적서 갈등이 심화되는 현실을 인식하고, 혈연 중

21 위의 논문, 22쪽.

22 『조선왕조실록』의 17세기 이전의 기록에서는 첩을 처로 만들어 물의를 일으키는 양반에 대한 논란이 지속되고 있음을 볼 때, 반드시 비현실적인 것만은 아니나 17세기 이후의 현실에서는 거의 불가능한 일이 되었다고 할 수 있다.

심주의로 갈등이 잠재되어 있는 계모와 전처소생의 관계 구도에 첩과 적자의 관계를 덧씌움으로써, 첩 신분의 어머니와 적자 신분 자녀들의 관계를 한 번 문제 삼고, 다시 정실과 서자녀로 신분이 전도된 이들의 관계를 문제 삼아 복잡하고 다층적인 관계 질서와 그만큼 심각해진 갈등을 다룰 수 있는 설정이 되었다.

이렇듯 계모와 전처소생의 갈등을 현실에 대한 적확한 인식을 토대로 문제화함으로써 〈위문강일기〉는 계모의 문제를 사회 구조적 차원에서 바라보는 시각을 확보할 수 있게 되었다고 볼 수 있다.[23] 계모의 징치 방식과 가부장 위시랑에 대한 시선을 통해서 볼 때 그러하다. 계모형 가정소설은 가족질서 파탄의 모든 책임을 계모에게 전가시킴으로써 계모를 잔혹하게 죽이는 방식을 취하는 반면, 정작 근원적 책임을 지니고 있는 가부장은 면죄부를 받거나 계모에 비하면 매우 약한 처벌을 받는 것으로 유형화된다. 더불어 가부장에 대해 일말의 동정을 느낄 만한 시선이 개입되기도 한다. 가령 〈김인향전〉은 인물 형상화의 측면에서 보

23 〈김인향전〉에서 전처 자식들에 대한 모해의 동기를 계모의 천성에서 찾음으로써 "계모의 문제를 사회적인 차원에서 관계성의 문제로 숙고하지 않고 개인적 차원의 심성 문제로 치부함을 보여주는 것"이라는 논의를 참고한 것이다. (이지하, 「〈김인향전〉의 인물 형상화와 작품 지향성의 관계-〈장화홍련전〉과의 비교를 토대로-」, 『동양고전연구』 38, 동양고전학회, 2010, 156쪽)

여준 현실 지향성을 제외하면 나머지 부분에서 계모형 가정소설의 유형적 한계를 답습한다. 계모가 국가 권력에 의해 처형됨으로써 모든 책임 소지가 계모에게 있다는 인식을 보여주기 때문이다. 그러면서도 가부장 형상화에서는 변이를 보여주는데 주인공 자매가 죽자 충격을 받아 병에 걸려 서사 중간에 죽는 것으로 처리되는 것이다. 이는 가부장에 대한 나름의 징치인 동시에 면죄부를 부여하는 방식[24]이거나 동정의 시선을 받게 하는[25] 방식이 될 수 있다.

이에 비해 보면 〈위문강일기〉에서 계모는 징치된다고 보기 어렵다. 물론 완질본에 따르면 계모는 훗날 급살 맞아 죽고 계모의 자식들도 차례로 병들어 죽는다. 하지만 이 작품이 일원론적 세계관을 고수한다는 점을 감안하면, 현실적으로 이루어지는 계모의 징치는 국가 권력의 승인 아래 이혼하여 친정으로 돌아가는 것뿐이다. 이러한 징치 방식은 계모 문제의 책임을 계모에게만 전가시키지 않으려는 의식의 소산으로 이해된다. 그리고 이 작품은 계모 못지않게 가부장의 책임을 물으려는 의도가 있음이 분명하다.

24 박은미, 「서사변형을 통해 본 모방 소설의 주제의식 변화 -〈김인향전〉과 〈장화홍련전〉을 중심으로-」, 『인문과학연구』 38, 성신여자대학교 인문과학연구소, 2019, 25쪽.

25 이지하, 앞의 논문, 158쪽.

단적으로 이 작품에서 계모의 전처자식 박대 사건에 이어 가장 많은 분량을 차지하는 사건은 원각로에 의한 가부장의 비판이다. 전술한 바 있듯이 이 부분은 대략 8페이지에 걸쳐 서술된다. 여주인공이 황제에게 계모를 고발하는 대목이 대략 5페이지에 걸쳐 서술되는 것과 비교할 때, 이 작품은 계모에 대한 고발보다 가부장의 비판에 더 큰 비중을 두는 것이다. 통상 계모의 잘못이 고발되고 징치되는 부분이야말로 계모형 가정소설의 절정에 해당하지만 이 작품은 전술한 것처럼 계모에 대한 징치가 약하고 오히려 가부장을 비난하는 부분에 심혈을 기울이고 있는 것이다. 줄거리에 해당하는 사건 위주로 전개되는 단편소설의 속성을 고려하면, 하나의 사건을 이런 비중으로 다루는 것은 의도적인 설정으로 볼 만하다.

요컨대 이 작품은 계모를 둘러싼 문제에 대해 궁극적으로 가부장에게 가장 큰 책임을 묻는 지향의식을 보여준다고 할 수 있다. 그렇다고 하여 이 작품이 계모형 가정소설의 유형성을 벗어난 것은 아니다. 완질본에 의거하면 이 작품 역시 무너졌던 가부장적 질서가 재건되면서 남주인공이 아버지를 이은 새로운 가부장이 되어 가문을 다스리면서 위씨 가문이 번영을 이루는 후일담이 제시되기 때문이다. 이러한 유형적 서사 틀을 지닌다는 점에서 〈위문강일기〉는 가부장에 대한 다각적인 비판적 시선을 견지하더라도 가부장적 질서 이외의 대안을 생각하지 못한 한계를 지닌다. 특히 여주인공에 의해 계모의 잘못이 고발되면서 가부장적 질서가 회복된다는 점에서, 영원히 가부장적 질서의 진정한 수혜자가 될 수 없는 여주인공이 가부장적 질서를 재건하는 데 기여하는 것은 이 작품의 한계로 지적될 만하다.

그러나 흥미롭게도 이 작품은 여주인공이 신원이라는 행위를 통해 가부장적 질서 재건의 계기를 마련하는 과정에서 가부장의 잘못을 공개적으로 폭로하는 역할도 동시에 수행하게 한다는 점이다. 물론 신원하는 부분에서 성혜 역시 가부장의 잘못을 생략하고 계모의 잘못을 부각시키면서 가부장이 "심정(心情)이 약(弱)ᄒᆞᆫ지라"(71쪽)라면서 옹호하는 태도가 나오지 않는 것은 아니나 그럼에도 불구하고 가부장의 선처나 용서를 구하지 않는다. 특히 성혜의 신원 부분이, 직전에 원각로가 위시랑을 호되게 비난하면서 공론화할 수 있음에도 불구하고 사적 차원에서 처리하겠다고 약속한 다음에 제시된다는 점이 의미심장하다. 성혜의 고발로 인해 지배층 남성의 잘못을 사적으로 처리하려 한 국가 원로의 의도는 실패한다. 그리하여 성혜가 아무리 계모의 잘못만 지적하더라도 성혜의 신원을 들은 황제의 반응은 다음과 같다.

> 뎨 칭찬ᄒᆞ시고 포쟝ᄒᆞ사 위로 왈 "경의 말을 드라이라. 셕목 감동ᄒᆞ리니 ᄒᆞ말며 직이 ᄶᅡ려 경의 쥬샤롤 살피미 업사리오. 경양이 졔가 못ᄒᆞᆫ 일이 다사렴족 ᄒᆞ더 경의 나라 장원 경슈롤 보

아 용사ᄒᆞ나이 경의 무슨 죄이시리오."(76쪽)

황제의 비난에는 계모에 대한 내용은 없고 오직 위정양이 제가를 못한 일에만 맞추어져 있다는 점에서, 성혜의 신원에 내포된 작자의 의도를 이러한 황제의 반응에서 찾을 수 있다고 본다. 여주인공의 신원 행위를 통해, 사적 차원으로 축소될 수 있었던 가부장의 잘못이 사회적 문제로 확장된 것이다.

요컨대 〈위문강일기〉는 결과적으로 가부장적 질서를 복원하는 관습적인 서사 틀의 한계를 지닐지라도, 당대 사회 문제인 처첩과 적서 갈등을 계모와 전처소생의 관계로 치환하여, 복잡한 관계 질서와 갈등의 심각성을 제기하고 가부장에게 가장 큰 책임을 묻는 의도를 보여준다. 이러한 현실 지향적 문제의식과 대응 방식이 구현될 수 있었던 것은 이 작품이 시종일관 고수하는 현실주의적 세계관에 힘입은 바라고 할 수 있다.

| 참고문헌 |

전남대학교 중앙도서관 소장본 위문강일긔(위문강일긔 OC 3Q2 위57)

계명대학교 동산도서관 소장본 위시젼 (고) 811.35 위씨전

연세대학교 중앙도서관 소장본 文成記(문셩긔) 고서(Ⅰ) 811.36 문성기

동양고전DB 『禮記』「內則」

김귀석, 『조선시대 가정소설론』, 국학자료원, 1997.

김미영, 「조선의 유교화 과정에 나타난 여덕 담론 분석(Ⅰ): 남성 사대부들이 주도한 담론을 중심으로」, 『여성학논집』 25-1, 이화여자대학교 한국여성연구원, 2008.

김재용, 『계모형 고소설의 시학』, 집문당, 1996.

박은미, 「서사변형을 통해 본 모방 소설의 주제의식 변화-〈김인향전〉과 〈장화홍련전〉을 중심으로-」, 『인문과학연구』 38, 성신여자대학교 인문과학연구소, 2019.

엄태식, 「「문성기」의 이본, 「위순강일기」와 「위수경전」」, 『영주어문』 53, 영주어문학회, 2023.

오종근・백미애, 『조선조 가정소설 연구』, 월인, 2001.

우쾌재, 『한국 가정소설 연구』, 고려대학교 민족문화연구소, 1988.

이숙인, 『동아시아 고대의 여성사상』, 여이연, 2005.

이승복, 「계모형 가정소설의 갈등 양상과 의미」, 『冠嶽語文研究』 20, 서울대학교 국어국문학과, 1995.

이윤경, 「계모형 가정소설의 서사구조적 원리와 존재 양상 연구」, 『고소설연구』 16, 한국고소설학회, 2003.

이원수, 「계모형 소설 유형의 형성과 변모」. 『국어교육연구』 17, 국어교육학회, 1985.
이지하, 「〈김인향전〉의 인물 형상화와 작품 지향성의 관계-〈장화홍련전〉과의 비교를 토대로-」, 『동양고전연구』 38, 동양고전학회, 2010.
이화형, 「섹슈얼리티로 본 한국 전통여성의 주체적 삶의 양상」, 『동아시아고대학』 38, 동아시아고대학회, 2015.
장경남, 「〈문성기〉 연구」, 『古小說 硏究』 21, 한국고소설학회, 2006.
장경남, 「숭실대학교 한국기독교박물관 소장 〈문성기〉」, 『숭실어문』 23, 숭실어문학회, 2009.
장시광, 「계모형 소설에 나타난 갈등의 양상과 작가의식」, 『국문학연구』 7, 국문학회, 2002.
정지영, 「장화홍련전-조선후기 재혼가족 구성원의 지위」, 『역사비평』 61, 역사비평사, 2002.
조희웅, 『고전소설연구보정』, 박이정, 2006.

위문강일기

일러두기

1. 이 책은 전남대학교 도서관 소장 〈위문강일긔〉(등록번호 196367)를 대본으로 하여 입력 교감하고 이를 현대어로 번역한 것이다.
2. 원전의 입력 과정에서 작품의 가독성을 높이기 위해 현대 국어 문법에 준하여 띄어쓰기를 실시하고 한자를 병기하였다.
3. 확연하게 드러나는 원전상의 오탈자는 { } 안에 *(교정), +(추가), -(삭제) 기호를 통해 바로잡았다.
4. 번역문은 원의에 충실하면서도 고지식한 직역이나 지나친 의역은 피하고 가급적 쉬운 우리말로 옮기고자 고심하였다.
5. 번역문에 대한 이해를 돕기 위해 필요한 곳에 주석을 달았다.
6. 번역문에 사용된 기호는 다음과 같다.

『 』: 책명

「 」: 편명

[ ] : 음은 다르지만 뜻이 통하는 한자

' ' : 강조 인용

" " : 대화

중국 명(明)나라 성화(成化)[1] 연간에 한 재상이 있었는데 성은 위씨(魏氏)이고 이름은 정양이었다. 그는 일찍 과거에 급제하여 벼슬이 이부시랑(吏部侍郎)에 이르렀으며 재산도 풍족하였다. 정양은 부인 유씨와의 사이에서 일녀일남을 두었다. 딸의 이름은 성혜요 아들의 이름은 경수로, 부모 슬하에서 사랑을 받으며 귀하게 자랐다. 그러나 가운(家運)이 불행하여 부인 유씨가 일찍 세상을 떠나고 말았다. 이에 두 아이는 마치 나라를 잃는 것 같은 고통을 당하여 그 서러움이 비할 데 없었다.

한편 정양의 후처로 들어온 손씨(孫氏)는 용모와 재덕이 빼어나다 보니, 정양이 손씨를 총애하여 손씨가 마음대로 행동하도록 내버려 두었다. 이에 날마다 손씨의 추악한 행실이 끊이질 않아서 성혜 남매가 그 들볶임을 견딜 수 없었다. 해를 거듭할수록

---

1 성화(成化) : 명나라 제8대 헌종 재위 시기(1464~1487)의 연호.

성혜 남매가 난처해지는 상황을 차마 보지 못할 지경이었다. 그리하여 성혜 남매는 돌아가신 어머니를 생각하며 서로 붙들고 통곡해 마지않았다.

손씨는 성혜에게 물 긷고 밥 짓기 등 하인들이나 할 허드렛일을 끊임없이 시켰지만 성혜는 시키는 대로 하였다. 경수에게는 쇠꼴을 끓이게 하고 뒷간으로 가서 더러운 것을 치우게 하니 이를 견디기 힘들었지만 어쩔 수 없이 손씨가 시키는 대로 하면서 매일매일 슬퍼하였다.

손씨가 정양에게 말하였다.

"죽은 유씨 부인을 첩의 지위로 내리고 나를 적자의 어머니로 그 지위를 올려주십시오."

그러자 경수가 말하였다.

"세상 천지에 이런 일이 어디 있습니까?"

그러고는 흐느끼며 울다가 땅에 엎어져 인사불성이 되었다.

성혜 또한 가슴을 치고 땅을 구르며 말하였다.

"하늘 아래 이 세상에 이런 일도 있습니까. 손부인은 지금 우리 모친을 어떻게 여기기에 천첩으로 낮추라 하십니까! 우리 모친은 승상의 친손녀요 대부의 외손녀입니다. 집안이 미천한 손씨만도 못하단 말입니까! 하물며 우리 모친은 이 가문의 첫째 며느리로서 지난날 조부모의 장례를 함께 치렀으며[2] 가문에 들어오신 지 이십 년이 되어 천자의 고명(告命)을 받아 일품(一品)의 명부(命婦)[3]가 되셨는데 어찌 하루아침에 천첩으로 낮출 수가 있습니까. 차라리 우리 남매를 죽이시고 모친의 위호(位號)[4]는 원래대로 두십시오."

그러자 손씨가 말하였다.

"어찌 어버이에게 발악하느냐!"

그러고는 자기 딸을 품에 안고 자기 아들 수명에게 웃으며 말하였다.

"저 천한 얼자 형과 얼자 누이[5]가 하는 짓거리를 좀 봐라. 제 어미의 악한 성미가 딱 저러한가 싶다."

경수가 정신을 차리고 탄식하며 말하였다.

"우리들이 어리석고 둔하여 잘못하는 것이 많지만, 오늘 이런 죄를 짓게 될 줄은 생각지도 못했습니다. 모친께서는 어찌 이리도 심하게 말씀하십니까."

---

2 조부모의……치렀으며 : 원문의 초토(草土)는 거적자리와 흙베개라는 뜻으로 상례를 말한다. 옛날 칠거지악(七去之惡)을 범한 여성일지라도, 부모의 삼년상을 같이 치른 경우에는 내쫓을 수 없다는 삼불거(三不去)가 있었기 때문에 이렇게 말한 것이다.

3 명부(命婦) : 국왕으로부터 봉작(封爵)을 받는 부인을 통틀어 이르는 말.

4 위호(位號) : 벼슬의 등급 및 그 이름.

5 얼자 형과 얼자 누이 : 얼자는 양반과 천민 사이에서 낳은 자식을 일컫는바, 유씨 부인을 천첩으로 강등시키고자 하는 손씨의 의도적인 표현이다.

손씨가 답하였다.

"내 어찌 너를 아들로 생각하겠느냐! 어찌 이리도 무례하게 굴면서 나를 심하게 모욕한단 말이냐."

그러고는 손씨가 유부인의 목주(木主)[6]를 가져다가 직접 바닥에 내리쳐 부수니 경수가 눈물을 흘리며 말하였다.

"자식된 입장에서 차마 못할 말이지만, 이미 내 어머니의 신주에 천첩이라고 썼으니 매우 분하구나. 일이 이 지경이 되었으니 모친의 정령(精靈)도 이 일을 아셨을 터, 이제는 나도 부서진 목주를 지키지 않으리니 내리쳐 깨부숴도 서러울 일이 없다. 진실로 손씨는 나의 원수로다."

말을 마치고는 소리를 지르다가 피를 토하며 혼절하였다. 성혜가 나아가 경수를 구하려 하다가 또한 기절하였다. 그 모습을 본 하인들은 모두 저도 모르게 눈물이 주르륵 흘렀다. 이에 손씨는 분노를 금치 못하였다.

정양은 아들딸의 이 같은 행동을 보면서 유씨 부인의 곧은 마음과 어진 덕이 떠올라 마음으로 뉘우치고 슬퍼하며 시녀로 하여금 아들딸을 외당(外堂)으로 데려가 구호하라 하고는 밖으로 나갔다.

이날 경수 남매가 마음을 진정하지 못하고 계속해서 통곡을

---

[6] 유부인의 목주(木主) : 죽은 유씨 부인의 위패를 말한다.

그치지 않자 손씨가 경수 남매를 잡아다가 무수히 때렸다. 하지만 정양은 그만하라는 말 한 마디가 없었다. 노복들은 그러한 광경을 차마 보지 못하였다. 그때 공중에서 슬픈 울음소리가 은은히 들리는 것 같았다. 손씨는 이상히 여겼지만 때리기를 그치지 않았다. 경수 남매는 머리를 두드리며 슬픔과 분함을 이기지 못하다가 경수가 눈물 흘리기를 그치고 말하였다.

"상황이 어쩔 수 없이 되었으나 어머님의 혼령은 정정히 계실 것이니 누이는 너무 슬퍼 마오. 우리 남매는 어떻게든 살아서 끝이 어찌 될지 지켜봅시다."

성혜가 이런 상황에서 말하였다.

"너는 남자라서 어떤 식으로든 이 원통함을 풀 수 있겠지만 나는 그렇지 못하니 살아서 무엇하리오."

경수가 누이를 붙들고 말하였다.

"누이가 만일 사생을 결단하여 죽으면 나는 누구를 의지하겠습니까."

그러자 성혜가 슬픔을 억누르고 도리어 경수를 위로하였다. 십여 세에 이른 아이 남매가 서로 슬픔을 말하며 서러워하니 초목도 슬퍼할 지경이었다.

경수가 이날 손씨에게 매를 맞아 상처를 입고 병들어 눕자, 손씨는 아침저녁으로 먹을 음식을 주지 않았다. 이에 성혜가 홀로 그릇에 아침밥 두어 술을 들고 들어와 권하며 말하였다.

"네가 병들어 일을 못한다고 밥을 안 주는구나. 내가 먹던 밥을 가져왔으니 억지로라도 먹어라."

경수가 탄식하며 말하였다.

"사람 목숨은 하늘에 달렸으니 비록 굶는다 할지라도 갑자기 죽기야 하겠어요."

성혜가 여러 차례 권하니 경수는 밥을 받아먹으면서 눈물을 비 오듯 흘렸다.

한 달쯤 지나서야 경수의 병이 나았다. 손씨가 이후로는 허드렛일을 더욱 많이 시키고 감히 당에 오르지 못하게 하였으니, 실상은 종이나 다름이 없었다. 그러자 노복들이 '서랑(庶郎)'이라 부르며 서얼로 칭하니 경수 남매가 노비들에게 말하였다.

"차라리 우리를 이름으로 부르고 서얼이라고는 부르지 말거라!"

이후로는 노비들이 경수 남매를 이름으로 불렀다.

한편 손씨가 낳은 아들 수명의 나이는 일곱 살이었고 두 딸은 다섯 살, 여섯 살이었다. 그런데 손씨는 성혜 남매로 하여금 손씨의 자녀들을 공자(公子), 소저(小姐)라 부르게 하고 이름을 부르지 못하게 하였다. 이에 성혜 남매는 갓 태어난 아이처럼 서로 죽은 제 모친을 부르짖으며 울기만 할 따름이었다.

손씨가 하루는 정양의 관대(冠帶)를 마름질해 놓고 성혜를 불러 말하였다.

"내 눈이 어두워 옷을 지을 수 없으니 네가 급히 지어 내일 아버지가 입을 수 있게 하거라. 만일 내일까지 다 짓지 못하면 죽을죄를 범하는 줄 알거라."

성혜가 무릎 꿇고 말하였다.

"저는 솜씨가 날래지 못하여 중요한 일을 그르칠까 두렵습니다."

그러자 손씨가 성혜를 크게 꾸짖었다. 성혜는 사죄하고 물러나와 밤에 등불을 밝히고 눈물을 비같이 흘리며 옷을 짓기 시작했다. 성혜가 비록 허드렛일이나 하고 있으나 가슴 속에는 산천의 빼어난 기운을 품고 있었으며 옥 같은 손에는 소약란(蘇若蘭)의 재주[7]를 타고났었다. 이에 손을 움직이면 신이한 재주가 나왔으니, 눈같이 하얀 손으로 바늘을 놀리자 뛰어난 장인의 솜씨처럼 하룻밤 새 홍포(紅袍)[8]를 다 지었다.

이튿날 아침 성혜가 관복을 받들어 손씨에게 건네자 손씨는 크게 놀랐다. 살펴보니 옷맵시가 살아 있어 십여 일이 넘는 기간

---

7 소약란(蘇若蘭)의 재주 : 소약란은 진(晉)나라 두도(竇滔)의 아내로, 두도가 진주 자사(秦州刺史)가 되어 떠난 후 오랫동안 돌아오지 않자, 남편을 그리워하는 마음으로 회문시(廻文詩)를 비단에 수 놓아 보냈다고 한다. 소약란의 재주는 뛰어난 바느질 솜씨를 의미한다. *『晉書』「竇滔妻蘇氏傳」 참조.

8 홍포(紅袍) : 조정 고위 관원이 입는 붉은색 관복을 말한다.

동안 지은 것보다 더 나았다. 손씨는 의아해하면서 겉으로 웃으며 말하였다.

"그만하면 되었다!"

손씨는 이후로 성혜에게 더욱 일을 독촉하며 시켰다.

하루는 손씨가 경수에게 소를 몰고 동산의 밭을 갈라고 하였다. 이에 경수가 소를 몰고 밭에 가서 탄식하였다.

"내 어찌 순(舜)임금이 당한 재액[9]과 민자건(閔子騫)이 겪은 추위[10]를 함께 당할 줄 알았으리오. 순임금은 비록 궂은 일을 당했을지언정 생모의 위호가 강등되지는 않았으니 이 세상에 나 같은 일을 겪은 사람이 또 있겠는가."

말을 마치자 흐르는 눈물이 옥 같은 얼굴에 가득하였다. 이때 성혜가 밥을 지어 이고 왔다가 경수가 슬퍼하는 것을 보고 목 놓

---

9 **순(舜)임금이 당한 재액** : 순임금의 아버지 고수(瞽瞍)와 계모가 여러 차례 순을 죽이려고 한 것을 말한다. 순에게 창고에 올라가서 수리하게 하고서 사다리를 치운 다음 창고에 불을 질러 순을 불태워 죽이려 한 일과 순에게 우물을 파게 하고서 고수와 이복동생 상(象)이 우물을 메워 순을 생매장시키려고 한 일이 대표적이다. *『史記』「五帝本紀」 참조.

10 **민자건(閔子騫)이 겪은 추위** : 민자건은 공자(孔子)의 제자로 일찍 어머니를 여의고 아버지가 후처에게 장가들어 세 아들을 낳았는데, 계모가 민자건을 미워하여 추운 겨울에 제대로 옷을 입히지 않았다. 이에 아버지의 수레를 몰던 도중 추위에 떨다가 말고삐를 놓친 일화가 전한다.

아 크게 울었다.

손씨가 하루는 성혜 남매를 불러놓고 말하였다.

"너희가 이미 장성하였으니 마땅히 혼인을 해야 할 것이다. 내게 오라비가 하나 있는데 아들딸 남매를 두었으니 너희와 혼인시켜 내 시름을 잊고자 한다."

경수가 웃으며 말하였다.

"부인은 우리의 혼인에 대해서는 신경 쓰지 마십시오."

손씨가 화를 내며 말하였다.

"너는 아직 나이가 어리지만 성혜는 나이가 찼으니 내가 좋은 날을 골라 조카와 짝을 지어주고자 한다."

성혜가 울며 말하였다.

"제가 비록 팔자는 기구하지만 사족 출신이니 예법에 따라야 합니다. 차마 이런 수치를 견딜 수 있겠습니까. 죽으면 죽었지 말도 안 되는 무리한 요구를 받아들일 수 없습니다."

그러자 손씨가 매우 화가 나서 대나무 지팡이로 성혜를 무수히 때렸다. 그러고는 자기 유모의 아들 주천에게 돈을 주고 성혜의 처소에 들어가 그를 겁탈하도록 시켰다. 성혜가 그 낌새를 알아차리고는 경수에게 말하였다.

"하늘이 우리를 돌보아줄 것이니 너만이라도 부디 무사하길 바란다. 나는 차마 이런 치욕을 받지 못하겠다."

경수는 눈물을 머금고 성혜를 위로하였다. 과연 날이 어스름

해질 무렵에 한 소년이 성혜의 침실로 뛰어 들어왔다. 이에 경수가 크게 노하여 차고 있던 칼을 뽑아서 휘두르자 그 소년은 얼굴을 맞고 소리를 지르며 달아났다.

손씨는 흉계를 꾸며 성혜를 겁탈케 하려다가 그 소년이 도리어 경수의 칼을 맞고 집으로 돌아와 피를 흘리고 죽자, 속으로 분하여 성혜 남매를 더욱 구박하려고 하였다.

하루는 손씨가 성혜에게 말하였다.

"네 머릿결이 좋으니 잘라서 내게 주겠니?"

이에 경수가 나아가 말하였다.

"소자의 머릿결도 누이의 머릿결만큼 좋으니 함께 잘라 드리겠습니다."

그러고는 즉시 머리카락을 잘라 주니 손씨가 기뻐하였다. 며칠 뒤 손씨가 직접 와서 성혜의 머리카락도 반 정도 잘랐는데, 성혜는 태연자약하며 머리카락을 잘라 건네고 조금도 싫은 내색을 하지 않았다.

이때 나라에서 위정양을 어사(御史)로 임명하니 정양은 황제의 명을 받아 성서 땅으로 가게 되었다. 이에 경수가 성혜와 함께 눈물을 흘리고 슬퍼하며 정양과 작별을 하였다. 정양이 떠나자 손씨는 더욱 거리낄 것이 없어 구박을 더 심하게 하였다. 성혜 남매는 이를 견딜 수 없어 죽고 사는 것이 조석지간에 달려 있었다.

손씨가 하루는 성혜 남매를 시켜 자기 아들딸을 업고 외당에 나가 구경케 하였다. 이에 성혜 남매가 분함을 이기지 못하였지만 각각 동생을 업고 외당으로 나가 화초를 구경하였다. 동생 수명이 말하였다.

"경수야, 밖에 나가서 길 다니는 사람들 구경을 하자."

경수가 웃으며 말하였다.

"공자 말씀대로 하겠습니다."

그러고는 밖으로 나가자 수명의 누이 성애도 성혜에게 말하였다.

"우리도 밖으로 나가자."

성혜가 말하였다.

"소낭자 혼자 가셔요. 저는 발이 아파 못 가겠습니다."

이에 성애가 함께 나가자고 보채자, 손씨가 밖으로 나와 성혜를 때렸다. 성혜가 말하였다.

"제가 감히 거역한 것이 아니라, 소낭자의 나이가 제법 들었는데 집 밖으로 나가서 길 가는 사람을 구경하자고 하시니 간언한 것입니다."

손씨가 말하였다.

"잔말 말고 소낭자를 업고 나가거라!"

성혜는 손씨의 말을 거역할 수 없었지만 성애를 업고 차마 나가지 못하였다. 그러자 손씨가 크게 화를 내며 매를 들고 때리며 쫓아내니 성혜가 원통함을 눌러 담고 문밖으로 나왔다. 경수는 자기 누이가 집 밖으로 나온 것을 보고 눈물을 흘렸다.

하루는 손씨의 오라비 손은이 찾아와 누이를 보고 대화를 나누었다. 그런데 손씨가 성혜를 불러 술 시중을 들게 하였다. 손은이 성혜를 보고 놀라며 말하였다.

"이 사람은 누구인가?"

손씨가 답하였다.

"어사의 첩의 딸입니다."

손은이 말하였다.

"내가 마침 첩을 구하고 있던 참인데. 어사가 있었다면 내가 데려갔을 텐데."

손씨가 기뻐하며 말하였다.

"어사는 없어도 내가 있으니 내일 오라비에게 보내겠습니다."

손은이 매우 기뻐하며 성혜에게 말하였다.

"미인은 내일 내 집으로 오거라. 내 집으로 오면 나와 함께 백년해로할 것이다."

그러자 성혜가 분함을 이기지 못하여 큰 소리를 지르며 말하였다.

"네가 어떤 놈이길래 감히 나를 욕보이느냐!"

손은이 대답하였다.

"미인은 어찌 이렇듯 화를 내는가?"

이에 손씨가 크게 노하여 성혜를 꾸짖었다. 손은은 집으로 돌아갔다. 한편 손씨는 성혜에게 낡은 비단옷 한 벌을 주고는 내일 당장 오라비에게 보내려 하였다. 성혜가 크게 울면서 경수에게 말하였다.

"온갖 고초를 겪으면서도 버틴 것은 나중을 바라는 마음이 있어서였는데, 어찌 오늘 손은에게 이런 치욕을 당할 줄 알았겠니. 결단코 죽어야겠다."

그러고는 죽으려 하니, 경수가 말리며 말하였다.

"어찌 이리 조급하게 구는 거요. 우리가 평소에는 손씨가 시키는 대로 다 했지만, 우리 혼사는 부친의 명령 없이는 강제로 밀어부쳐도 따를 수 없지요. 아버지께서 명하신 경우라면 종에게 보내셔도 따르겠지만, 계모의 핍박을 계속 당할 수는 없어요. 그러니 우리 빨리 달아나 아버지께 가서 이 상황을 말씀드리는 것이 좋겠어요."

성혜가 말하였다.

"나는 규방에서만 지낸 연약한 몸인데 어디를 향하여 찾아가겠으며, 또 아버지께서 비록 나를 보시더라도 일만 하라고 시키시니 찾아간들 어찌 용납하시겠니?"

경수가 가슴을 치며 말하였다.

"하늘은 우리에게 무슨 죄가 있다고 우리 남매를 이다지도 서럽게 하는가! 누이는 말씀만 하시오. 내가 혼자 누이를 모시고 부친이 계신 부임지를 찾아가겠어요."

성혜가 탄식하며 말하였다.

"우리가 가출하고 나면 손씨는 우리를 헐뜯는 말을 무수히 지어낼 것인데 어떻게 하지?"

경수가 말하였다.

"어떻게 해도 우리는 어질다는 말을 들을 수 없어요. 그러니 부친을 찾아가더라도 꼭 그른 것만은 아닐 듯해요."

드디어 남매가 울면서 이날 밤 문을 나섰다. 그러고는 성서 땅을 향한 지 거의 두 달 만에 겨우 부친을 찾아가 만났다. 성혜 남매가 통곡하며 절을 하고 뵈니 정양이 매우 놀라 물었다.

"너희들이 어떻게 여기를 찾아왔느냐?"

경수가 울며불며 전후 사정을 자세히 고하였다. 하지만 정양은 한편으로는 놀라고 이상하게 여기면서도 다른 한편으로는 믿는 듯 의심하는 듯하였다. 이에 일단 관아에 성혜 남매를 머물게 하였지만 의심의 눈초리를 거두지는 않았다.

그런데 갑자기 경성(京城)에서 손씨의 편지가 이르렀다. 편지에서 손씨는 다음과 같이 말하였다.

> '성혜 남매가 각각 바깥사람과 간통하여 가문의 명예를 더럽혔습니다. 첩이 잘못을 타이르고 질책했더니 갑자기 달아나서 간 곳을 모르겠습니다. 너무 놀라 소식을 전합니다.'

정양이 편지를 보고 매우 화가 나서 성혜 남매를 불러 꾸짖으며 말하였다.

"너희들은 내가 있을 때도 적모(嫡母)에게 순종하지 않더니, 이제 공공연히 반항하고 달아나서 내게 와 부인을 참소하여 적서의 분별을 무너뜨리는구나. 내 마땅히 너희를 죽여야 하지만 차마 그럴 수 없어 용서한다."

그러고는 즉시 경수를 붙잡고 큰 매로 스무 대를 내리쳤다. 이에 피가 땅에 떨어지자 아래 관원들이 정양을 말렸다. 정양이 또 성혜를 크게 꾸짖고는 함께 등을 밀어 쫓아냈다.

성혜 남매는 입이 있으나 뭐라 말할 수가 없어서 대성통곡할 뿐이었다. 성혜가 말하였다.

"나는 처음부터 이렇게 될 줄 알았다. 네가 우기는 바람에 왔다가 이런 일을 당하였으니, 장차 어찌하면 좋단 말이냐."

경수는 매 맞은 고통이 너무도 심하여 정신을 제대로 차릴 수가 없었다. 그런데 한 하인이 성혜 남매를 불쌍히 여겨 음식을 먹이고 피 묻은 옷을 벗기고 새 옷을 내주었다. 경수가 고맙다고 말하며 성명을 물으니 '단동영'이라 하였다.

경수는 누이를 데리고 십 리쯤 가서 한 집에 들어가 머물고자 하였다. 이곳은 노파 혼자서 술 파는 집이었다. 경수가 하룻밤 묵어가기를 청하였더니 노파가 웃으며 말하였다.

"나는 과부라오. 비록 나이는 많이 먹었으나 예법을 차리니 나이가 찬 남자를 어찌 한 방에 두겠는가?"

경수가 탄식하며 말하였다.

"내가 비록 몸집이 크고 거동이 씩씩하지만 올해 나이 열 살밖에 안 되었습니다. 그러니 노파 집에서 하룻밤 묵어가도 전혀 문제가 되지 않을 것입니다."

그러자 노파가 성혜 남매를 불쌍히 여겨 방안에 들이고 음식을 잘 차려 극진히 대접하였다. 성혜 남매가 두어 날을 몸조리하고 떠나려 하니, 노파가 돈 두어 꿰미를 주었다. 이에 경수가 연신 절을 올리면서 감사의 마음을 표하였다.

성혜 남매는 길을 떠나 두어 달 동안 온갖 고초를 겪다가 경성(京城) 중문 밖에 이르러 서로 말하였다.

"우리가 차마 다시 집에 돌아가 손씨의 구박을 당하며 살지는 못할 것이다. 하지만 집으로 돌아가지 않는다면 어디에 의지하리오. 차라리 여기서 죽는 것이 낫겠다."

그러고는 종일토록 통곡하니 지나가는 행인들이 모두 성혜 남매를 불쌍히 여겼다.

성혜 남매가 이렇게 갈 곳을 잃은 채 울고 있을 무렵, 문득 한 백발노인이 하인 두어 명을 거느리고 평교자(平轎子)[11]를 타고

---

11 평교자(平轎子) : 종1품 이상 및 기로소 당상관이 타던 가마. 앞뒤로 두 사람씩 네 사람이 낮게 어깨에 메고 천천히 가도록 되어 있다.

나오는데 그 모습이 매우 비범하였다. 한편 백발노인은 하인을 시켜 성혜 남매를 불러오게 하였는데, 그는 다른 사람이 아니라 바로 각로 원종의였다. 각로는 풍경을 감상하려 동문 밖으로 나갔다가 길에서 두 아이가 붙들고 우는 모습을 보고는 하인을 시켜 부른 것이었다.

성혜는 가지 않고 경수가 백발노인에게 나아가 절하며 뵈었다. 각로가 한번 눈을 들어 경수를 보니 옥 같은 모습의 소년이었다. 신장은 칠 척 구 촌이요, 두 팔의 길이는 무릎 아래까지 내려와 있었다.[12] 총명하고 영특해 보였으며 풍채가 깨끗하여 완연히 이적선(李謫仙)[13]의 풍도와 반악(潘岳)[14]의 고운 얼굴을 갖추고 있었다. 각로가 그 모습에 크게 반하여 물었다.

"너는 누구길래 깊은 산 인적 드문 곳에서 슬퍼하고 있느냐?"

경수가 공손히 대답하였다.

---

12 두……있었다 : 팔이 길어 무릎 아래로 내려온다는 것은 덕이 많고 인자함을 비유적으로 나타내는 말이다. 삼국시대 유비(劉備)가 팔이 길어 무릎까지 내려왔다고 한다.

13 이적선(李謫仙) : 당나라 때 시인 이백(李白)을 말한다. 적선은 선계(仙界)에서 인간 세상으로 귀양 온 신선이라는 뜻이다.

14 반악(潘岳) : 진(晉)나라 사람으로 자는 안인(安仁)이다. 어려서부터 총명하여 고을에서 신동(神童)으로 일컬어졌다. 특히 용모가 뛰어나 수레를 타고 낙양(洛陽)의 거리로 나가면 부녀자들이 모두 과실을 던져 수레에 과실이 가득 찼다고 한다. *『晉書』「潘岳列傳」 참조.

"소생은 사대부의 자식으로 한때 도적을 만나 누이와 함께 도망쳐 달아나 피신 중입니다. 지금 의지할 곳이 없어 슬퍼하고 있습니다."

각로가 다시 물었다.

"네 부친의 성명이 무엇이냐?"

경수가 답하였다.

"소생의 성은 위씨요, 이름은 경수입니다."

각로가 거듭 물었다.

"부친의 성명은 어찌하여 말하지 않는 게냐."

경수는 우물쭈물할 뿐이었다. 이에 각로가 '분명 말 못할 사정이 있나 보다.' 하고 짐작하고는 성혜와 경수를 데리고 집으로 돌아왔다.

각로의 부인이 반기며 물었다.

"오늘은 구경할 풍경이 적었습니까? 어찌하여 일찍 돌아오셨습니까?"

각로가 조용히 부인에게 말하였다.

"내 오늘 이러이러한 소년을 얻어 데려왔소. 분명 사대부의 자식인 듯한데 큰 환난을 만나 떠돌아다니는 것 같아서 거두어 적선하는 마음으로 데려온 것이오. 남자아이는 외당에서 내가 데리고 있을 것이니 여자아이는 부인이 딸처럼 잘 대해주시오."

부인은 기쁜 마음으로 허락하고 시녀를 시켜 성혜를 불렀다.

그러자 성혜가 시녀를 쫓아 들어와 각로와 부인께 절을 올렸다. 부인이 성혜에게 앉을 자리를 내어 주고 살펴보니, 일신에 걸친 것이 해지고 너덜너덜하여 헌 옷이 속살을 제대로 가리지 못하였다. 또 구름 같은 머리카락을 풀어 헤쳐 얼굴을 가리고 있어 그 모습이 차마 보지 못할 지경이었지만 옥 같고 꽃 같은 얼굴은 부잣집의 비단 옷감을 두른 소저라도 당하지 못할 수준이었다. 부인은 성혜를 가엾게 여겨 말로 위로하고 전후의 내력은 묻지 않은 채 협실(夾室)에 거처하게 하였다. 부인은 성혜 남매에게 아름다운 의복을 입혔다.

이날 저녁식사 후 각로가 노복들을 내보내고 자녀를 모아놓은 후 경수 남매를 불러 한 방에서 인사하게 하며 말하였다.

"내가 너희를 거두려 한다. 다만 아무런 명분 없이 머물게 하지는 못할 것이니, 권도(權道)[15]로써 내 자식이 되는 것이 어떠하냐?"

경수가 곰곰이 생각하였다.

'내 비록 화를 피하여 숨어 지내는 사람이기는 하지만 군자가 되어 어찌 성씨를 바꾸리오? 사실대로 말하는 것이 옳겠다.'

그러고는 낯빛을 바르게 하고 눈물을 흘리며 대답하였다.

---

15 **권도(權道)** : 임기응변으로 시의(時宜)에 맞게 일에 조처하는 것을 말한다.

"소인은 천지간의 죄인으로서 대인의 은혜를 입었사오니 그 은덕이 하늘과 같습니다. 어찌 제 속마음을 감추겠습니까. 저는 실상 이부상서(吏部尚書) 안찰어사(安察御史) 위공(魏公)의 아들이요, 누이는 한 어머니의 배에서 태어난 남매지간입니다. 팔자가 기박하여 갓난아이 때 친모를 여의었습니다. 자라서는 어리석고 명민하지 못하여 순(舜)임금의 성효(誠孝)과 민자건(閔子騫)의 공손함을 본받지 못하였기 때문에 계모께 죄를 얻음이 많았습니다. 이에 부친의 부임지를 찾아가고자 했지만 뜻대로 되지 못하다가 이 한 몸을 대인께 의탁하게 되었습니다. 비록 대인의 하늘 같은 은혜를 입었사오나 성씨를 바꾸는 것은 분명히 말씀드리지만 원치 않습니다."

각로가 듣기를 마치고 매우 놀라 말하였다.

"원래 그러한 사정이 있었구나. 위공은 현명한 군자이거늘 어찌 집안을 제대로 건사하지 못한단 말인가!"

그러자 경수와 성혜가 정색하고 대답하였다.

"저희들이 못나서 그런 것입니다. 어찌 부친 때문이겠습니까. 다만 죽은 어미가 천첩으로 강등된 것을 슬퍼할 따름입니다."

각로가 탄식하여 말하였다.

"오늘날에도 대순(大舜)과 상(象)의 모친[16]이 또 있음을 보는구

16 대순(大舜)과 상(象)의 모친 : 상은 순임금의 계모가 낳은 이복동생이다.

나. 세상일은 언제든 변하니 너희들은 안심하거라. 다만 네 누이는 여자이므로 허물이 없을 터, 내 양녀로 삼고자 하는데 네 뜻이 어떠한가?"

경수가 거듭 감사를 표하며 절하고 말하였다.

"저를 낳아준 분은 부모이시고, 저를 구해준 분은 대인이십니다. 명대로 하겠습니다."

성혜가 자리에서 일어나 눈물을 거두고 감사의 절을 올리면서 말하였다.

"이 같은 큰 은혜는 갚을 길이 없을 듯합니다. 만일 대인의 집에 안전히 머물게 해 주신다면 하늘 같은 덕택을 어찌 헤아릴 수 있겠습니까."

각로와 부인은 성혜 남매의 얼굴과 풍도를 사랑하였다. 각로에게는 말년에 낳은 딸이 하나 있었는데 나이가 열세 살이었다. 그 딸은 용모가 탁월하여 요지의 꽃과 같았으며, 광채가 현란하여 산 위의 밝은 달과 곤륜산(崑崙山)의 옥 같았다. 이에 각로가 몹시 애지중지하였다. 그런데 경수의 풍도를 보고는 마음에 꼭 들어서 부인에게 사위로 삼을 작정이라고 말하고는 매우 후대하며 은혜를 베풀었다.

순임금의 계모가 순임금을 괴롭혀 죽이려고 한 것에 견주어 전처 소생과 그를 괴롭히는 계모의 관계를 말한다. *각주 9) 참조.

십여 일쯤 지나 각로가 경수를 불러 조용히 말하였다.

“그대는 아직 혼처가 없지 않은가. 내게 딸이 하나 있어 그대의 배필로 삼고자 하는데 자네의 뜻은 어떠한가?”

경수가 대답하였다.

“대인께서 이렇게 힘써 권하시니 그 은혜를 잊기도 어렵고 갚기도 어렵습니다. 그러나 아버지의 명이 없으니 말씀드리지 않고 먼저 아내를 취하는 행동은 차마 하지 못하겠습니다.”

각로가 재삼 권하였지만 경수는 벙어리 같이 굳게 입을 다물었다. 그러자 각로가 칭찬하며 말하였다.

“자네의 맑은 절개와 바르고 큰 뜻은 옛사람 못지않도다. 내가 혼인을 늦추어줄 것이니 자네도 다른 아내를 맞이하지 말고 신의를 지키게나. 훗날 자네 부친의 허락을 받아 혼사를 이루기로 정하세.”

그러자 경수가 감사의 절을 올리며 그 명을 받들었다. 각로가 이후로는 장인과 사위의 관계라 생각하고 경수를 더욱 사랑하였다.

성혜가 내실에서 이 말을 듣고 원소저를 유심히 살펴보니 정녕 남동생과 좋은 짝이 될 만하여 기쁘고 다행스럽게 여겼다. 이에 원소저와 서로 공경하고 친애하며 완연히 친동생처럼 아껴주었다.

이때 성화(成化) 연간 황제와 정궁황후(正宮皇后)는 이남일녀를 두었는데 장남은 태자(太子)였으며, 딸은 명아공주로 불렸다. 차남인 제왕(齊王)은 탁월한 얼굴이 옥을 깎은 듯하였고 눈빛은 샛별 같았으며 붉은 입술은 주사(朱砂)를 칠한 듯하였고 눈썹은 강산의 빼어난 기운이 서린 듯하였다. 붓을 들면 문장이 되고 맑은 소리로 얼핏 시부(詩賦)를 읊조리면 용이 꿈틀거리고 봉황이 춤추는 듯하였다. 얼굴과 풍채와 문장 실력이 이러하니 황제가 흡족하게 여기고 태자보다 더 아끼고 사랑하였다.

제왕은 이때 나이가 열다섯 살이었는데 외모와 풍골이 견줄 데 없이 빼어났다. 이에 황제가 명을 내려 민간의 모든 처자를 모아 제왕비를 간택하려 하였다. 원각로가 민망하고 난처하여 부인과 의논하였다.

"우리 딸을 간택에 들인다면 위생(魏生)과의 혼인이 어그러질 터인데 장차 어찌하면 좋겠소?"

부인이 대답하였다.

"좋은 계책이 있습니다. 위생의 누이가 여기 있으니, 본래 제 부친 집에 있었어도 간택에 들었을 것입니다. 하물며 우리의 양녀가 되었으니 임기응변으로 우리 딸 대신 간택에 들이는 것이 어떻겠습니까?"

각로가 기뻐하며 성혜를 불러 이러한 뜻을 전하였다. 그러자 성혜가 거듭 절하며 말하였다.

"대인의 명이라면 죽을 곳으로 가라고 하신들 어찌 거역하겠습니까. 명하신 대로 하겠습니다."

이에 각로가 매우 기뻐하였다. 성혜가 밖으로 나와서 경수에게 말하였다.

"아버지께서 계셨어도 간택에는 들었을 테지만 남 대신 들어가려니 서글프구나."

경수 또한 흐느끼며 탄식하였다.

간택하는 날이 되자 각로의 지시로 성혜가 칠보로 단장하고 입궐하였다. 저후전(雎后殿)[17]에 모이자 만 명의 여자 중에 천 명을 뽑고 천 명 가운데 백 명을 뽑고 백 명 중에 열 명을 뽑았다.

열 명의 여자 중에 한 미인이 있었으니, 얼굴이 백설 같고 이마는 달 같고 팔자 눈썹은 버들 같고 두 눈은 가을 물결이 어린 듯하였다. 두 뺨은 복숭아꽃을 머금은 듯하였고, 붉은 입술과 하얀 이빨은 주사를 찍고 옥을 새긴 듯하였다. 구름 같은 귀밑머리는 안개를 조롱하는 것 같았으며 버들 같은 허리는 흰 비단을 묶어놓은 듯하였다. 봉황 같은 어깨에는 녹색 저고리를 걸치고 붉은 치마를 끌며 연꽃 같은 걸음걸이를 선보였다. 그 거동이 사대부 여성이 지켜야 할 법도에 딱 들어맞았으며 나아가고 물러남에 어그러짐이 없었다. 이에 모든 여자들 가운데 섞여 있었지만

---

17 저후전(雎后殿) : 황후가 거처하는 전각을 일컫는다. 『시경(詩經)』〈관저(關雎)〉에서 후비(后妃)의 덕을 읊은 것에서 기인한다.

봉황이 까막까치 무리 속에 있는 듯 눈부시게 아름다운 광채와 깨끗한 기풍이 삼천 궁녀와 모든 후궁들의 미색을 무색하게 만들어 그와 비슷한 이도 찾을 수 없을 지경이었다. 달도 그 광채에는 미치지 못하였고 꽃도 그 고움을 뽐내지 못하였으며 옥도 그 흰빛을 겨루지 못하였다.

황제가 크게 감탄하여 불러 물으시니, 각로 원공의 딸 성혜라고 하였다. 이에 황제가 황후를 대하여 그날로 제왕비(齊王妃)로 간택하기를 청하여 별궁(別宮)으로 내보냈다. 그러고는 흠천감(欽天監)[18]에 명하여 택일케 하고 육례(六禮)[19]를 준비하니 그 특별하고 위엄 있는 법도를 헤아리지 못할 정도였다.

길일(吉日)이 정해지자 제왕이 성혜와 더불어 혼례를 올리고 동방에 들어가 신부를 보았다. 평생 품어 온 마음에 흡족하므로 진중한 은정이 태산 같고 하해 같았다. 다음날 황제가 성혜를 제왕비로 봉하자, 성혜가 폐백을 갖추어 황제와 황후께 신부의 예를 행하였다. 제왕 또한 어깨와 팔을 나란히 하여 폐백을 받들었다. 부부 두 사람의 옥 같은 얼굴이 조금도 차이가 없어 마치 한

---

18 **흠천감(欽天監)** : 명나라·청나라 때 천문 역수(天文曆數)의 관측을 맡은 관아로, 천문 계산, 월력(月曆) 계산, 역서(曆書)의 편수, 시보(時報) 등을 담당하였다.

19 **육례(六禮)** : 혼인(婚姻)의 여섯 가지 의식으로 납채(納采), 문명(問名), 납길(納吉), 납징(納徵), 청기(請期), 친영(親迎)을 말한다.

쌍의 명주(明珠) 같았다. 황제와 황후는 매우 기뻐하며 그들에 대한 사랑이 헤아릴 수 없을 정도였다.

이에 제왕 부부에게 별궁을 지어주었는데 아름답고 화려한 누각이 찬란하여 황궁에 버금갈 정도였으며 웅장한 기둥의 높이가 대궐보다 불과 두어 층가량 못한 정도였다. 제왕이 제왕비와 더불어 본궁(本宮)으로 나오니, 제왕비는 삭망(朔望)[20]으로 대궐에 들어가 조회하였고 제왕은 수시로 대궐에 출입하였다.

제왕비는 비록 이러한 부귀영화를 누리고 있었지만, 자신이 부친에게 죄를 얻은 상태였고 부친 또한 자기 딸이 이렇게 되었음을 모르고 있을 것이므로, 밤낮으로 마음이 편치 못하여 기쁜 표정이 없었다. 제왕이 이를 이상하게 여기고 앵무새를 들고 들어와 장난치며 울게 하였다. 하지만 제왕비는 눈을 들어 보지도 않고 마음속 깊이 뭔가 생각하는 일이 있는 듯하였다. 제왕이 앵무새를 놓고 나와 앉아 제왕비의 손을 잡고 물었다.

"내가 현비(賢妃)를 만난 지 수개월째라오. 황제의 은혜가 지중하여 한때의 부귀영화를 누리고 있으며, 나는 또한 정궁이 낳은 금지옥엽이니 현비에게도 나쁠 일이 없을 것이오. 그런데 세월이 흘러도 계속 근심하며 눈썹을 펴지 않은 채 웃는 얼굴을 보지 못하겠구려. 얼굴에는 수심이 가득하며 두 눈에는 눈물이 자

---

20 삭망(朔望) : 음력 초하룻날과 보름날.

주 어려 있으니, 잘 모르겠지만 무슨 거리끼는 일이라도 있소? 한번 마음 터놓고 이야기하는 것도 나쁘지 않을 듯하오."

제왕비가 제왕의 말을 듣자 슬픔이 더욱 복받쳐 억누르고자 하나 제어하지 못하였다. 이에 눈물을 머금고 겨우 대답하였다.

"소첩이 국은을 입고 전하의 정비가 되었으니 외람되고 황공하옵니다. 어찌 감히 마음에 거리끼는 바가 있겠습니까. 다만 제 가슴속에 가득한 회포는 비록 전하라 하더라도 다 말씀드릴 수 없기에 홀로 슬퍼하고 있는 것입니다. 얼굴에 수심이 나타나는 것은 이런 이유 때문입니다."

제왕이 제왕비의 안색이 좋지 않고 또 목메어 우는 것을 보고 화가 나서 말하였다.

"과인이 비루하다 한들 왕비가 어찌 이렇듯 나를 하찮게 여겨 진실을 말하지 않는 것이오!"

제왕비가 자리에서 일어나 인사를 하고 떠나면서도 끝내 말을 하지 않았다. 그러자 제왕 또한 더는 묻지 않았다.

경수는 누이가 제왕비가 된 것을 알고 한편으로는 놀라고 두려워하였으며 다른 한편 기쁜 듯 슬픈 듯 그 머릿속이 매우 복잡하였다. 각로는 기뻐하며 경수에게 말하였다.

"네 매형은 타고난 자질이 지혜롭고 복덕(福德)을 전부 갖춘 관상이다. 이제 네 누이는 왕비의 영화를 누려 일국의 국모가 될 것이니, 그리되면 네 모친의 위호도 다시 올릴 것이요, 원수를 갚는 것도 손바닥을 뒤집는 것처럼 쉬울 것이다. 어찌 놀라는 표정을 짓는가!"

하지만 경수는 여전히 슬퍼하며 탄식하였다. 경수가 원각로의 아들인 체하며 매번 제왕궁에 가면 제왕이 경수를 맞아들여 함께 왕비를 만나 보았다. 경수는 그 누이가 이렇게 영화롭게 된 것을 보고 슬퍼하였지만, 제왕이 함께 자리에 있으니 속사정을 다 말하지 못하고 나왔다. 제왕이 제왕비에게 말하였다.

"원생(元生)의 얼굴과 기질은 실로 호감이 갑니다."

그러고는 경수를 제왕궁에 머물러 지내도록 하였으나, 끝내 성혜 남매를 원각노의 딸과 아들로만 알았을 뿐 그 근본은 알지 못하였다.

이때 위정양이 국사를 마치고 도성으로 돌아오니 이미 수년이 지나 있었다. 손씨는 정양을 맞이하며 성혜 남매의 흉을 계속 보았다. 정양 또한 아들딸이 성서 땅에 찾아왔을 때 매로 쳐서 내쫓은 일을 손씨에게 일러주며 말하였다.

"종적을 알 수 없어서 이곳으로 돌아왔는가 하고 여겼는데, 어디 가서 죽었나? 이게 다 저희들 죄 때문이지만 불쌍하구만."

손씨가 몹시 기뻐하며 말하였다.

"그것들의 인생은 아깝지만 그것들의 죄는 백번 죽어도 남을 것이요, 또 가문의 명예를 더럽힌 것들이니 살아있어 무엇하겠습니까."

정양은 손씨의 말을 옳다고 여겼다. 손씨가 이후로는 거리낌 일이 없어 날마다 수명 등을 데리고 즐거워하였다.

하루는 정양이 원각로를 보러 갔다. 각로가 후하게 응대하고 웃으며 말하였다.

"내가 요사이 너무도 해결하기 어려운 공무가 있으니 현형(賢兄)이 한번 잘 판단해보시오."

정양이 공손한 태도로 대답하였다.

"상공께서 말씀하시는 공무가 무엇입니까?"

각로가 답하였다.

"다른 일이 아니라, 어떤 벼슬하는 관료가 전처와 후처를 두었는데 전처는 명문가 자손이었음에도 그 관료가 후처를 얻고는 후처에게 미혹되어 죽은 전처의 신분을 강등시켜 첩으로 만들고 전처의 자녀를 순임금과 민자건이 겪은 지경까지 무자비하게 학대하다가 결국에는 쫓아냈다고 하오. 만일 이 일이 사실이라면 금수보다 더한 것이니 지극히 한심하다 할 것이오. 현형이 어사가 되어 어찌 이런 사건을 철저하게 밝혀 처벌하지 않는 것이오?"

정양이 그 말을 듣고는 너무 놀라 말하였다.

"과연 이러한 일이 있다면 그 죄를 심문하여 후처는 외딴섬으로 유배 보내 가두고 집안을 잘 다스리지 못한 가장은 장(杖) 팔십 대를 쳐서 극변(極邊) 지역으로 정배하는 것이 마땅합니다. 상공께서는 어찌 이런 사건을 처리하기 어렵다고 하십니까?"

각로가 말하였다.

"현형의 말이 맞소. 다만 내가 처리하기 난감해하는 이유는 내쳐진 자녀들이 지극히 어질고 효성스러워 그 아비가 죄 입는 것을 죽기로써 거부하기 때문이오. 그래서 그 자식들의 얼굴을 보아 처리하기 어렵다고 하는 것이오."

정양이 또 말하였다.

"그렇다면 간사한 후처는 강제로 이혼시켜 친정집으로 돌려보내고 가장은 파직하여 일 년간 녹봉을 주지 말고 아예 벼슬길에 발도 들이지 못하게 하는 것이 좋겠습니다."

각로가 그 말을 듣고는 웃으며 말하였다.

"그 사람이 누군지 아는가?"

정양이 그 말을 듣고 이상하게 여기다가 곧 깨닫고는 낯빛을 변한 채 대답하였다.

"들은 내용이 한심하기는 하나 누구의 일인지 알지 못하겠습니다."

각로가 이에 웃음을 그치고 정색하며 이치를 따져 말하였다.

"부모와 자식 사이에 서로 사랑하는 것은 인간의 도리상 당연한 일이오. 『모시(毛詩)』에 이르기를 '나를 낳아주신 분은 아버지요, 나를 길러주신 분은 어머니다.'[21]라고 하였잖소. 그대가 전처와 후처를 두었을 때, 옛사람의 행적을 공경하였다면 이른바

송홍(宋弘)의 '조강지처불하당(糟糠之妻不下堂)'[22]을 생각하여 가난한 시절의 아내를 내치지 말았어야지, 어찌 사마상여(司馬相如)가 했던 신의 없는 행동[23]을 따라 한단 말인가!

그대의 조강지처는 나 또한 그 가문에 대해서 아니, 이름나고 현달한 가문이자 도성 내에서도 권력가 집안이잖소. 비록 미천

---

21 나를……어머니다 : 『시경(詩經)』「소아(小雅)」〈육아(蓼莪)〉에서 "아버지는 나를 낳으시고, 어머니는 나를 기르셨다. 나를 다독이시고 나를 기르시며, 나를 자라게 하고 나를 키우셨다.[父兮生我, 母兮鞠我, 拊我畜我, 長我育我.]"라고 한 것을 두고 이른 말이다.

22 송홍(宋弘)의 조강지처불하당(糟糠之妻不下堂) : 송홍은 후한(後漢) 광무제(光武帝) 때의 문신이다. 광무제가 과부가 된 누이 호양공주(湖陽公主)의 배필로 송홍을 속으로 지목하고는, "귀하게 되면 친구도 바꿀 수 있고, 부유해지면 아내도 바꿀 수 있다.[貴易交, 富易妻.]"라는 민간의 말을 인용하면서 그의 의중을 슬며시 알아보려고 하였는데, 송홍이 "빈천할 때 사귄 친구는 잊어서는 안 되고, 어려움을 함께한 아내는 버려서는 안 된다.[貧賤之交不可忘, 糟糠之妻不下堂.]"는 말을 들었다고 대답을 한 고사가 전한다. *『後漢書』「宋弘列傳」 참조.

23 사마상여(司馬相如)가……행동 : 전처를 버리고 후처에 빠짐을 말한다. 한나라 때의 문장가 사마상여가 일찍이 청춘과부인 탁문군(卓文君)을 보고 한눈에 반하여, 탁문군을 데리고 밤중에 도망쳐서 성도(成都)에서 살았는데, 사마상여의 집이 워낙 가난하여 살길이 막연하자, 목로집을 차려 놓고 탁문군에게는 술을 팔게 하고 사마상여 자신은 그 곁에서 그릇을 씻으면서 살았다. 그 뒤에 사마상여가 부귀하게 되어서 무릉(茂陵) 사람의 딸을 첩으로 삼으려고 하였는데, 탁문군이 함께 사랑을 이어갈 수 없다는 내용으로 〈백두음(白頭吟)〉을 지어 절교를 하자, 사마상여가 그만두었다. *『漢書』「司馬相如傳」 참조.

한 신분의 사람을 잘못 알고 정실로 삼았을지라도 이미 자녀를 낳았고 부모의 상장례를 함께 치렀다면, 그런 사람을 어찌 차마 단번에 집 밖으로 내칠 수 있겠소. 하물며 명문거족의 자손을 천첩으로 만들다니요! 거기에서 그쳤다면 오히려 심하지 않다고 할 수도 있지만, 죽은 사람의 위호를 강등시키고 목주마저 부숴 버렸으니, 누군가 이런 이야기를 듣는다면 원수지간이라도 슬퍼할 것입니다. 부부간의 의리가 있는데도, 그대는 어찌 이리도 심하게 한단 말인가!

게다가 부부 관계는 갈라설 수도 있다고 치겠지만, 부모 자식 사이의 정의(情誼)에 이르러서는 더욱 놀랍기만 하오. 유씨 부인의 아들이 손씨에게 그렇게 구박을 당하는데도 그대 역시 같이 때리면서 말리는 말 한 마디 하지 않았소. 또 그대가 부임지로 떠나자 손씨가 사람을 시켜 그대 딸을 참혹하게도 겁탈케 하였소. 그대 자녀들이 외롭고 서러운 마음에 집을 나와 수풀로 집을 삼고 눈물로 양식을 삼아 그대를 찾아갔거늘, 그대는 도리어 손씨가 거짓으로 참소한 편지를 보고 옳다 여겨 자녀들을 내쫓았소. 그런 행위가 아들에게야 허물이 되지 않을 수 있지만, 규방의 딸아이를 군졸들 가운데 세워 놓고 더러운 말로 죄를 추궁하고는 군졸들을 시켜 등을 밀어 내치다니, 그런 마음이 생기던가. 오호통재라!

부모 자식 사이의 정은 호랑이같이 사나운 짐승에게도 있는 법이오. 그렇지 않은 경우가 삼황(三皇)[24] 이후에 순임금의 아버지 고수(瞽瞍) 한 사람뿐인 줄 알았더니, 수천 년 후에 위정양이 있을 줄 누가 알았겠소? 그대 자녀들은 떠돌아다니는 와중에도 단 한 번도 아버지를 원망하지 않았소. 자신들의 뜻을 깊게 지켜 사나운 계모와 어리석은 아버지의 명령에 순종하여 그릇된 길로 가지 않았으며, 권도(權道)로써 남에게 의지하여 아비가 자식을 죽였다는 죄명(罪名)을 면하게 하고 나중에는 효도로써 봉양하고자 하였다오. 가련하도다, 경수여. 참혹하도다, 성혜여. 온갖 곤욕을 참아내고 큰일을 이루었으니, 대순(大舜)이 지붕 위에 올라갔지만 잘 내려와서 불에 타 죽지 않고 또 우물에 들어갔지만 구멍을 뚫고 살아난 것과 다르지 않도다.

그대는 이제라도 잘못을 깨닫기 바라네. 내가 분수없이 남의 집 일에 상관하는 것이 아니라, 내 벼슬이 재상의 반열에 있다 보니 화가 치밀어 오르는 사건을 들으면 황제께 알릴 수밖에 없네. 하지만 경수와 성혜의 얼굴을 보아 그대의 죄를 이쯤에서 용서하고자 하니, 질책과 탄핵을 당하기 전에 그대는 집안부터 잘 건사하여 다스리고 나의 이런 언사를 이상하게 여기지 말게나."

각로의 태도는 매우 엄정하고 강직하였으며 곧으면서도 서슬

24 삼황(三皇) : 고대 중국의 전설에 나오는 세 황제로, 일반적으로 복희(伏羲), 신농(神農), 황제(黃帝)를 가리킨다.

푸르렀다. 이에 정양이 매우 놀라는 한편 부끄럽고 황공하여 말을 잇지 못하였다.

각로가 물었다.

"그대가 내 말이 옳다고 여겨서 그러는가?"

정양이 마치 취하였다가 잠이 깬 듯 사죄하며 말하였다.

"소생의 잘못을 오늘에야 후회합니다만 지난 일이라 어찌할 수 없게 되었습니다. 그런데 제 자식인 성혜 남매를 상공께서 어떻게 아십니까?"

각로가 대답하였다.

"내 어찌 그들을 만나 보았겠는가. 다만 이 문제는 그대가 차분히 잘 처리하게. 생전에 성혜 남매를 다시 볼 생각은 하지 말고, 유씨 부인 위호는 다시 올리도록 하게."

이에 정양이 감사 인사를 올리고 집으로 돌아왔다. 정양은 마음이 혼란스러웠으나 손씨에게도 말하지 못하고 외당에 앉아 과거의 일과 원각로의 질책을 생각하였다. 그러고는 자신의 잘못을 깨닫고 눈물을 흘렸다.

이때 황제가 알성시(謁聖試)[25]를 베풀자, 백관들이 황제를 모시고 과거 시험장을 구경하였다. 경수가 이날 시험장에 들어가 가

---

25 알성시(謁聖試) : 군주가 문묘(文廟)에 거둥하여 공자 신위에 참배하고 실시하는 과거를 말한다.

슴에 가득한 주옥같은 기운을 토하고 장강(長江) 대해(大海)를 거슬러 오를 웅대한 재주를 펼쳐 보였다. 이에 합격자 명부에서 이름을 불렀다.

"청주인 위경수. 나이 15세. 아버지는 이부시랑 겸 도찰어사 위정양."

이 같은 소리가 세 번에 이르자, 한 소년이 뭇사람들 가운데 몸을 빼고 나왔다. 그 풍채는 만인을 넘어설 듯하였으며 눈빛은 하늘에 쏘여 해와 달의 빛을 가릴 만하였다. 비록 반악(潘岳)의 얼굴이 곱다고는 하나 이 사람에게는 미치지 못하였으며, 조자건(曹子建)[26]의 재주도 이 사람보다는 못하였다.

이에 황제가 매우 기뻐하였고, 조정에 가득한 신하들은 만세를 부르며 황제가 뛰어난 인재를 얻었다고들 입을 모아 축하하였다. 황제가 급제자들을 차례로 불러 벼슬을 내리고 어사화(御賜花)[27]를 꽂아주었다. 경수는 장원(壯元)으로 한림수찬 문하시랑

---

26 조자건(曹子建) : 중국 삼국시대 위(魏)나라 조식(曹植)으로 자건은 자(字)이다. 대시인으로서 건안문학(建安文學)을 주도하였다. 조조(曹操)의 아들이자, 조비(曹丕)의 동생이다.

27 어사화(御賜花) : 문과·무과에 급제한 사람에게 임금이 하사하던 조화(造花)이다. 급제자들은 사모 뒤에 어사화를 꽂고서 3일 동안 풍악

겸 간의대부(翰林修撰門下侍郎兼諫議大夫)에 제수하였다. 그러자 경수의 얼굴과 풍채 및 영화와 명망이 세상에 진동하였다. 그 누가 경수가 그동안 계모에게 죄를 얻어 뒷간 청소나 하고 날마다 매를 맞던 사람인 줄 알겠는가. 보는 사람들이 모두 경수를 칭찬하고 부러워하였다.

황제가 위정양에게 특별히 술을 하사하며 말하였다.

"세상에 아들을 둔 자는 많으나, 어찌 경수만큼 기특하리오! 경이야말로 자식다운 자식을 두었다고 할 만하도다."

정양은 이때 정신이 아득하여 기쁜 줄도 모르고 미운 줄도 모른 채 다만 놀라 넋이 하늘에 오른 듯하였다. 황제가 경수에게 술을 하사하자, 백관들이 경수의 등을 두드리고 웃으며 말하였다.

"위생이 벼슬은 재상의 반열이지만, 나이 어린 새 급제자이니 허참면신례(許參免新禮)[28]에서 서로 봅시다."

그러자 경수가 감사 인사를 올렸다. 정양이 경수를 데리고 집

을 잡히고 거리를 돌면서 좌주(座主)·선진자(先進者)·친척들을 찾아보았다.

28 허참면신례(許參免新禮) : 새로 출사하는 관원이 구관원(舊官員)에게 음식을 차려 대접하고 인사드리는 일. 이를 허참례(許參禮)라 하는데, 이로부터 서로 상종을 허락한다는 의미였다. 다시 열 며칠 뒤에 면신례(免新禮)를 행하여야 비로소 신관원이 구관원과 동석할 수 있었다.

에 돌아올 적에 백관들이 뒤를 좇아오니 그 위의(威儀)가 길에 가득하였다. 정양과 경수는 집으로 돌아와 객당에 함께 앉아서도 각각 말없이 초조한 얼굴로 손님들을 응대했다.

이때 손씨가 내당(內堂)에서 떠들썩한 급제자 행차 소리를 듣고 제 아들 수명에게 말하였다.

"너는 언제 저렇게 급제할 것이냐?"

또 두 딸에게 말하였다.

"너희는 언제 저런 남편을 얻을꼬?"

그러고는 자신도 구경하고자 내당에서 나와 문틈으로 보았다. 무수한 문무백관이 다 조복을 입고 있었는데, 새로 급제한 한 사람을 뜰에 내려가라고 하며 놀리듯 즐겼다. 손씨가 눈을 똑바로 뜨고 자세히 살펴보았다. 그랬더니 그 사람은 백옥 같은 얼굴로 만취해 있었는데 두 뺨은 복숭아꽃 같고 붉은 입술은 단사를 칠한 것 같으며 가는 허리에 금띠를 두르고 날랜 어깨에 비단으로 만든 푸른 도포를 입고 있었다. 아름다운 얼굴에는 어사화의 그림자가 아른거렸으며 나아가고 물러남이 부드러워 패옥 부딪치는 소리가 은은히 울리니, 마치 천상의 신선이 구름 속을 배회하는 것 같았다. 그 환하고 윤택한 얼굴빛이며 고상하고 빼어난 자태며 버들같이 가느다란 풍채가 뭐라 형언할 수 없을 지경이었다.

손씨가 계속 보다 보니, 그 사람은 다름 아니라 자기가 늘 미워하던 경수였는데, 풍채가 옛날보다 더 좋아 보였다. 손씨가 이때 오장이 떨어지고 혼백이 하늘로 흩어진 듯 낯빛이 변하고 손발을 머뭇거리며 온몸을 쌍바라[29] 떨 듯하였다.

정양은 외당에 앉아서 경수를 보자 다시 절로 애정이 솟아나 손씨에게 빨리 술과 음식을 차려 올리라고 재촉하였다. 손씨는 하기 싫었지만 마지못하여 시녀를 시켜 차리게 하였다. 손씨는 온몸이 너무 떨려 기둥을 부둥켜안은 채 불상같이 꼼작도 하지 못하였다.

이때 제왕비 성혜가 입궐하여 태자와 공주와 함께 황후를 모시고 누각에서 과거 시험장을 구경하였다. 성혜는 자기 동생이 장원으로 급제하자 얼굴에 기쁜 빛이 드러났다. 조회를 마치고 황제를 알현하니 황제 또한 위장원(魏壯元)의 풍도와 재주를 매우 칭찬하였다.

성혜가 가만히 생각하였다.

'이 기회를 잃으면 어느 때 신원할 수 있겠는가?'

그러고는 몸에 걸친 장식을 다 없애고 명부의 의복[30]을 벗고 당(堂)에서 내려와 황제에게 죄를 청하였다. 황제는 너무 놀라

29 쌍바라 : 놋쇠로 만든 타악기의 하나. 둥글넓적하고 배가 불룩하며, 불교 의식에서 많이 쓴다. 한가운데 있는 구멍에 가죽끈을 꿰어 한 손에 하나씩 쥐고 두 짝을 마주쳐서 소리를 낸다.

30 명부의 의복 : 제왕비의 위상에 맞는 모자와 옷차림을 말한다.

공주로 하여금 성혜를 일으키게 하고 물었다.

"그대에게 무슨 일이 있길래 이렇게 죄를 청하는가?"

성혜가 머리를 조아리고 울면서 아뢰었다.

"저는 원각로의 딸이 아니라 이부시랑 위정양의 딸이며 어미는 한림어사 유현의 딸입니다. 팔자가 기박하여 여섯 살의 나이에 어미를 여의고 혈혈단신의 몸으로 죽지 않고 이 세상에 머물다가 계모 손씨를 만났습니다. 손씨의 용모가 탁월하고 행동거지가 민첩하여 아버지의 뜻을 잘 맞추니 아버지가 몹시 후대하는 지경에 이르렀습니다. 저와 새로 급제한 장원 위경수는 사실 동복 남매 사이입니다.

손씨가 저희 남매를 미워한 것이 골수에 사무쳐 있습니다. 손씨는 저희에게 천인이나 하는 허드렛일을 시켰습니다. 집이 빈곤하였다면 응당 해야 할 일이니 어찌 싫어하였겠습니까. 또 제 동생 경수가 맏아들이기에 종통(宗統)을 잇는 것이 예법에 맞지만, 손씨는 자기가 낳은 아들로 장자를 삼으려고 차마 하지 못할 일을 하고자 하였습니다. 그러나 아버지가 예법에 어긋난다고 하면서 그것을 막았습니다.

그러자 손씨는 또 제 죽은 어미의 위호를 내려 천첩으로 만들기를 청하였는데, 제 아버지가 본디 마음이 약하여 이를 따랐습니다. 이에 죽은 어머니의 목주를 고치고 저희들을 서얼로 일컬었으니, 저는 이를 참지 못하여 죽으려고 결심하였습니다. 손씨는 저희 남매를 무수히 때리고 어머니의 목주를 가져다 부숴버렸습니다. 인간 세상의 죽고 사는 것이 운명에 달려 있는 것이라 하지만, 저는 이런 상황을 보면서도 살아있었습니다.

또 아버지가 어사로 제수되어 집을 떠나자 손씨는 더욱 거리끼는 바가 없어졌습니다. 손씨의 오라비 손은이 제 누이를 보러 오자 손씨가 저에게 술을 따르라 하니, 저는 감히 거역하지 못하여 술을 따랐습니다. 그때 손은이 제 누이에게 저를 첩으로 보내라 하였습니다. 이는 다른 뜻이 아니라, 저의 근본을 알면서 제 누이 뜻에 따라 저를 욕보이려 함이었습니다. 제가 비록 도끼에 목이 잘려 죽을지언정 아버지의 허락 없이 천하게 시집을 갈 수 있었겠습니까. 저는 죽음을 각오하고 거부하였습니다. 손씨가 제 동생 경수를 박대하는 것도 저와 똑같았습니다. 저희들은 차마 죽을 수 없어서 함께 밤에 집을 나와 아버지의 부임지를 찾아가려 하였으나 길이 아득하여 서로 붙들고 사생을 결단하려 하였습니다.

그때 각로 원숙로가 저희 남매를 보고 불쌍히 여겨 거두어 주었습니다. 때마침 나라에서 왕비의 간택령이 내려졌는데, 원숙로의 딸이 제 동생 경수와 정혼하였기 때문에 절개를 지켜 죽고자 하였습니다. 이에 저의 천한 몸으로 대신하여 원숙로의 은혜를 갚고 또 동생 부부의 연을 온전하게 해 주려고 간택의 숫자만 채우려고 했을 따름이었습니다. 그런데 천만뜻밖에도 외람되이 뽑

힘을 입었습니다. 제가 그때 사실대로 아뢰고자 하였으나 신원이 뜻대로 되지 못할까봐 죽을죄를 무릅쓰고 감히 제왕비의 직품을 받아 황제의 총명을 가렸습니다. 제 부친도 이런 사실을 처음 들었으니 이제야 자초지종을 알았을 것입니다.

엎드려 바라건대 폐하께서는 저의 천한 근본을 밝혀 애초에 제가 폐하를 기망한 죄를 다스려주십시오. 다만 제가 다시 아버지를 만날 수 있게 해 주시고 어머니의 신위(神位)를 옛 지위로 올려 주셔서 폐하의 성스러운 덕이 저의 죽은 뼈에 미치게 해 주신다면 제가 이 세상에서 일만 번을 고쳐 죽어도 폐하의 덕택을 갚지 못할 것입니다."

제왕비 성혜가 말을 마치고 다시 죄를 청하니, 좌우 시녀와 모든 비빈들이 매우 놀라고 태자 부부와 공주 등이 그 사정을 듣고 눈물을 흘렸다. 황제와 황후는 제왕비가 아뢰는 말을 들으며 그 맑은 목소리와 애원하는 소리에 낯빛이 변하였다. 이에 후궁들로 하여금 제왕비를 붙들어 일으켜 세우라 하니 성혜가 다시 아뢰었다.

"천한 목숨에 폐하의 은총이 내리기 전까지 저는 죄인입니다. 어찌 당 위로 오르겠습니까!"

그러자 황제가 성혜를 칭찬하고 위로하며 말하였다.

"그대의 말을 들으면 목석(木石)도 감동하리니 하물며 짐이 그대의 사정을 살피지 않을 수 있겠는가. 정양이 집안을 제대로 건사하지 못한 일은 처벌할 만하지만, 그대의 얼굴과 장원 위경수를 보아 용서하겠으니 그대에게 무슨 죄가 있으리오. 더욱이 원각로의 딸 대신 간택에 들어온 것은 의로운 행실로 일컬음직하고, 손은의 겁탈을 피하여 아버지를 찾으러 나선 것은 효(孝)와 절(節)이라 할 만하다. 짐이 조서(詔書)를 내릴 것이니, 그대는 제왕과 함께 집으로 가서 위정양을 만나 보고 손씨의 잘못을 다스려 황제의 위엄을 빛내고 오라."

제왕비 성혜는 기쁨이 바라던 바에 넘쳐 백번 절하며 황제의 은혜에 감사를 표하고 물러났다. 제왕이 또한 황제 앞에 나와 하직하니 황제가 손을 잡고 등을 어루만지고 웃으며 말하였다.

"네가 오늘에야 진짜 장인을 보러 가는구나. 짐이 형부상서 유겸을 보내 너와 함께 손씨의 옥사(獄事)를 다스리게 할 것이니 모름지기 잘 처리하라."

이에 제왕이 공경히 절하여 명을 받들고 나와 소요마(逍遙馬)[31]를 타고 위엄 있는 행차로 위정양의 집으로 갔다. 왕비 또한 비단 가마를 타고 시녀 이백여 명을 데리고 제왕의 뒤를 좇아 부친을 보러 갔다.

이때 위정양은 빈객들이 집안에 가득하여 아들 경수에게 그동

31 소요마(逍遙馬) : 중국 고대 제왕 신분의 인사가 타는 전마(戰馬) 가운데 하나이다.

안 어디에서 어떻게 지냈는지 묻지도 못하고 백관들이 돌아간 뒤 조용히 물으려고 하였다. 남매가 남의 집에서 미천하게 지냈을 것이라고 짐작만 했을 뿐 어찌 이렇게 영귀하게 되었을 줄 생각이나 했겠는가.

빈객들이 술과 음식을 먹으며 즐기고 있었는데, 갑자기 음악 소리가 가까워 오고 털로 꾸민 깃발과 황금으로 장식한 도끼와 붉은 양산이 비치는 가운데 한 무리의 군마가 와서 집을 호위하니 의아하여 묻고자 하였다. 이어 온 집안이 진동하도록 시위하는 소리가 나며 무수한 환관과 군관이 한 귀인(貴人)을 옹위하여 들어왔다. 백관과 정양이 자세히 보니, 그 귀인은 머리에 통천관(通天冠)[32]을 쓰고 면류(冕旒)를 드리웠다. 손에는 홀(笏)을 잡고 몸에는 곤룡포(袞龍袍)를 입었으며 옥허리띠를 매고서 천천히 들어왔다. 옥 같은 얼굴과 버드나무 같은 풍채가 사람들을 압도하고 엄숙한 위엄과 씩씩한 기개가 사람들로 하여금 자연히 두려움을 자아내게 하였다.

한 환관이 뭇사람들 앞에 나와 큰 소리로 전하며 말하였다.

"제왕 전하께서 오십니다!"

---

32 **통천관(通天冠)** : 제왕이 정무를 보거나 조칙을 내릴 때 쓰던 관. 검은 깁으로 만들었는데 앞뒤에 각각 열두 솔기가 있고 옥잠과 옥영을 갖추었다.

이에 백관들이 몹시 놀라 한꺼번에 당에서 내려와 제왕을 맞이하였다. 제왕이 인사하며 말하였다.

"제가 비록 황제의 친아들이지만 여러분들은 대국의 고위 관료이십니다. 과인이 어찌 감히 먼저 당에 오르겠습니까."

각로 연원이 아뢰었다.

"이는 예법상 그렇지 않으니 누가 감히 전하보다 앞서서 오를 수 있겠습니까."

그러자 제왕이 마지못하여 먼저 올라가 동쪽 벽을 등지고 앉았다. 백관들이 북쪽을 등지고 앉으시라 청하자[33] 제왕이 말하였다.

"오직 황제 폐하만이 남쪽을 향하여 앉는 법이니, 과인이 다른 날 본국에 가서는 북쪽을 등지고 앉을지언정 황성(皇城)에 머물면서 조정 대신들을 대하여 어찌 감히 북쪽을 등지고 앉겠습니까."

이에 백관들이 제왕의 얼굴과 풍모에 탄복하였다가 또 제왕의 태도가 이러함을 보고 칭찬하며 공경하였다.

한편 정양은 심신이 어지러워 제왕이 몸소 찾아오신 이유를 묻고자 하였다. 제왕과 백관들이 겨우 자리를 정해 앉았는데, 또

---

33 백관들이……청하자 : 예법상 임금은 항상 북쪽을 등지고 남쪽을 바라보고 앉기에, 백관들이 이렇게 청한 것이다.

온 집안이 진동하도록 풍류소리가 울리고 푸른 저고리와 붉은 치마를 입은 궁녀 수백 인이 보석으로 꾸민 가마를 호위하며 안으로 들어왔다. 백관들은 서로 쳐다보며 분위기가 심상치 않다고 여겼다. 정양은 무슨 영문인 줄도 모르고 관복을 정돈하고 제왕 앞에 몸을 굽히고 물었다.

"저는 미천한 신하입니다. 외람되이 벼슬이 재상 반열에 이르렀으니 소신이 국은을 입은 것도 외람되옵거늘 갑자기 대왕께서 제 집에 출입하시고 또 가마를 탄 행차가 내당으로 들어오니 놀랍고 황공함을 이기지 못하겠습니다."

제왕이 아름다운 얼굴에 웃음을 머금고 답하였다.

"시랑께서 위장원을 데리고 내당으로 들어가 제왕비를 보시면 과인이 온 곡절을 알게 되실 겁니다."

이에 정양이 급히 경수를 이끌고 내당으로 들어가 제왕비를 보았다.

한편 손씨는 손님들에게 대접할 술과 음식을 장만하고 있었는데, 많은 궁녀와 태감이 가마를 모시고 중계(中階)[34]에 놓는 것을 보았다. 손씨가 놀라서 얼굴빛이 달라지며 물었다.

"이 무슨 행차입니까?"

나이 많은 궁녀 두 사람이 머리를 숙이고 황색 구슬이 달린 신

34 중계(中階) : 집을 지을 때에 기초가 되도록 한 층을 높게 쌓아 올린 단.

발을 끌며 와서 말하였다.

“제왕비 전하께서 친히 오셨으니 부인은 나와서 맞이하시오.”

손씨가 급히 예복을 갖추고 물었다.

“제왕의 정궁비는 존귀하신 분인데 어찌 미천한 집에 오셨습니까?”

궁녀가 답하지 않은 채 순금 자물쇠를 열고 칠보와 진주로 꾸민 발을 걷고는 제왕비를 붙들고 가마에서 나오게 하였다. 제왕비는 머리에 칠보 장식을 하였는데 보석빛이 두 눈동자에 어렸다. 몸에 두른 붉은 비단 저고리에는 진주를 엮고 금색 실로 수를 놓았으며 허리에는 백옥띠를 매고 있었다. 비취빛 진주로 꾸민 치마를 입었으며 그 위에 백옥이 빛나는 구슬 노리개를 달았다. 팔에는 금팔지를 찼으며 손에는 검고 붉은 옥을 잡고 있었다. 또 칠보와 구슬로 엮은 신발을 신고서 연꽃 같은 걸음걸이를 사뿐사뿐 옮겼다. 패옥이 부딪쳐 그 소리가 쟁쟁히 울리는데 온몸을 장식한 옥과 진주를 능히 이기지 못할 듯하였다. 이 사람은 다름 아닌 이 집에서 머리카락을 잘리고 물을 긷고 밥 짓던 성혜였다.

손씨가 너무 놀라고 두려워 문득 달아나려 하니 한 궁녀가 붙잡으며 말하였다.

“어찌 제왕비를 맞이하지 않습니까!”

손씨가 덜덜 떨며 말하였다.

"성혜가 이렇게 영귀하게 될 줄 누가 알았으리오."

궁녀가 꾸짖으며 말하였다.

"이 부인은 예법을 모르는 사람이로다. 누가 감히 제왕비의 이름을 부릅니까."

그러자 손씨는 아무 말도 못하고 나가지도 못하고 서 있었다.

이때 궁녀들이 제왕비를 모셔 자리에 앉힌 후 좌우로 주패(珠佩)와 일월선(日月扇)을 잡고 갈라서서 절하며 예를 표하라는 소리를 길게 내었다. 그러자 손씨가 자신도 모르는 사이에 머리를 숙이고 두 번 절하였다. 제왕비가 좌우의 궁녀를 시켜 손씨를 붙들어 일으키게 한 다음 자신도 절하고 말하였다.

"어찌 부인이 미천한 제게 절하여 부모의 지위를 낮추십니까."

이에 손씨는 어찌할 바를 몰랐다.

이때 정양이 경수를 데리고 내당으로 들어와 제왕비를 보고 기쁨이 얼굴에 가득하였는데, 자세히 보니 성혜였다. 정양이 반갑고 놀라워 급히 물었다.

"너희 남매가 어찌 이리도 귀하게 되었느냐?"

제왕비가 자리에 주저앉아 절하고 목 놓아 통곡하니 경수 또한 저도 모르게 슬프게 통곡을 하였다. 정양은 스스로 부끄럽고 참담하였다. 이에 아버지와 남매 세 사람이 서로 붙들고 크게 울기를 그치지 않았다.

제왕이 밖에서 통곡 소리를 듣고 스스로 참지 못하여 허둥지

둥 걸어 내당으로 들어왔다. 그러자 경수와 왕비는 머리를 두드리며 끝도 없이 통곡하고 있었으며 정양은 부끄러워하며 슬퍼하였다. 제왕이 이 광경을 보고 급히 나와 궁녀들로 하여금 제왕비를 부축하여 일으키게 하고 직접 경수의 손을 잡고 일으키며 말하였다.

"무엇 때문에 기쁜 일 앞에서 도리어 슬퍼하고 있는가?"

경수는 울음소리를 억누르려 하였지만 눈물이 비같이 쏟아졌다. 왕비는 통곡을 그치지 않았다.

제왕이 거듭 말리며 말하였다.

"이제 와서 옛일을 생각하는 것은 부질없으니, 원수를 갚아야 하지 않겠는가. 너무 슬프게 울어서 몸을 상하게 하지는 마시오."

정양이 또한 위로하며 말하였다.

"내가 어리석었음을 오늘에야 깨닫고 뉘우치노라. 이제 원수를 갚을 것이니 너무 슬퍼하지 말라."

제왕비가 바야흐로 눈물을 거두니 제왕은 즉시 몸을 돌려 외당으로 나갔다. 이는 왕비가 과도하게 울어서 몸을 상할까 염려하여 들어가 말린 것이었다.

성혜가 슬픔을 억누르고 정양에게 손씨가 한 일의 전말을 자세히 고하였다. 그러자 정양이 뉘우치기를 마지않으며 자녀들을 어루만지고 탄식하며 말하였다.

"내가 일찍이 고수(瞽瞍)의 일을 경계하였는데, 어찌 스스로 그런 일을 행할 줄 알았으리오. 이제 마땅히 손씨를 내쫓고 네 모친을 옛 지위로 올리겠다."

성혜 남매가 절하며 감사하였다.

정양은 내당에서 나와 백관들을 전송하였다. 한편 형부상서와 제왕은 정양의 집에 머물면서 황제의 전지(傳旨)[35]가 내려오기를 기다렸다. 이윽고 황문시랑(黃門侍郎)[36]이 이르러 황제의 칙명을 전하였다.

> 위정양의 처 손씨는 행실이 극악하고 질투가 심하여 참수에 처한다. 형부상서 유겸은 위정양과 함께 손씨의 오라비 손은과 그 소생 등의 여죄를 밝혀 처단하고 이를 보고하라.

이러한 칙명이 내려지자 좌우의 대신들이 몹시 놀랐다. 형부상서 유겸은 안색을 변하며 말하였다.

"손씨는 대신(大臣)의 명부(命婦)입니다. 어찌 드러난 죄상 없이 죽일 수 있겠습니까!"

그러자 제왕이 정색하며 말하였다.

"선생의 말이 옳으나 황제의 명을 거역할 수는 없으니 먼저 손

---

35 전지(傳旨) : 군왕이 비서를 통하여 전달하는 명령서.

36 황문시랑(黃門侍郎) : 군주를 측근에서 모시며 명령을 전달하던 벼슬 이름.

은 남매를 국문(鞫問)하는 것이 좋겠습니다."

유겸이 정양을 돌아보며 난처한 표정을 짓자 정양이 사나운 목소리로 말하였다.

"내가 지난날의 죄를 뉘우칩니다. 법은 누구에게도 인정을 두지 않습니다. 제왕 전하와 유형께서는 난처해하지 마십시오."

이에 유겸이 마지못하여 먼저 손은을 잡아들여 국문하였다. 손은은 죽을 것이 두려워 사건의 전말과 성혜를 첩으로 삼으려 했던 일을 이실직고하며 말하였다.

"성혜의 근본을 이미 알고 있었기에 내가 첩으로 삼아 누이의 후환을 없애려고 했을 뿐 어찌 도리어 죽을죄를 짓게 될 줄 알았겠습니까."

그러자 유겸은 너무도 놀라고 제왕은 몹시 화가 나서 서안을 치며 말하였다.

"네 누이가 제멋대로 행동하면 네가 마땅히 도리로 깨우쳐서 법도에 지나침을 말렸어야 했다. 어찌 정에 이끌려 좋은 일을 하듯 했단 말인가. 그 마음 씀씀이 하나에도 분통이 터진다!

*이하 부분은 낙질임

결말부 줄거리

국문으로 인해 손씨와 손은의 악한 행실이 모두 밝혀지고, 두 사람에게는 참수형이 내려지게 된다. 하지만 경수가 손씨의 처벌을 원치 않는다고 하자, 손씨는 사면을 받고 강제로 이혼을 당하여 친정집으로 돌아간다.

조정에서는 유씨 부인을 다시 추증하고, 성혜와 경수는 새로 유씨 부인의 신주를 만들어 사당에 모신다. 경수는 원각로의 딸과 혼례를 올리고 실질적으로 가문을 이끌게 된다.

위정양은 더 이상 재혼하지 않고 홀로 지낸다. 또한 손씨와의 사이에서 낳은 세 자녀들을 자식으로 취급하지 않고 전혀 돌보지도 않는다.

이에 경수가 손씨의 자녀들을 따로 보살펴 주지만 모두 병이 들어 죽고 만다. 한편 손씨가 친정집에서 중병에 걸리자 경수가 문병하고 홀로 구호한다. 그러던 중 경수가 성혜를 설득하여 손씨를 문병하자고 하고, 성혜가 손씨를 문병하기로 한 날 손씨는 갑자기 죽게 된다.

이후 경수 부부가 낳은 자녀들이 모두 결혼하고 부귀영화를 누리는 가운데 위정양도 세상을 떠나고 만다. 제왕과 성혜도 천수를 누리다가 세상을 떠난다.

경수 부부는 80여 세에 이르러 자손들에게 충직하기를 경계하고 세상을 떠난다. 이에 황제가 그 충의에 감탄하여 시호를 '문강(文康)'이라 내린다.

위문강일긔 권지단

01

ᄃᆡ명(大明) 셩화(成化) 연간(年間)의 ᄒᆞᆫ ᄌᆡ셩(宰相)이 닛시ᄃᆡ 셩(姓)은 위(魏)뇨 명(名)은 졍양이라. 일즉 등과(登科)ᄒᆞ야 벼{+슬}이 이부시령(吏部侍郎)이랑. 가ᄉᆞᆫ(家産) 부뇨(富饒)ᄒᆞ고 그 부인(夫人) 위{*뉴}시 일녀일남(一女一男)을 두어시ᄃᆡ 녀ᄌᆞ의 명은 셩해요 남ᄌᆞ의 명은 경슈라. 부모(父母) 슬ᄒᆞ(膝下)의 호강 조등으로 ᄌᆞ랄 ᄎᆞ 가운(家運) 불ᄒᆡᆼ(不幸)ᄒᆞ와 그 부인 뉴씨(劉氏) 도라가시니 두

아ᄒᆡ 망국지통(亡國之痛)을 당ᄒᆞ와 설움이 비할 ᄯᆡ 업고 쎠곰 후쳐(後妻) ᄉᆞᆫ시(孫氏) {-타월ᄒᆞ야} 농모(容貌) ᄌᆡ덕(才德)니 타월(卓越)ᄒᆞ야 시랑(侍郎) 총ᄋᆡ(寵愛)ᄒᆞ야 ᄉᆞᆫ시(孫氏) ᄒᆞ는 ᄃᆡ로 손시(孫氏) 날노 츄악(醜惡)이 부졀(不絶)ᄒᆞ야 셩해 남ᄆᆡ 봇ᄎᆡ 임니 견될 슈 업셔 ᄒᆡ로 구(窮)ᄒᆞᆫ 정상(情狀)을 ᄎᆞ마 보지 못할너라. 모친(母親)을 ᄉᆡᆼ각ᄒᆞ야 남ᄆᆡ 셔로 붓들고 통곡(慟哭)을 마지 ᄒᆞ며 {+성}해난 물 길니고

03

밥 시기며 쳐악{*쳔역}(賤役)을 마디 아니ᄒᆞ여 시기니 시기ᄂᆞᆫ ᄃᆡ로 ᄒᆞ고 경슈ᄂᆞᆫ ᄯᅩᆼ ᄡᅳᆯ이고 칫간(廁間)을 갓 더라운 거ᄉᆞᆯ 치니 이 견ᄃᆡ 길 업셔 손씨 시기난 ᄃᆡ로 ᄒᆞ고 ᄆᆡ일(每日) 슬허ᄒᆞᆯ ᄎᆞ 손시(孫氏) 시랑(侍郎)게 고왈(告曰) 뉴시(劉氏)ᄂᆞᆫ 쳡(妾)으로 ᄒᆞ고 손시(孫氏)ᄂᆞᆫ 젹모(嫡母)로 하라. 세샹(世上) 쳔지(天地)의 이런 일니 어ᄃᆡ 인나뇨. ᄉᆡᆼ(生)이 쇼ᄅᆡᄅᆞᆯ 늣기 ᄶᅡᆺ{*짱}히 업더져 인사ᄅᆞᆯ 모라이 성혀

04

가삼을 쑤다러 짜흘 굴너 왈(曰) ᄒᆞ늘 세샹(世上) 이런 일도 잇나야. 숀부인(孫夫人)은 니제 우리 모친(母親)이 엇지 혜아리니 쳔인(賤人)니릿가. 승샹(丞相)의 친손(親孫)이뇨 틱우(大夫)의 외손(外孫)이라. 문미(門微)ᄒᆞᆫ 손시(孫氏)만 못ᄒᆞ리요. ᄒᆞ말며 ᄌᆞᆺ뷔로 ᄒᆞ야곰 초부(初婦) 되야 조부모(祖父母) 적연(積年) 초호{*토}(草土)롤 ᄒᆞᆫᄀᆞ지로 ᄒᆞ여 계시고 가(家)의 드러오신 지 이십 년의 쳔직(天子) 고명(告命)을 쥬어 일품(一品) 명뷔(命婦) ᄃᆡ녀 계시니 엇

05

지 일조(一朝)의 쳔인(賤人)이 ᄃᆡ리오. 우리 남ᄆᆡ(男妹)ᄅᆞᆯ 쥭이시고 모친(母親) 위효(位號)ᄅᆞᆯ 녀ᄃᆡ로 두소셔. ᄒᆞ니 엇지 아뷔게 바악(發惡)ᄒᆞᄂᆞᆫ다. ᄒᆞ고 ᄯᆞᆯ을 인{*안}고 슈명다혀 웃고 일으ᄃᆡ 얼형(孽兄)과 얼(孽)누의 ᄒᆞᄂᆞᆫ 양(樣)을 보라. 졔 어미 셩악(性惡)이 져려 허가 시부다. ᄉᆡᆼ(生)니 졍신(情神)을 차려 탄왈(歎曰) 우리 등(等)니 불민(不敏)ᄒᆞ야 그라미 만컨이와 오날 죄(罪)예 임(臨)ᄒᆞᆷ은 ᄉᆡᆼ각지 못

06

ᄒᆞᆫ지라. 모친(母親)이 엇지 이리 심ᄒᆞ시이잇가. 손시(孫氏) 답왈(答曰) ᄂᆡ 엇지 너ᄅᆞᆯ 아그로 ᄒᆞ며 이러탓 무례(無禮)ᄒᆞ야 곱졀ᄅᆞᆯ 욕ᄒᆞᄂᆞ뇨. 져로 ᄒᆞ야곰 유부인(劉夫人) 목주(木主)ᄅᆞᆯ 가져다가 놋코 친(親)이 줏듯다러 뭇 붓마아닷ᄒᆞ이 ᄉᆡᆼ(生)니 뉴혀{*체}(流涕) 왈(曰) 인ᄌᆡ(人子) 차아 못ᄒᆞᆯ 말이어니와 임의 쳔쳡(賤妾)을 ᄉᆞᆺ진 분(忿)《~~우람소ᄅᆡ 은은 들이니. 슌{*손}시(孫氏) 고히 넉여 ᄀᆞᆺ치. 양ᄋᆡ(兩兒) 나와 머리ᄅᆞᆯ 쏫다라~~

07

~~고·비분(悲憤)을·이긔지··못더니·싱(生)나··눈물을··거두고··왈(曰)》~~[1]

일이 ᄒᆞᆫ이 모친 경영(精靈)니 아랏실진ᄃᆡ 난ᄒᆞᆫ 목주(木主)ᄅᆞᆯ ᄃᆡ이희지 아니리이 좃두다리나 셜히 셜울 일은 업거이와 진실(眞實)노 손{+씨}(孫氏)가 원슈(怨讐)랏다. 말을 맛고 ᄒᆞᆫ 쇼릐예 피ᄅᆞᆯ 토(吐)ᄒᆞ고 혼절(昏絶)ᄒᆞ니 셩ᄒᆡ 나아가 ᄒᆞ랴 ᄒᆞ다가 ᄯᅩᄒᆞᆫ 긔절(氣絶)ᄒᆞ이 좌우(左右) 복쳡(僕妾)니 눈물 흐라말 ᄭᆡ닷지 못ᄒᆞ고 ᄉᆞᆫ시(孫氏) 분노(忿怒)ᄒᆞ말 마지 아

1 《……》 부분은 뒷부분과 중복해서 쓰여졌음.

08

니ᄒᆞ고 시랑(侍郞)이 ᄌᆞ여(子女)의 거둥(擧動)을 보ᄆᆡ 유부인(劉夫人)의 절운 정(情)과 어진 덕(德)을 ᄉᆡᆼ각ᄒᆞ여 심ᄒᆞ(心下)의 뉘웃ᄎᆞ며 감챵(感愴)ᄒᆞ야 시여(侍女)로 ᄒᆞ야곰 ᄌᆞ여(子女)ᄅᆞᆯ 외다 {*당}(外堂)의 ᄂᆡ여가 구(救)ᄒᆞ라 ᄒᆞ고 나오다. 이날의 남ᄆᆡ(男妹) 마음을 정(靜)치 못ᄒᆞ야 ᄉᆡ로이 통곡(慟哭)을 근치지 아니 손시(孫氏) 경슈 남ᄆᆡ(男妹)ᄅᆞᆯ 잡아다가 무슈(無數)히 치ᄃᆡ 시랑(侍郞)우{*은} ᄒᆞᆫ 소ᄅᆡ ᄒᆞ여 금(禁)치 아니ᄒᆞ이 노복(奴僕)들이 ᄎᆞ마 보지 못ᄒᆞᆯ너라. 말

09

드라니 공듕(空中)의셔 슬픈 우람 쇼릐 은은(隱隱)히 들리이ᄃᆞ. 숀시(孫氏) 고히 넉겨 근치 아니 양ᄋᆡ(兩兒) 나와 머리롤 쑷다리고 비분(悲憤)을 이긔지 못ᄒᆞ더니 ᄉᆡᆼ(生)이 눈물을 거두고 왈(曰) 일니 할 일 업시 되여시이 어라임 정정(亭亭)이 겨시리이 졔(姐)ᄂᆞᆫ 슬허 마라소셔. 우리 남ᄆᆡ(男妹) ᄉᆞ사다록 ᄂᆡ종(乃終)을 볼지라. 셔{*셩혜} 경샹(情狀)을 차마 보이 너ᄂᆞᆫ 남ᄌᆞ(男子)라 아모 길노 ᄂᆞ셔 신원(伸冤)ᄒᆞ러이와 ᄂᆡ야 사라 무엇ᄒᆞ리요.

10

ᄉᆡᆼ(生)이 붓드러 고왈(告曰) 져져(姐姐) 만일(萬一) 사ᄉᆡᆼ(死生)을 결(決)할진ᄃᆡ 눈{*눌}을 의디(依支)ᄒᆞ리오. 낭ᄌᆡ(娘子) 슬푸말 강잉(强仍)ᄒᆞ야 두로혀 위로(慰勞)ᄒᆞ야 {-왈} 십여 세(十餘歲) 아ᄒᆡ 남ᄆᆡ(男妹) 셔로 비회(悲懷)ᄅᆞᆯ 이라고 셜워ᄒᆞ믈 쵸목(草木)도 슬허ᄒᆞᆯ너라. ᄉᆡᆼ(生)이 일노셔 ᄉᆞᆫ시(孫氏)그 ᄆᆡ마사이 샹이(傷痍)ᄒᆞ야 병(病)드러 누의이 손씨(孫氏) 조석(朝夕) 음식(飮食)을 아이 주는지라. 셩혀 헌ᄌᆞ 그라ᄉᆡ 조반(朝飯) 두어 술을 들고 드러왈{*와} 권왈(勸曰) 너 병(病)드러 일 못ᄒᆞᆫ

11

다 ᄒᆞ고 밥을 아니 {+주니} 니 밥을 가져왓나이 강잉(强仍)ᄒᆞ야 먹그라. 싱(生)니 탄왈(嘆曰) 인명(人命)이 지천(在天)이 비록 주리다 졸여(猝然) 죽으리잇가. 성혀 지삼(再三) 권(勸)ᄒᆞ이 바다먹고 눈물니 비오 듯ᄒᆞ더라. 일삭(一朔)이 지ᄂᆞ이 싱(生)의 병(病) 나은지라. 손시(孫氏) ᄎᆞ후(此後)ᄂᆞᆫ 더옥 쳔역(賤役)을 시기고 감(敢)히 당(堂)의 오라지 못ᄒᆞ야 공현(公顯) 종히요 노복(奴僕)이 일카라 {-셔란} 셔랑(庶郎)이라 ᄒᆞ야 셔얼(庶孽)노 칭(稱)ᄒᆞ니 양이(兩兒)

12

노비(奴婢)들다려 왈(曰) 원(願)컨디 우리 일홈을 부라고 셔얼(庶孽)노 일캇지 말나 ᄒᆞ니 ᄎᆞ후(此後)ᄂᆞᆫ 두 아히 일홈을 부라더라. 손시(孫氏)의 자(子) 슈명의 연(年)니 칠셰(七歲)요 두 누의 오뉵세(五六歲)라. 셩혀 남미(男妹)룰 공자(公子) 소졔(小姐) ᄒᆞ고 일홈을 못 부라게 ᄒᆞ나{*니} 양이(兩兒) 갓ᄂᆞᆫ 듯 셔로 어미만 부라지져 울 ᄯᅡ람이더라. 손시(孫氏) 일일(一日)은 시랑(侍郎)의 관디(冠帶)룰 마라 노코 셩혀룰 불너 왈(曰)

13

닉 눈 어두어 짓지 못ᄒᆞ니 네 급(急)피 지어 닉일(來日) 입게 ᄒᆞ라. 만일(萬一) 명의(明日) 못 주면 죽을죄(罪) 입으리라. 셩혀 ᄊᆞ러 왈(曰) “경쳡(輕捷)지 못ᄒᆞ여시니 딕사(大事)를 그랏할가 두리나이다. 손시(孫氏) 크게 쿠지져 왈(曰) 소졔(小姐) 물물{*묵묵} 사죄(謝罪)ᄒᆞ고 물너와 밤의 불혀 눈물이 비 갓더라. 관딕(冠帶)를 지을 ᄉᆡ 비록 쳔역(賤役)의 ᄲᅡ져시나 흉즁(胸中)의 산쳔(山川) 슈영긔(秀英氣)를 품엇는 옥수(玉手)의

14

야 소(蘇)의 ᄋᆡᆨᄂᆞᆫ(若蘭)의 ᄌᆡ죄 잇ᄂᆞᆫ지라. ᄉᆞᆫ근을 흘이ᄆᆡ 신이(神異)ᄒᆞᆫ 슈품(手品)이 되고 눈 갓탄 셤슈(纖手)로 바나질을 잡으ᄆᆡ 신이(神異)ᄒᆞᆫ 숙슈(熟手) 갓타여 일야간(一夜間)의 홍포(紅袍)ᄅᆞᆯ 다 지어 명조(明朝)의 소졔(小姐) 바드려 손시(孫氏)긔 드린ᄃᆡ 손시(孫氏) ᄃᆡ경(大驚)ᄒᆞ야 펴보이 좌의 고졸(古拙)ᄒᆞ여 십여 일(十餘日) 밧기 지은 것보단 나은지라. 더옥 아쳐(訝處)ᄒᆞ야 거차로 우어왈(曰) 그만ᄒᆞ여 두라 ᄒᆞ더라. ᄎᆞ후(此後) 더욱 일을 독지

15

촉ᄒᆞ여 시기이 경슈로 소ᄅᆞᆯ 몰고 동산 밧ᄉᆞᆯ 갈나 ᄒᆞ니 ᄉᆡᆼ(生)이 소ᄅᆞᆯ 몰고 ᄇᆞᆺ틔 가 탄왈(歎曰) ᄂᆡ 엇지 ᄃᆡ순(大舜)의 ᄋᆡᆨ(厄)과 민자(閔子)의 취위ᄅᆞᆯ 겸ᄒᆞᆯ 쥴 알이오. 순(舜) 비록 굿거나 모휴(母后)의 위(位)ᄂᆞᆫ 나리오지 아냣고나. 이 셰상(世上)의 나 ᄀᆞᆺᄐᆞᆫ 이 잇시리오. 말을 맛ᄎᆞᄆᆡ 뉘쉬(淚水) 옥면(玉面)의 가닥 서리니 잇ᄯᆡ 쇼제(小姐) 밥을 ᄒᆞ여 니고 왈{*와} ᄉᆡᆼ(生)이 슬허ᄒᆞᆷ을 보고 방셩통곡(放聲痛哭)ᄒᆞ더

16

라. 순시(孫氏) 일일(一日) 셩혀 남미(男妹)를 불너 왈(曰) 싱(生) 너희 임의 자라시 맛당이 혼인(婚姻){-은}을 할지라. 닉 일요 오라비 즈여(子女) 남미(男妹) 이시니 너희를 맛쳐 시람을 잇고져 ᄒ노라. 싱(生)이 소왈(笑曰) 부인(夫人)은 우리 호인(婚姻)을 염여(念慮) 마라소셔. 슌시(孫氏) 노왈(怒曰) 너는 나히 어리거이왈 셩혀는 연긔(年期) ᄎ시이 닉 턱일(擇日)ᄒ야 지쟈(姪子)의 썅(雙)을 삼으리라. 소제(小姐) 울며 왈(曰) 쳡(妾) 비록 방명(薄命)ᄒ나 사족(士族)이라. 차아 이런 녹(辱)을

17

바드리오. 죽을 진뎌 ᄀᆡ 갓탄 무리ᄒᆞᆫ 욕을 밧지 아니리라. 순시(孫氏) ᄃᆡ로(大怒)ᄒᆞ야 쥭장(竹杖)으로 무수(無數)히 치고 졔 뉴모(乳母)의 아달 쥬쳔 가라쳐 갑 쥬고 소졔(小姐) 팀방(寢房)의 드러가 겁칙(劫飭)ᄒᆞ라. 소졔(小姐) ᄀᆡ미(幾微)을 알고 ᄉᆡᆼ(生)다려 쳔강ᄋᆡ사지 현뎨(賢弟)는 기리 무양(無恙)ᄒᆞ라. 참ᄋᆞ 이 욕(辱)을 밧지 못ᄒᆞ리로{+다}. ᄉᆡᆼ(生)니 눈물을 머금고 위로(慰勞)ᄒᆞ더이 황혼(黃昏)의 ᄒᆞᆫ 소연(少年)의 침실(寢室) ᄡᅱ여 드이 ᄉᆡᆼ(生)니 ᄃᆡ로(大怒)ᄒᆞ야 찬 칼

18

을 싸여 흔번 치이 시인(是人)의 낫출 마즈 소리지라고 다라는지라. 순시(孫氏) 흉게(凶計)를 일워 소져(小姐)를 겁칙(劫飭)코져 ᄒᆞ다가 도로혀 경슈 칼을 마즈 집의 도라가 피를 흘이고 죽의니 심즁(心中)이 앙앙(怏怏)ᄒᆞ야 더욱 봇치더이 할오는 소졔(小姐)다러 네 머리 조흐이 버혀 달나. 싱(生)니 나아가 고왈(告曰) {+소인}(小人)의 머리도 누의 머리과 ᄀᆞᆺ타 버혀 드리나이다. ᄒᆞ고 즉시 버혀 드리니 손시(孫氏) 깃버 ᄒᆞ

19

고 두어날 후의 소졔(小姐) 머리롤 치(親)히 와 반(半)마{*만} 베히이 소졔(小姐) 자약(自若)히 버혀 드리고 사쉭(辭色)지 아니터라. 이젹의 나라히셔 시랑(侍郎)을 인{*어}사(御史)롤 ᄒᆞ니신이 시랑(侍郎)이 군명(君命)을 바다 셩혀{*셔} ᄶᅡ히 가이 싱(生)니 누의로 더부러 텨읍(涕泣)ᄒᆞ야 시랑(侍郎) 비셜하이라. 시랑(侍郎) 간 후(後) 손시(孫氏) 더욱 긔탄(忌憚) 업시 보ᄎᆡ이 이러 견ᄃᆡ지 못ᄒᆞ미 상{*사}싱(死生)이 조셕간(朝夕間)의 잇더이 손시(孫氏) ᄒᆞ{+로}는 이아(二兒)로 ᄒᆞ야곰 졔 자여(子女)롤 업어 외당(外堂)의 가 귀

20

경ᄒᆞ이라 ᄒᆞ이 양ᄋᆡ(兩兒)니 분(忿)ᄒᆞ말 이긔지 못ᄒᆞ나 각각 업고 외당(外堂)의 화초(花草)ᄅᆞᆯ 귀경ᄒᆞ더이 슈명니 이 일오ᄃᆡ 경슈야 밧긔 가 길히 가ᄂᆞᆫ ᄉᆞ람 보자. ᄉᆡᆼ(生)이 소왈(笑曰) 공ᄌᆞ(公子) 말ᄉᆞᆷᄃᆡ로 ᄒᆞ리이다. ᄒᆞ고 밧글 나가자더이 슈명의 누의 셩ᄋᆡ 셩혀 다려 ᄂᆞ도 밧긔 가자. 소져왈(小姐曰) 소낭자(小娘子){-난}ᄂᆞᆫ 가소져{*셔}. 나ᄂᆞᆫ 발 앗퍼 못 가겻노라. 셩ᄋᆡ가 ᄇᆞᆺ치더이 손시(孫氏) 나 치며 왈(曰) 첩(妾)비 거역(拒逆)ᄒᆞ미

21

아니라 소낭ᄌᆡ(小娘子) 나히 자랏{+거}날 질 ᄀᆞᆺ 샤람을 보ᄌᆞᄒᆞ시이 가낫(諫)미르소이다. 손시(孫氏) 잔말 말고 업어 나가보라. 소졔(小姐) ᄒᆞᆯ일 업셔 셩ᄋᆡᄅᆞᆯ 업고 차마 나가지 못ᄒᆞ니 손시(孫氏) ᄃᆡ로(大怒)ᄒᆞ야사 곳 ᄆᆡᄅᆞᆯ 들고 쑤다라 조치이 쇼졔(小姐) 일쳔 ᄒᆞᆫ(恨)을 셔리담고 문밧(門-)긔 나가이 ᄉᆡᆼ(生)이 그 누의 나와시말 보고 눈물을 흘이더라. 일일(一日)은 손시(孫氏) 오라사 은이 니라러 누의ᄅᆞᆯ 보고 말ᄒᆞ더

22

이 셩혀ᄅᆞᆯ 불너 ᄌᆞ{*존}진긔ᄅᆞᆯ 시긔니 손은이 보고 놀나 왈(曰) 니 엇던 시{*사}람인고. 손시(孫氏) 답왈(答曰) 어사(御史) 첩(妾)의 ᄶᅡ리라. 손은왈(曰) ᄂᆡ 바야흐로 ᄂᆡ 첩(妾)을 구ᄒᆞᄂᆞ이 어ᄉᆡ(御史) 잇ᄶᅥ들 ᄂᆡ 다러 갈난다. 손시(孫氏) 흔연(欣然) 왈(曰) 어ᄉᆡ(御史) {+아녀}도 ᄂᆡ 잇시이 명일(明日)노 형(兄)의게 보ᄂᆡ리라. 손은 ᄃᆡ흐(大喜)ᄒᆞ야 소져(小姐)다려 왈(曰) 민{*미}인(美人)은 명{+일}(明日)노 ᄂᆡ 집 오라. 오면 ᄇᆡᆨ연둥조(百年同住)ᄒᆞ리라. 소져(小姐) 분(忿)ᄒᆞ말 이긔지 못ᄒᆞ야 고셩(高聲) ᄌᆞᆯ왈(曰) 네

23

엇던 놈이관듸 나을 욕(辱)ᄒᆞ나다. 손은이 듸왈(對曰) 미인(美人)은 엇지 이러틋 욕(辱)ᄒᆞᄂᆞ뇨. 손시(孫氏) 듸로(大怒)ᄒᆞ야 쑥박ᄎᆞ고 소졔(小姐)롤 칙(責)ᄒᆞ고 손은이 도라갈한. ᄒᆞᆫ변 비단 날근 오술 쥬고 명일(明日)노 보닉려 ᄒᆞᄂᆞᆫ지라. 소졔(小姐) 크게 울고 경슈다려 왈(曰) "쳔만(千萬) 고초(苦楚)롤 격금은 ᄂᆞ종을 ᄇᆞ라더니 엇지 오날놀 손은이 욕(辱)을 볼 줄 알니요. 결단(決斷)ᄒᆞ야 죽의리라. 드듸여 죽으려 ᄒᆞ거날 경슈 말여 왈(曰) 엇지 이리

24

조급(躁急)ᄒᆞ나요. 우리 평일(平日)은 손시(孫氏) 시기는 ᄃᆡ로 ᄒᆞ려니와 우리 혼ᄉᆞ(婚事)의 당(當)ᄒᆞ야는 부친(父親) 명영(命令) 업시 겁칙(怯飭)ᄒᆞ야 겁지 아닐지라. 야야(爺爺) 명(命)ᄒᆞ셔는 종(從)의게 보ᄂᆡ셔단이나 ᄒᆞ려이와 게모(繼母)의 핀팍(逼迫)은 드로니 우의 ᄲᅡᆯ이 다라나 야야(爺爺)긔 가니 상(狀)으로 고(告)ᄒᆞ미 올흐이다. 소졔왈(小姐曰) ᄂᆡ 심즁(深中) 약질(弱質)노 어ᄃᆡ를 지향(指向)ᄒᆞ야 ᄎᆞ자며 야야(爺爺) 비록 날을 보린시나 일만 ᄒᆞ라 ᄒᆞ시고 기시이 엇지 용납(容納)

25

ᄒᆞ리요. ᄉᆡᆼ(生)니 가삼을 쑤다려 왈(曰) 쳔명(天命) 무슨 죄(罪)로 우리 남ᄆᆡ(男妹)ᄅᆞᆯ 이리 셜케 ᄒᆞᄂᆞ요. 져져(姐姐)ᄂᆞᆫ 말ᄉᆞᆷᄒᆞ소셔 ᄒᆞᆫᄌᆡ ᄉᆡᆼ(生)이 져져(姐姐) 모ᄌᆡ 야야(爺爺) 님소(任所)ᄅᆞᆯ ᄎᆞᄌᆞ가사니다. 《~~소졔(小姐) 탄왈(嘆曰) "우리 나간 후(後) 무슈(無數)ᄒᆞᆫ 휘언(毁言)을 ᄒᆞᆯ 거사나 엇지 ᄒᆞ라요. ᄉᆡᆼ(生)나 왈(曰) 아모려면 우리 어자단 말 드ᄅᆞ면 쏘 야야(爺爺) 임ᄅᆞᆯ ᄎᆞᄌᆞ가사니다.~~》[2] 소졔(小姐) 탄왈(嘆曰) 우리 나간 후(後) 무수(無數)ᄒᆞᆫ 휘언(毁言)을 ᄒᆞᆯ 거시니 엇지 ᄒᆞ리요. ᄉᆡᆼ(生)니 왈(曰)

2 《……》 부분은 뒷부분과 중복해서 쓰여졌음.

26

아모려면 우리 어지단 말 드르면 쏘 야야(爺爺)를 ᄎᄌ가면 굿ᄐ여 그라지 아니ᄒ리이다. 드듸 남ᄆ(男妹) 셔로 울며 ᄎ야(此夜)의 문(門)의 나{+서} 샹셔(城西)를 향(向)ᄒ야 그(近) 두 달만의 겨뉴 ᄎ자 드려가 부친(父親) 만나 ᄉᆡᆼ(生)의 남ᄆ(男妹) 톡곡(慟哭)ᄒ며 졀ᄒ여 뵌 ᄃ 어사(御史) ᄃ경(大驚) 문왈(問曰) 너희등(等)이 엇지 여그를 왓나뇨. ᄉᆡᆼ(生)이 울며 전후수말(前後首末)을 자시 고(告)ᄒ이 어사(御史) 차경ᄒ이(且驚駭異)ᄒ고 자딘장의(將信將疑)ᄒ야 분늉{*부즁}(府中) 머무르고 졍(正)이 우

27

려(憂慮)ᄒᆞ더니 문득 경셩(京城) 글월이 오니 손시(孫氏) ᄒᆞ야시 ᄃᆡ 셩혀 남ᄆᆡ(男妹) 각각(各各) 외인(外人)으로 교츙(交通)ᄒᆞ고 문호(門戶)롤 더러니이 쳡(妾)이 경개(警戒)ᄒᆞ야 ᄭᅮ지져 ᄎᆡᆨ(責)ᄒᆞ이 문득 다라간 곳술 모라니 심(甚)히 놀나와 긔별(奇別)ᄒᆞ노라 ᄒᆞ야더라. 어사(御史) 졔필(際畢)의 ᄃᆡ로(大怒)ᄒᆞ야 ᄉᆡᆼ(生)이 남ᄆᆡ(男妹)롤 불너 즐이왈(叱而曰) 너희등(等)이 나 이실 젹도 졍모(嫡母)의게 불굴(不屈)턴이 니졔 공현(公然)이 반(反)ᄒᆞ야 다라나 ᄂᆡ게 와 부인(夫人)을 ᄎᆞ소(讒訴)ᄒᆞ야구 젹셔지분(嫡庶之分)을 문허바라이 ᄂᆡ

28

당당(當當)이 죽일 거시로디 용ᄉᆞ(容赦)ᄒᆞ노라. 즉시(卽時) 싱(生)은{*을} 자바 나리와 큰 미로 이십(二十)을 치이 피 ᄲᅥ히 고의이 ᄒᆞ관(下官)들이 말이니 ᄯᅩ 소제(小姐)를 디칙(大責)ᄒᆞ야 한ᄭᅴ 등미러 닉치니 싱(生)이 남미(男妹) 입의 이시나 발명(發明)홀 길히 업셔 실셩통곡(失聲慟哭)ᄒᆞ며 소제왈(小姐曰) 닉 쳐암붓탐 이러할 쥴 아랏거날 네 위겨 와셔 일을 만나이 중ᄎᆞᆺ(將次) 어이ᄒᆞ리요. 싱(生)이 칙(責) 괴롬을 이긔지 못ᄒᆞ야 심ᄉᆞ(心事) 아득ᄒᆞ야더니 ᄒᆞᆫ ᄒᆞ인(下人)니 불샹이 녁

29

겨 음식(飮食)을 먹이고 피 무든 오살 벗기고 시옷 주어거날 싱(生)니 사례(謝禮)ᄒᆞ고 그 성명(姓名)을 무라이 단동영이라 ᄒᆞ더라. 싱(生)이 누룰 다리고 십이(十里)ᄂᆞᆫ 가 ᄒᆞᆫ 집 드러 주인(住人)ᄒᆞ이 늘근 할미 혼ᄌᆞ 잇셔 술 팔거날 ᄒᆞ려밤 자말 쳥(請)ᄒᆞᆫ디 할미 소왈(笑曰) 나ᄂᆞᆫ 과뷔(寡婦)라 비록 나히 할미나 예법(禮法)을 찰히나이 연장(年長) 군자(君子)를 이 방(房)의 두리오. 싱(生)이 탄왈(嘆曰) ᄂᆡ 비록 신장(身長)이 길고 거동(擧動)이 쟝(壯)

30

ᄒᆞ나 연(年)니 십(十)이라. 노고(老姑) 집의 일야(一夜) 덜ᄉᆡ비 방히(妨害)롭지 아니러라. 할미 불샹이 넉겨 붓드러 방(房)의 드러 누이고 음식(飮食)을 잘 ᄒᆞ여 극진(極盡)이 ᄃᆡ졉(待接)ᄒᆞ고 두어 날 조리(調理)ᄒᆞ야 가며 쥬뫼(酒母) 말ᄒᆞ미시와 돈 두어 ᄭᅱ미을 주이 ᄉᆡᆼ(生)이 ᄇᆡᆨᄇᆡ사례(百拜謝禮)ᄒᆞ고 길을 ᄯᅥ나 두어 달 신구(辛苦)ᄒᆞ야 경셩(京城) 즁문(中門) 밧긔 이라러 셔로 니라ᄃᆡ 우리 참아 다시 드러가 손씨(孫氏) 보촘을 밧지 못ᄒᆞᆯ 거시오 가지 아니면 어ᄃᆡ 의지(依支)

31

하리요. 차아리 여셔 죽음이 올타 ᄒᆞ고 종일(終日)타록 통곡(慟哭)ᄒᆞ이 지너는 힝인(行人)니 다 블상이 너기더라. 셩혀 갈 바롤 몰나 우더이 문득 보이 빅수노인(白首老人)니 두어 하인(下人)을 다리고 평교(平轎)롤 타고 나오니 비샹(非常)ᄒᆞ더라. 사롬으로 ᄒᆞ여곰 이롤 불너오라 ᄒᆞ이 니는 다란 사람니 아이라 강뇌(閣老) 원종의(元宗義)니 풍경(風景)을 보려 동문(洞門) 밧긔 나ᄀᆺ더니 기리 두 아히 붓들고 우ᄂᆞ 양(樣)을 보고 ᄒᆞ인(下人)을 부라이 소제(小姐)는

32

가지 아니ᄒᆞ고 ᄉᆡᆼ(生)이 나어가 절ᄒᆞ야 뵌ᄃᆡ 원공(元公)니 ᄒᆞᆫ번 눈을 드러 보이 옥(玉) ᄀᆞᆺᄐᆞᆫ 소연(少年)이라. 신장(身長)이 칠척구ᄎᆞᆫ(七尺九寸)이요 두 팔이 무릅이 지ᄂᆡ며 ᄎᆞᆼ명(聰明) 여{*영}오(穎悟)ᄒᆞ고 수발(秀發) 풍ᄎᆡ(風采) 쇄락(灑落)ᄒᆞ야 완연(完然)이 적셕(謫仙) 풍소(風度)와 반약(潘岳)의 얼골을 가졋ᄂᆞᆫ지라. 강뇌(閣老) 크게 사랑ᄒᆞ야 문왈(問曰) 네 엇던 사람이관ᄃᆡ 심산광지(深山曠地)의셔 슬허ᄒᆞᄂᆞ뇨. 손이ᄃᆡ왈(遜而對曰) “소ᄉᆡᆼ(小生)은 사ᄐᆡ우(士大夫) 자식(子息)으로셔 일시(一時) 도적(盜賊) 분ᄎᆞᆫ(奔竄)ᄒᆞ이 ᄒᆞᆫ 누의ᄅᆞᆯ 더불고

33

의지(依支)할 디 업스이 슬허ᄒᆞ나이다. 강뇌왈(閣老曰) 네 부명(父名) 무어시뇨. 싱(生)니 답왈(答曰) 소샹(小生)의 셩(姓)은 위(魏)뇨 명(名)은 겨{경}슈로소이다. 강뇌왈(閣老曰) 엇지 부(父)의 명(名)을 일지 아니나요. 싱(生)이 유유(儒儒)할 분이라. 강뇌(閣老) 혜오디 일정(一定) 묘믹(妙脈)이도다 김{*짐}작(斟酌)ᄒᆞ고 소졔(小姐) 싱(生)을 다리고 부듕(府中)의 도라오이 부인(夫人) 반겨 문왈(問曰) 금일(今日)을{*은} 풍경(風景)이 젹더이잇가. 엇지 일즉 오시나요. 강뇌(閣老) 가마인 부인(夫人)다려 왈(曰) 오날 이러ᄒᆞᆫ 소연(少年)을

34

어더와시이 분명(分明)이 사틱우(士大夫) 즈식(子息)이라. 큰 환(患)을 만나 뉴치{*리}(流離)ᄒᆞ난가 시부의 거두어 젼쳥{*적선}(積善)ᄒᆞ야 다려와시니 남자(男子)난 외당(外堂)의 닉 다리고 이시리 여자(女子)는 부인(夫人)니 ᄯᅡᆯ ᄀᆞᆺ치 ᄒᆞ라. 부인(夫人)이 흔현(欣然)이 허락(許諾)ᄒᆞ고 시여(侍女)로 소졔(小姐)를 청(請)ᄒᆞ이 소져(小姐)를 ᄌᆞᆺᄎᆞ 드려와 강뇌(閣老)와 부인(夫人)긔 졀ᄒᆞ이 부인(夫人)니 좌(座)를 주고 보이 일신(一身)이 현순빅결(懸鶉百結)이라 헌옷스로 살을 가리지 못ᄒᆞ고 구람 ᄀᆞᆺ튼 머리를 드

35

러 ᄂᆞᆺᄎᆞᆯ 덥퍼시이 정상(情狀)이 ᄎᆞ마 보지 못ᄒᆞᆯ 거시실ᄃᆡ 옥면화안(玉面花顔)은 부가집(富者-) 금수(錦繡)의 쌰인 소제(小姐)라도 임치 못ᄒᆞᆯ지라. 부인(夫人)니 어엿비너겨 말노써 위로(慰勞)ᄒᆞ나 젼후(前後) ᄂᆡ력(來歷)은 뭇지 아니ᄒᆞ고 협실(夾室) 두고 아람다온 의복(衣服)을 남ᄆᆡ(男妹)ᄅᆞᆯ 이피고 이날 셕식(夕食) 후(後) 각뇌(閣老) 좌우(左右)ᄅᆞᆯ 물이치고 자여(子女)ᄅᆞᆯ 뫼혼 후(後) 위ᄉᆡᆼ(魏生) 남ᄆᆡ(男妹)ᄅᆞᆯ 불너 ᄒᆞᆫ 당(堂)의셔 보며 인(因)ᄒᆞ야 일오ᄃᆡ ᄂᆡ 너희ᄅᆞᆯ 거두려이와 다만 무단(無端)히 머무지 못ᄒᆞᆯ 거

36

시이 권도(權道)로 ᄂᆡ 식(息)이되미 엇더ᄒᆞ뇨. ᄉᆡᆼ(生)이 가마니 ᄉᆡᆼ각ᄒᆞᄃᆡ 내 비록 피화(避禍)ᄒᆞᆫ 사람이라 군ᄌᆡ(君子) 되야 엇지 변셩(變姓)ᄒᆞ리요. 바른 ᄃᆡ로 이라미 올타 ᄒᆞ야 낫비샬 졍(整)히 ᄒᆞ고 눈물을 흘여 ᄃᆡ왈(對曰) 소ᄌᆞ(小子)ᄂᆞᆫ 쳔지간(天地間) 죄인(罪人)이거날 ᄇᆡᆨ숙(伯叔)의 은혜(恩惠)롤 입사오이 셩덕(盛德)이 ᄒᆞ날ᄀᆞᆺᄐᆞᆫ지라 엇지 신촌(心寸)을 가리오리오. ᄂᆞᄂᆞᆫ 과연(果然) 이{+부}샹셔(吏部尙書) 안찰어사(按察御使) 위공(魏公)의 아달이오 누의ᄂᆞᆫ 동복미(同腹妹)라.

37

팔자(八字) 긔박(奇薄)ᄒᆞ와 뉴하(乳下)의 ᄌᆞ모(慈母)ᄅᆞᆯ 여히고 자라미 인사(人事) 불민(不敏)ᄒᆞ야 써곰 ᄃᆡ순(大舜)의 셩효(誠孝)와 민자(閔子)의 공순(恭順)을 법(法)밧지 못ᄒᆞᆫ 고(故)로 게모(繼母)긔 득죄(得罪)ᄒᆞ미 만ᄒᆞ고 가친(家親)기 가고져 ᄒᆞᆫᄃᆡ 듯(得)지 못ᄒᆞ고 일신(一身)니 의탁(依託)ᄒᆞ이 비록 ᄃᆡ인(大人)의 일월(日月) 가타신 은혜(恩惠)ᄅᆞᆯ 입사오나 변셩(變姓)치 ᄒᆞ옴은 현명(顯明) 원(願)치 아니ᄒᆞᄂᆞ이다. 강뇌(閣老) 청파(聽罷)의 ᄃᆡ경(大驚) 왈(曰) 월ᄂᆡ(原來) 그럿탓다. 위공(魏公)은 현명(賢明) 군ᄌᆡ(君子)러이 엇지 그 풍(風)은 이러타 불순(不純)ᄒᆞ요. ᄉᆡᆼ(生)과 소졔(小姐) 졍ᄉᆡᆨ(正色) ᄃᆡ왈(對曰)

38

우리등(等) 불초(不肖)ᄒᆞ미라. 가친(家親)의 연고(緣故)로 죽은 어미롤 쳔(賤)히 마죄말 슬허ᄒᆞ나이다. 강뇌(閣老) 탄왈(歎曰) “오날이야 ᄃᆡ순(大舜)과 싱(象)이 뫼친(母親)이 ᄯᅩ 니시말 보리로다. 쳔지(天地)도 번역(變易)ᄒᆞ나이 그ᄃᆡ등(等)은 안심(安心)ᄒᆞ라. 다만 그ᄃᆡ 누의 여ᄌᆡ(女子)라 허물업ᄉᆞ이 양여(養女)을 사마리이 그ᄃᆡ 쯧지 엇더ᄒᆞ뇨. 싱(生)니 빅비(百拜) 사례(謝禮) 왈(曰) “싱이자(生我者)ᄂᆞᆫ 부뫼(父母)시고 구ᄌᆞ(救者)ᄂᆞᆫ ᄃᆡ인(大人)이라. 명(命)ᄃᆡ로 ᄒᆞ리이다. 소제(小姐) 좌(坐)의 나 눈물 거두고 빅사(拜謝)

39

왈(曰) 이 ᄀᆞᆺᄐᆞᆫ ᄃᆡ인(大恩)을 갑풀 길히 업ᄉᆞ오이 {-견} 만일 옥당(玉堂)의 ᄒᆞᆫ가히 두실진ᄃᆡ ᄒᆞᆫ날 갓ᄐᆞ온 덕턱(德澤)을 층양(稱量)ᄒᆞ리잇가. 각뇌(閣老)와 부인(夫人)니 져 남ᄆᆡ(男妹) 얼골 풍도(風度)을 사랑ᄒᆞ더이 각뇌(閣老)씌 말연(末年)의 이흔 소제(小姐)이시이 연(年)이 십삼(十三)이라. 용뫼(容貌) 타월(卓越)ᄒᆞ야 요지(瑤池)의 곳ᄀᆞᆺ고 광ᄎᆡ(光彩) 현ᄂᆞᆫ(絢爛)ᄒᆞ야 삼{*산}(山) 우의 명월(明月)이 오고 공산(崑山) 옥(玉) ᄀᆞᆺ탄이 공(公)이 크게 ᄋᆡ듕(愛重)ᄒᆞ더이 위ᄉᆡᆼ(魏生)의 풍도(風度)ᄅᆞᆯ 보고 그윽이 뉴의(留意)ᄒᆞ야 부인(夫人)다려 여셔(女壻) 삼으말 이라고 십분(十分) {-후}후ᄃᆡ(厚待)

40

ᄒᆞ야 은혜(恩惠)ᄅᆞᆯ ᄆᆡᆺ{*ᄆᆡᆽ}더라. 십여 일 후(十餘日後) 강뇌(閣老) ᄉᆡᆼ(生)을 보고 조용니 일오ᄃᆡ 그ᄃᆡ 취쳬(娶妻) 못ᄒᆞ얏더이 ᄂᆡ의 더러운 ᄯᆞᆯ이 잇더이 건즐(巾櫛)을 ᄇᆞᆺ들고져 ᄒᆞᄂᆞ이 네 듯지 엇더ᄒᆞ요. ᄉᆡᆼ(生)니 ᄃᆡ왈(對曰) ᄃᆡ인(大人) 이러탓 권면(勸勉)ᄒᆞ시니 은혜(恩惠) ᄂᆞᆫ망(難忘)니라 갑기 어렵사오나 야야(爺爺)의 명(命)니 업사오이 불고의취쳐(不告而娶妻)ᄅᆞᆯ 못ᄒᆞ리소이다. 강뇌(閣老) ᄌᆡ삼(再三) 이라이 ᄉᆡᆼ(生)니 구지 벙으리와 {+갓}드이 공(公)니 칭탄(稱歎) 왈(曰) 그ᄃᆡ의 말간 절(節)긔{*과} 졍ᄃᆡ(正大)ᄒᆞᆫ 뜻니 고인(古人)의 지

41

지 안ᄒᆞ도다. 셩미(成媒)를 놀호리이 그ᄃᆡ도 다ᄒᆞᆫ 취쳬(娶妻) 못 할 쥴 아라셔라 신(信)을 직희엿다가 타일(他日) 존공(尊公)의 허락(許諾)을 바다 친사(親事)를 일우말 졍(定)ᄒᆞ노라. ᄉᆡᆼ(生)이 비사수명(拜謝受命)ᄒᆞ이 공(公)이 차후(此後)난 옹셔(翁婿)로 아라 덕{*더}욱 사랑ᄒᆞ더라. 셩혀 내실(內室)이셔 이 말을 듯고 원소져(元小姐)를 뉴의(留意)ᄒᆞ야 살피이 딘짓 오라뷔 쌍(雙)이라 깃부고 다ᄒᆡᆼ(多幸)ᄒᆞ야 셔로 공경(恭敬)ᄒᆞ며 친ᄋᆡ(親愛)ᄒᆞ야 완연(完然)니 동ᄉᆡᆼ의 졍니(情理) 일워더이. 어시(於是)예 셩화(成化) 연{+간}(年間) 졍궁후(正宮后)의게 {+이남일}여(女)를 주어 게

42

ᄉᆡᆼ{*장}(長)은 ᄐᆡ자(太子)시고 여(女)ᄂᆞᆫ ᄀᆞᆯ온 명아공쥬(--公主)라. {+제왕은} 탁월(卓越)ᄒᆞᆫ 얼골이 옥(玉)을 문은 ᄃᆞᆺᄒᆞ고 눈ᄯᅵᄂᆞᆫ ᄉᆡ별 ᄀᆞᆺ타며 단슌{*슌}(丹脣)은 쥬ᄉᆞ(朱砂) 찍은 ᄃᆞᆺ ᄒᆞ며 눈섭은 강산(江山) 슈기(秀氣)ᄅᆞᆯ 모두안고 부슬 들면 문장(文章)이 되고 말근 소ᄅᆡ 얼푸 시불(詩賦)ᄋᆞᆯ 음영(吟詠)ᄒᆞ면 농(龍)니 엽져고 붕(鵬)이 츔츄ᄂᆞᆫ {+ᄃᆞᆺᄒᆞ더라}. 얼굴 풍ᄎᆡ(風采)와 문장(文章) 이러탓ᄒᆞᄆᆡ ᄉᆡᆼ(上)니 아랍다이 넉이사 권ᄋᆡ(眷愛)ᄒᆞ시이 ᄐᆡ자(太子) 우히러라. 신{*시}연(時年)이 잡{*십}오세(十五歲)라 신상(身相)과 풍골(風骨)니 맛찰ᄃᆡ 업시 ᄌᆞ

43

라시이 황익(皇爺) 젼지(傳旨)ᄒᆞ자{*사} 인{*민}간(民間) 사도(四道)의 젼{*처}자(處子)를 모도아 간턱(簡擇)ᄒᆞ실시 원강뇌(元閣老) 민망(憫惘)ᄒᆞ야 부인(夫人)과 의논(議論)ᄒᆞ디 닉 여ᄋᆞ(女兒)를 간턱(簡擇)의도 드리면 위싱(魏生)의 혼인(婚姻)니 이{*어}긜지라 쟝ᄎᆞᆺ(將次) 어이ᄒᆞ리요. 북{*부}인(夫人) 디왈(對曰) 죠은 일이 닛나이 위싱(魏生)의 누의 니에 이시{+니} 졔 부친(父親)의 집의 이셔 간턱(簡擇)의 들거시이 ᄒᆞ말며 우리 양여(養女)이 권도(權道)로 여아(女兒)의 디신(代身) 들미 엇더뇨. 강뇌(閣老) 깃거 셩혀 소졔(小姐)를 불너 이 뜯들 이라이 소졔(小姐) 직비(再拜) 왈(曰) 디인(大人) 명(命)을 사지(死地)의 가라ᄒᆞ신들

44

거역(拒逆)ᄒᆞ리잇가. 명(命)ᄃᆡ로 ᄒᆞ리이다. 강뇌(閣老) ᄃᆡ{+희}(大喜)ᄒᆞ더라. 소졔(小姐) 나와 위ᄉᆡᆼ(魏生)다려 일오ᄃᆡ 야야(爺爺) 긔셔도 간ᄐᆡᆨ(簡擇)의 들여니와 나무 ᄃᆡ신 가이 슬허탄. ᄉᆡᆼ(生)이 쏘ᄒᆞᆫ 늣겨 탄식(歎息)ᄒᆞ더라. 간ᄐᆡᆨ(簡擇) 졍일(定日)이 타ᄃᆞ라이 강뇌(閣老) 위소져(魏小姐)롤 칠보(七寶) 당음(粧廕)ᄒᆞ야 입셜{*궐}(入闕)ᄒᆞ이 져휘젼(睢后殿)의 안자사 여자(女子) 일만(一萬)의 쳔(千)을 ᄲᆡ고 쳔(千){+의 백(百)}을 ᄲᆡᆺ고 ᄇᆡᆨ(百)이 열할 ᄲᅡ시이 열 여쟝{*자}(女子) 중의 일위(一位) 미인(美人)니 얼골이 ᄇᆡᆨ셜(白雪) ᄀᆞᆺ고 이

45

마ᄂᆞᆫ ᄎᆞ카돌 ᄀᆞᆺ타며 팔상미ᄂᆞᆫ 버들 가타며 양안(兩眼)은 츄ᄑᆡ(秋波) 어린 ᄃᆞᆺᄒᆞ며 양협(兩頰)은 도화(桃花)ᄅᆞᆯ 먹금은 ᄃᆞᆺ 단슌호치(丹脣皓齒)ᄂᆞᆫ 조{*주}ᄉᆞ(朱砂)ᄅᆞᆯ 직고 옥(玉)을 삭겨시며 구람 ᄀᆞᆺᄐᆞᆫ 귀밋ᄐᆡ 압{*안}ᄀᆡ을 조롱(嘲弄)ᄒᆞ고 버들 ᄀᆞᆺ탄 허리ᄂᆞᆫ 흰 깁을 뭇거ᄂᆞᆫᄃᆞᆺ 봉입{*익}(鳳翼)의 취운삼(翠雲衫)을 입고 홍군(紅裙)을 쓰어 연ᄭᅩᆺ ᄀᆞᆺ탄 거람을 움작이ᄆᆡ 여절(女節)의 규구(規矩) 맛고 진퇴(進退) ᄎᆞᆺ착(差錯)니 업사이 모든 여자(女子) 듕(中)의 셧겨시ᄆᆡ 봉(鳳) 오ᄌᆞᆨ(烏鵲)의 잇ᄂᆞᆫᄃᆞᆺ 홀ᄂᆞᆫ(絢爛)ᄒᆞᆫ 광ᄎᆡ(光彩)와 쇄락(灑落)ᄒᆞᆫ 긔풍(氣風)이 삼쳔 분

46

ᄂᆡ(三千粉黛)와 뉵원 후궁(六苑後宮)이 탈ᄉᆡᆨ(奪色)ᄒᆞ야 방불(髣髴)ᄒᆞᆫ 이도 업산지라. 달이 광ᄎᆡ(光彩)ᄅᆞᆯ 밋지 못ᄒᆞ고 {+쏫}시{+고}늠을 담포지 못ᄒᆞ고 옥(玉)이 희물 결우지 못ᄒᆞᆯ지라. 샹(上)이 ᄃᆡ경(大驚)ᄒᆞ아샤 블너 무리시니 이곳 강노(閣老) 원공(元公)의 달{*ᄯᆞᆯ} 셩혜라. 이졔 휘(后) ᄃᆡ(對)ᄒᆞ사 즉일(卽日)의 졔왕비(齊王妃)ᄅᆞᆯ 쳥(請)ᄒᆞ여 별궁(別宮)의 ᄂᆡ보ᄂᆡ고 흠쳔관(欽天監)의 ᄐᆡᆨ일(擇日)ᄒᆞ샤 뉵예(六禮)ᄅᆞᆯ 구ᄒᆡᆼ(求行)ᄒᆞᆯ ᄉᆡ 긔특(奇特)ᄒᆞᆫ 위의(威儀) ᄎᆞᆼ양(稱量)치 못ᄒᆞᆯ너라. 길일(吉日)의 졔왕(齊王)니 위소졔(魏小姐)

47

ᄅᆞᆯ 더{+부}러 {+성례ᄒᆞ고} 동방(洞房)의 도라가게사 신{+부}ᄅᆞᆯ {+보}이 평ᄉᆡᆼ(平生)이 ᄌᆞᆨ(足)ᄒᆞᆯ지라 진듕(珍重)ᄒᆞᆫ 은졍(恩情)이 ᄐᆡ산(泰山) ᄒᆞ히(河海) ᄀᆞᆺ더라. 명일(明日)의 상(上)이 셩혀로 졔왕비(齊王妃)ᄅᆞᆯ 봉(封)ᄒᆞ실 ᄉᆡ 폐ᄇᆡᆨ(幣帛)을 ᄀᆞᆺ초와 져후(帝后)긔 신부(新婦) 의{*예}(禮)ᄅᆞᆯ 도ᄒᆡᆼ(道行)ᄒᆞ이 왕(王)니 ᄯᅩᄒᆞᆫ 엇기 팔 ᄒᆞᆫ가지로 ᄒᆞ야 펴ᄇᆡᆨ(幣帛)을 밧드러이 부뷔(夫婦) 양인(兩人)이 옥(玉) ᄀᆞᆺᄐᆞᆫ 얼굴이 ᄎᆞᆷ지(參差) 업셔 ᄒᆞᆫ 샹(雙) 명쥬(明珠) 갓ᄐᆞᆫ이 졔휘(帝后) 크게 깃거워ᄒᆞ시고 사랑ᄒᆞ시미 ᄎᆞᆼ양(稱量) 업셔 ᄒᆞ시더라. 이에 별궁(別宮)을 지어 ᄂᆡ실ᄉᆡ ᄎᆡ루(彩樓) 화각(畫閣)이 찰ᄂᆞᆫ(燦爛)ᄒᆞ야 ᄐᆡ평(太平) ᄀᆞᆺ고

48

장(壯)ᄒᆞᆫ 둥(棟)니 ᄃᆡᄂᆡ(大內)이셔 불과(不過) 두어 층(層)이 밋지 못ᄒᆞ게 ᄒᆞ여 쥬시이 왕(王)이 비(妃)록 더부러 분궁(本宮)의 나 왕비(王妃)ᄂᆞᆫ 샥막(朔望)으로 입궐(入闕) 조ᄋᆡ(朝會)ᄒᆞ고 왕(王)은 무샹츄립(無常出入)ᄒᆞ더라. 왕비(王妃) 비록 이려탓 부귀영화(富貴榮華)ᄒᆞ나 부친(父親)ᄭᅴ 득죄(得罪)ᄒᆞᆫ 자식(子息)이 되야 ᄯᅩ 이리 되야심을 아지 못ᄒᆞᆫ지라 일야불평(日夜不平)ᄒᆞ야 희식(喜色)니 업ᄉᆞ이 고히 넉겨더이 우람{*난} 잉무(鸚鵡)룰 들고 드려와 희롱(戲弄)ᄒᆞ야 우라시ᄃᆡ 비(妃) 눈을 드러 보지

49

아니ᄒᆞ고 심회(心懷)히 ᄉᆡᆼ각는 일니 잇는듯 ᄒᆞ거날 왕(王)이 신힝{*앵}(新鸚)을 노코 나아안자 비(妃)의 손을 즙고 문왈(問曰) 연{*현}비(賢妃)로 더부러 만는 지 수월(數月)이라. 군은(君恩)니 듕(重)ᄒᆞ샤 일시(一時)의 영귀(榮貴)ᄒᆞ고 너 ᄯᅩᄒᆞᆫ 졍궁(正宮)의 ᄐᆡᄉᆡᆼ(胎生)ᄒᆞ신 금지옥역{*옥}엽(金枝玉葉)이라 현비(賢妃)긔 욕(辱)된 일이 업거날 일월(日月)이 오라디 근심ᄒᆞ고 눈셥은 폐지 아니ᄒᆞ고 웃는 얼굴을 보지 못ᄒᆞ야 수ᄉᆡᆨ(愁色)이 만안(滿顔)ᄒᆞ야 양안(兩眼)의 누쉬(淚水) 자로 어리여시이 아지 못게라 무삼 엽탄(厭憚)ᄒᆞ시{*미} 잇나

50

뇨. ᄒᆞᆫ번 이라시미{-비} 방ᄒᆡ(妨害)롭디 아니리라. 위비(魏妃) 쳥필(聽畢)의 슬푸미 더욱 듕(重)ᄒᆞ이 강잉(强仍)코져 ᄒᆞ니 능(能)히 졔(制)치 못ᄒᆞ야 졍누(情淚)ᄅᆞᆯ 머금고 져요 ᄃᆡ왈(對曰) 소쳡(小妾)이 국은(國恩)을 입사와 젼ᄒᆞ(殿下)의 졍비(正妃)되오이 ᄀᆡᄉᆡ 외렴(猥濫) 황공(惶恐)ᄒᆞ온지라 엇지 감히 염탄(厭憚)ᄒᆞ리잇가. 다만 쳡(妾)의 흉듕(胸中)의 가ᄃᆞᆨᄒᆞᆫ 회포(懷抱)ᄂᆞᆫ 비록 젼ᄒᆞ(殿下)의나 다 알외지 못ᄒᆞ올지라 스ᄉᆞ로 슬허ᄒᆞ옵나이다. 안ᄉᆡᆨ(顏色)의 나타나ᄂᆞᆫ 소이(所以)다. 왕(王)의 비(妃)의 안

51

식(顔色)이 다라고 음셩(音聲)이 오열(嗚咽)ᄒᆞ물 보고 노왈(怒曰) 과인(寡人)이 비록 더러오나 비(妃) 엇지 이렁ᄐᆞᆺ 경(輕)히 너겨 실졍(實情)을 아라지 아닛나뇨. 비(妃) 좌(座)을 써나 사례(謝禮)ᄒᆞ고 말을 아이ᄒᆞ이 왕(王)이 ᄯᅩᄒᆞᆫ 다시 뭇지 아니ᄒᆞ다. 위싱(魏生)이 그 누의 져왕비(齊王妃) 되미 일번(一邊) 놀납고 두려ᄒᆞ며 일변(一邊) 깃분ᄃᆞᆺ 슬푼ᄃᆞᆺ 심회(心懷) ᄎᆞᆼ양(稱量)치 못ᄒᆞ고 각뇌(閣老)는 깃거 위싱(魏生)다려 왈(曰) 미형(妹兄)이 자셩(資性)이 명혀(明慧)ᄒᆞ고 복덕(福德)이 겸젼(兼全)한 상(相)이 닛나이 이져 왕후(王后)의 영(榮)홈을 바다 일국의 뫼(母)이

52

그디 모친(母親) 위호(位號)도 다시 올일 거시뇨 원슈(怨讐) 갑푸미 여반장(如反掌)이라 엇지 놀나리오. 싱(生)이 슬허 탄식(歎息)ᄒᆞ더라. 싱(生)이 각뇌(閣老) 아달이 쳬ᄒᆞ야 ᄆᆡ양(每樣) 져왕궁(齊王宮)의 가면 왕(王)니 마자 드려 ᄒᆞᆫ가지로 왕후(王后)를 보이 그 누의 이럿틋 영귀(榮貴)잠{*함}을 보고 슬허 왕(王)니 좌(座)의 이시이 사졍(事情)을 이라지 못ᄒᆞ여 나오이 왕(王)이 우{*비}(妃)다려 이라되 원싱(元生)의 얼굴과 긔질(氣質)이 진실노 ᄉᆞ랑흡도다 인(因)ᄒᆞ여 싱(生)을 궁(宮)의 머무러 디

53

니더 맛춤홈니 원각뇌(元閣老)의 쏠과 아달노 알고 본근(本根)을 아지 못ᄒᆞ더라. 시젹의 위시랑(魏侍郎)이 국ᄉᆞ(國事)를 맛고 경사(京師)의 도라오이 임의 순연(數年)이라. 손시(孫氏) 마자 셩혀 남미(男妹) 흔단(釁端)을 못니 ᄒᆞ거날 시랑(侍郎)니 쏘 경셩(京城)의 ᄀᆺ거날 쳐 니친 일을 이라고 왈(曰) 종젹(蹤迹)이 업사이 여나 와는가 어겨더이 어더 가 죽어는가 져히 죄어이와 불쌰{*쌍}ᄒᆞ다. 순시(孫氏) 더락(大樂) 왈(曰) 그것들이 인싱(人生)니 앗{+갑지만} 졔 죄(罪)는 빅번(百番) 쥭어도 남을 거시오 쏘 가문(家門)을 흐리울 것 ᄒᆞ여 무엇ᄒᆞ리오. 시

54

랑(侍郞)이 올타ᄒᆞ이 손시(孫氏) 차후(此後)ᄂᆞᆫ 걸인 일이 업셔 화조월셕(花朝月夕)의 수명 등을 다리고 열낙(悅樂)ᄒᆞ더라. 시랑(侍郞)이 원강뇌(元閣老)를 보려 가이 각뇌(閣老) 후ᄃᆡ(厚待) 인(因)ᄒᆞ야 소왈(笑曰) 노뷔(老父) 요사이 ᄒᆞᆫ 거르긔 어려운 공ᄉᆡ(公事) 이시이 현형(賢兄)은 션쳐(善處)하라. 시랑(侍郞)이 공경(恭敬) ᄃᆡ왈(對曰) 샹공(相公)의 이라시ᄂᆞᆫ 공ᄉᆡ(公事) ᄒᆞ여(何如)오. 각뇌(閣老) 답왈(答曰) 다란 일니 아이라 벼살ᄒᆞᄂᆞᆫ 사람니 젼후시(前後室)을 두어시니 젼쳐(前妻)ᄂᆞᆫ 명가족(名家族)으로 그 사람니 후쳐(後妻) 어더 맛참 혹(惑)ᄒᆞᆫ

55

야 망쳐(亡妻)ᄅᆞᆯ 나리와 쳡(妾)이라 ᄒᆞ고 자여(子女)ᄅᆞᆯ ᄃᆡ순(大舜)과 민자(閔子) 지경(地境) ᄀᆞᆺ치 봇ᄎᆡ다가 ᄂᆡ즁은 좃쳐 ᄂᆡ치다 ᄒᆞ이 진신(眞實)로 올흘진ᄃᆡ 금수(禽獸)의 지나 극키 ᄒᆞᆫᄒᆞ심{*ᄒᆞᆫ심ᄒᆞᆫ}지라. 형(兄)이 어사(御史) 되야 엇지 근획(根覈)지 아{+니}리오. 시랑(侍郞)이 듯기ᄅᆞᆯ 맛고 착악(錯愕)ᄒᆞ여 왈(曰) 이럴진ᄃᆡ 그과(過) 츄국(推鞫)ᄒᆞ고 후쳐(後妻)ᄅᆞᆯ 졀도안{+치}(絶島安置)ᄒᆞ고 졔디(制止) 못ᄒᆞᆫ 가당(家長)을 팔십(八十)ᄒᆞ야 극벽{*변}(極邊) 졍비(定配)ᄒᆞ이 올타이{-이} 샹공(相公)이 엇지 쳐치(處置) 어렵다 ᄒᆞ시나뇨. 각뇌왈(閣老曰) 형(兄)이 말이 가(可)호ᄃᆡ ᄂᆡ 일은 나쳠{*난처}ᄒᆞᆷ은 ᄂᆡ

56

친 자여(子女) 극(極)히 어질고 효순(孝順)ᄒᆞ야 아뷔게 죄(罪) 스사로 쥭기을 결(決)ᄒᆞᄂᆞᆫ지라 그 ᄌᆞ식의 곳{*낫}찰 보믹 쳐치(處置) 어렵다 ᄒᆞ노라. 시랑(侍郎) ᄯᅩ 이라ᄃᆡ 그러커든 관특(奸慝)ᄒᆞᆫ 게집을 부가(婦家)의 이(離)ᄒᆞ고 가쟝(家長)을 삭직(削職)ᄒᆞ야 일연(一年) 월봉(月俸)을 거두엇ᄃᆞ가 벼살을 아아미 좋소이다. 각뇌(閣老) 쳥파(聽罷)의 우슴고 일오ᄃᆡ 그 사람을 아는다. 시랑(侍郎)니 쳥파(聽罷)의 슈상(殊常)ᄒᆞ여 씌다라 낫빗촐 변(變)ᄒᆞ고 ᄃᆡ왈(對曰) 드라믹 ᄒᆞᆫ심나 아지 못ᄒᆞ올소이다. 각뇌(閣老) 이에 우숨을 근치고 ᄋᆞᆫ싴(顔色)

57

을 싁싁니{*이} ᄒᆞ야 사리(事理)로 이다{*로ᄃᆡ} 부ᄌᆞ상ᄋᆡ(父子相愛)는 인졍쳘(人情徹)이라. 모시(毛詩)에 왈(曰) ᄉᆡᆼ아자(生我者)는 부(父)뇨 휵아자(畜我者)는 뫼(母)라 ᄒᆞ이 그ᄃᆡ 젼후(前後) 부인(夫人)을 두미 써곰 엿{*옛}사람을 공경(恭敬)ᄒᆞ미 ᄉᆞ람을 후ᄃᆡ(厚待)ᄒᆞ야 송홍(宋弘)의 조강불ᄒᆞ당(糟糠不下堂)을 ᄉᆡᆼ각ᄒᆞᆯ 거시어날 엇지 샤{*샹}여(相如) 무신(無信)을 ᄒᆡᆼ(行)ᄒᆞ나뇨. 그ᄃᆡ 조강부인(糟糠夫人)은 노뷔(老夫) 쇼ᄒᆞᆫ 그 가문(家門)을 아나니 이 명형(名賢)의 ᄌᆞ손(子孫)이라 경화거족(京華巨族)이라. 비록 쳔인(賤人)을 그랏 아라 졍실(正室)을 사마실지라도 임의 ᄌᆞ여(子女)ᄅᆞᆯ 두고 부뫼(父母) 그ᄃᆡᄅᆞᆯ 맛껴

58

초토(草土)를 ᄒᆞᆫ 가지로 디ᄂᆡ여 겨시이 엇지 {-ᄎᆞ} 참마 일시(一時)예 {+하}당(下堂)ᄒᆞ리오. ᄒᆞ말며 명문거족(名門巨族)으로써 그ᄃᆡ 쳡(妾)을 ᄎᆞ마ᄒᆞᆯ너냐. 그졔 샤시면 오히려 심(甚)치 아니려이와 망인(亡人)을 위호(位號) 곳칠아야 묵쥬(木主)를 부가치 마음으로 드라면 원슈(怨讐)라도 슬허ᄒᆞᆯ비라. 엇지 그ᄃᆡ 부부지의(夫婦之義)로 이ᄀᆞᆺ치 심(甚)터뇨. 오히려 부부(夫婦) ᄂᆞᆫ의어이와 부자디졍의(父子之情誼)에 니라러ᄂᆞᆫ 더옥 놀나온지라. 뉴부인(劉夫人) 아달이 손시(孫氏)의게 그리 보치

59

이딕 그딕 조차 치며 흔 소릐 금(禁)치 아니흐고 그딕 임솨(任所) 가믹 춤혹(慘酷)이 겁칙(劫飭)흐이 그딕 자여(子女) 외롭고 셜운 씃져 나올 흐야 슙풀노 집을 삼고 눈물노 양식(糧食)흐야 그딕를 차자가이 도로혀 손시(孫氏) {+거}즛 춤소(讒訴)흔 글을 보믹 올히 너겨 닉치이 디어남즈(至於男子)는 허물이 업거이와 규즁(閨中) 여으(女兒)를 군졸(軍卒) 가온딕 셰워 더러노운 말노 수죄(數罪)흐야 군사(軍士) 등 미러 닉칠 듯지 나더야 퉁{*통}직(痛哉)라. 부즈(父子)의 졍(情)은 호랑의

60

이라러{*도} 잇거날 삼황(三皇)으로 그붓터고 고슈(瞽瞍) ᄒᆞᆫ 사람이러이 슈만연후(數萬年後) {-위졍양니 이실쥴 후} 위졍양(魏--)이 이실 쥴 알이요. 그ᄃᆡ 자여(子女) 뉴리(流離)ᄒᆞᄂᆞᆫ 가온 ᄒᆞᆫ 원망(怨望)ᄒᆞᆷ이 업고 깁키 ᄃᆡᆨ희여 사오와온 게모(繼母)와 불명(不明)ᄒᆞᆫ 아뷔 명(命)을 승{*순}종(順從)ᄒᆞ야 그랏되지 아이코 권도(權道)로 사람의게 의지(依支)ᄒᆞ야 아ᄇᆡ 자식 죽인 일홈을 면(免)케 ᄒᆞ고 져{*젼}두(前頭)의 효양(孝養)ᄒᆞ고져 가련(可憐)ᄒᆞ다 경슈야 참혹(慘酷)ᄒᆞ다 셩혀져 곤욕(困辱)을 참고 큰거살 일우니 ᄃᆡ슌(大舜)이 집 우희 올나 쥴 나려 불의 타

61

지 아니심과 우물의 드려 구무 드려 사라나심과 ᄃᆞ라리오. 그ᄃᆡ 이졔나 젼 쁫들 ᄲᅵ다라. ᄂᆡ 분(分) 업시 남이 지{*집} 일을 의논ᄒᆞ미 아이라 노뷔(老夫) 벼살이 삼공(三公)의 이서 셥이 분격(憤激)ᄒᆞᆫ 말을 듯고 탑ᄒᆞ(榻下)의 곳(告)코져 ᄒᆞᄂᆞᆫ 다시 경슈 등(等)의 낫찰 보아 공(公)의 죄(罪)를 사(赦)ᄒᆞ나 이 논ᄐᆡᆨ(論責)이 나지 아야셔 그ᄃᆡᄂᆞᆫ 가듕(家中)을 졍치(整治){-못}ᄒᆞ고 노부(老夫)를 고히 넉이지 말지어다. 엄졍(嚴整) 쉭쉭(肅肅) 쥰졀(峻節)ᄒᆞ고 츄샹(秋霜) ᄀᆞᆺ튼이 시랑(侍郎)이 ᄃᆡ경(大驚)ᄒᆞ셔 ᄯᅩᄒᆞᆫ 븟그럽고 황공(惶恐)ᄒᆞ야 말을 못

62

ᄒᆞ거날 각뇌(閣老) 문왈(問曰) 그ᄃᆡ 니 말이 올타 ᄒᆞ야 그라나야. 시랑(侍郞)니 취(醉)ᄒᆞᆫ 좀이 어림푸시 ᄭᆡ듯ᄒᆞᆫ 사죄(謝罪) 왈(曰) 소상(小生)의 그람을 오날이야 우{*후}회(後悔)ᄒᆞ나 임의 밋지 못ᄒᆞ리소이다. 이졔 셩혀 남미(男妹)를 상공(上公)이 아라시나이잇가. 답왈(答曰) 엇지 볼 길히 이시라{*리}오. 다만 날호여 션쳐(善處)ᄒᆞ고 싱젼(生前)의 볼가 염(念)을 두지 말고 뉴부인(劉夫人) 위호(位號)를 다시 올이라. 시랑(侍郞)이 비사(拜謝)ᄒᆞ고 도라와 마음이 어린 ᄃᆞᆺᄒᆞ야 손시(孫氏)ᄃᆞ려도 이라지 못ᄒᆞ고 외당(外堂)의 온

63

자 젼일(前日)과 원각뇌(元閣老)의 ᄎᆡᆨ언(責言)을 ᄉᆡᆼ각ᄒᆞ이 그라말 ᄊᆡ다라 눈물을 흘이더라. 어시(於是)에 쳔ᄌᆞ(天子) 톨{*알}셩(謁聖)을 ᄒᆞ이시니 ᄇᆡᆨ관(百官)이 탑ᄒᆞ(榻下)의 시위(侍衛)ᄒᆞ고 관광(觀光)ᄒᆞᆯ ᄉᆡ 위ᄉᆡᆼ(魏生)니 이 날 드러가 흉듕(胸中)의 가닥ᄒᆞᆫ 듀옥(珠玉)을 내며 쟝강(長江) ᄃᆡ희(大海)ᄅᆞᆯ 것구리치{+고} 우ᄎᆡ{*웅재}(雄才)ᄅᆞᆯ 펴이니 외방(外榜)으로 더여져 인명(人名)을 불너 쳥취{*쥐}(青州) 위경수(魏--) 연(年)이 십오(十五)요 부(父)요 이부시랑(吏部侍郎) {-이}겸(兼) 도ᄎᆞᆯ어사(都察御史) 위영{*정}양(魏--)이라. 불너 소ᄅᆡ 셰번 지라 일위(一位) ᄒᆞᆫ {+소}연(少年)

64

이 만인(萬人) 듕(中) 몸을 쌔여 풍광(風光)이 만인(萬人) 듕(中)의 등(登)ᄒᆞ고 안ᄎᆡ(眼彩) 쳔상(天上)의 솟여 일월(日月)의 빗찰 가리오는지라. 비록 박{*반}악(潘岳)의 고으나 이에 밋지 못ᄒᆞᆯ 거시오 자건(子建)의 직조도 바라지 못ᄒᆞᆯ지라. 황ᄋᆡ(皇爺) 크게 깃거 ᄒᆞ시고 만죄(滿朝) 산호(山呼)ᄅᆞᆯ 불너 인직(人才) 어드라 ᄒᆞ시더라. ᄎᆞ례(次例)로 불루ᄉᆞ 벼술을 나{+리고} 화지{*ᄃᆡ}(花帶)을 주실시 장원(壯元)으로 수츤{*찬}(修撰) 문ᄒᆞ(門下) 겸{*겸}(兼) {-견}간의ᄐᆡ우(諫議大夫)을 하이시고 얼골 풍치(風采)와 영화(榮華) 물강{*망}(物望)이 일시(一時) 진동(振動)ᄒᆞ니 뉘 그ᄃᆞᆼᄒᆞᆫ 게모(繼母)게 득죄(得罪)ᄒᆞ여 칙난{*간}(厠間) 시죵(侍從)을 ᄒᆞ

65

여 ᄉᆞᆷ시(三時)로 ᄆᆡ 맛던 ᄉᆞ람인 쥴 알니오. 층찬(稱讚)ᄒᆞ고 불워ᄒᆞ며 쳔ᄌᆡ(天子) 위시랑(魏侍郎)을 득별(特別)이 사쥬(賜酒)ᄒᆞ시고 왈(曰) 셔상(世上)의 아달 두 이 만ᄒᆞ나 엇지 경슈의 긔특(奇特)ᄒᆞᆷ ᄀᆞᆺ타리오. 경(卿)은 가히 자식(子息)을 두어다 ᄒᆞ리로다. 시랑(侍郎)이 잇ᄯᅢ예 정신(精神) 어득ᄒᆞ야 깃분 줄도 모라고 미운 쥴도 몰나 다만 놀나 넉이시이 ᄒᆞ날의 오란 ᄃᆞᆺ. 쳔ᄌᆞ(天子) 사쥬(賜酒)ᄅᆞᆯ 당(當)ᄒᆞ야 {+ᄇᆡᆨ관이} 경{등}을 두다려 소왈(笑曰) 벼살은 ᄌᆡᄉᆡᆼ(宰相)이나 연소 실ᄂᆡ(年少新來)이 셔로 보리라. ᄉᆡᆼ(生)

66

이 사려(謝禮)ᄒᆞ고 시랑(侍郎)이 ᄉᆡᆼ(生)을 다리고 집의 도라올 ᄉᆡ ᄇᆡᆨ관(百官)이 뒤ᄒᆞᆯ 조차오이 위의(威儀) 길히 며엿더라. ᄀᆡᆨ당(客堂)의 버러 안자이 시랑(侍郎)광{*과} ᄉᆡᆼ(生)니 각각(各各) 말이 업고 초조(焦燥)ᄒᆞᆫ ᄇᆡᆺᄎᆞ로 ᄃᆡᄀᆡᆨ(對客)ᄒᆞ더라. 잇ᄯᆡ 손시(孫氏) ᄂᆡ당(內堂)의셔 화ᄌᆡ(話者) 소ᄅᆡᄅᆞᆯ 듯{+고} 기ᄌᆞ(其子) 슈명다려 왈(曰) 너ᄂᆞᆫ 언졔 {+급제할고. 두 딸에게 왈 언제} 져련 ᄂᆞᆫ편(男便)을 어들고. 보ᄌᆞ ᄒᆞ고 니에{-에} 나와 문틈으로 보이 무수(無數)ᄒᆞᆫ ᄇᆡᆨ관(百官)이 라{*다} 조복(朝服)ᄒᆞ얏ᄂᆞᆫᄃᆡ ᄒᆞ{*한} 신ᄂᆡ(新來)ᄅᆞᆯ ᄯᅳᆯ히 나ᄅᆡ와 ᄒᆡ롱(戲弄)ᄒᆞᆫ이 눈을 정(精)ᄒᆞ야 ᄉᆞᆯ피이 ᄇᆡᆨ옥(白玉) ᄀᆞᄐᆞᆫ 얼굴

67

이 만취(滿醉)ᄒᆞ야시이 양협(兩頰)은 도화(桃花)ᄀᆞᆺ고 쥬순(朱脣)은 단사(丹沙)ᄀᆞᆺ타야 가ᄂᆞᆫ 허리예 금쒸(金-)롤 빗기고 날넌 엇기에 금슈청삼(錦繡靑衫)을 이벼시니 아람다온 얼굴의 게화(桂花) 그림지 어린{-ᄒᆞ}ᄒᆞ고 진퇴(進退) 유화(柔和)ᄒᆞ야 쇄옥(碎玉) 소릐 드러운이 쳥샹(天上) 선션(神仙)니 운이(雲裏)의 빈회(徘徊)ᄒᆞ난 둣 ᄒᆞᆫ지라. 홀논(焜爛)ᄒᆞ고 윤틱(潤澤)ᄒᆞᆫ 안셕(顔色)과 표일(飄逸)ᄒᆞ고 쥬미(俊邁)ᄒᆞ야 셀뉴(細柳) ᄀᆞᆺ튼 풍치(風采) 가히 층양(稱量)치 못ᄒᆞᆯ너라. 가장 익이 보이 문득 졔 샹시(常時) 뮈워ᄒᆞ던

68

경쉬로디 풍되(風度) 여도곤 이으더라. 손시(孫氏) 잇디 오장(五臟)이 더러지고 혼빅(魂魄)이 샹쳔(上天)ᄒᆞ이 낫비찰 변(變)ᄒᆞ고 수족(手足)이 져즙어 온몸이 쌍바라 쩌듯ᄒᆞ더라. 시랑(侍郎)은 외당(外堂)의 은ᄌᆞ 싱(生)을 보믹 스사로 익정(愛情)니 소ᄉᆞ나 썔이 쥬식(酒食)을 지촉ᄒᆞ이 손시(孫氏) 슬허ᄒᆞ나 마지못ᄒᆞ야 시여(侍女)로 찰흐고 온몸이 ᄒᆞᆫ 썰이니 기둥을 안코 ᄌᆞ리 부쳐 ᄀᆞᆺ타이 움작이지 못ᄒᆞ더라. 이시에 져왕비(齊王妃) 입궐(入闕)ᄒᆞ야 틱자(太子) 공주(公主)로 더부러 황후(皇后)를 뫼와 누(樓)희셔 관광(觀光)ᄒᆞ더이 그 오라비

69

득갑(得甲)으로 희{-롱}동안식(喜動顔色)ᄒᆞ야 이에 파조(罷朝)ᄒᆞ고 져왕(帝王)끠 뵈옵더이{-이} 졔(帝) ᄯᅩᄒᆞᆫ 위장원(魏壯元) 풍도(風度)와 ᄌᆡ조ᄅᆞᆯ 칭찬ᄒᆞ심을 긋치 아니시이 위비(魏妃) 가마이 ᄉᆡᆼ각ᄒᆞᄃᆡ 잇ᄃᆡᄅᆞᆯ 일코 어나 ᄯᆡ 신원(伸冤)ᄒᆞ리요 ᄒᆞ여 ᄂᆡ에 단쟝(丹粧)을 폐(廢)ᄒᆞ고 명관(明冠)을 폐하고 ᄒᆡ당(下堂)ᄒᆞ여 황뎨(皇帝)긔 청죄(聽罪)ᄒᆞᆫᄃᆡ 졔(帝) ᄃᆡ경(大驚)ᄒᆞ샤 공ᄌᆞ(公主)로 ᄒᆞ야곰 이라혀라 ᄒᆞ시고 무라시ᄃᆡ 경(卿)이 무삼 일이완ᄃᆡ 이러탓 청죄(聽罪)ᄒᆞ나뇨. 위비(魏妃) 머리ᄅᆞᆯ ᄯᅮ다려 읍(泣) 고왈(告曰) 신(臣)은 원숙노(元宿老) ᄯᆞᆯ이 아니와 이부

70

시랑(吏部侍郎) 위정양(魏--)의 ᄯᆞᆯ이오 어미ᄂᆞᆫ ᄒᆞ{*한}림어사(翰林御史) 뉴현의 ᄯᆞᆯ이라. 팔ᄌᆞ(八字) 긔박(奇薄)ᄒᆞ와 나히 뉵세(六歲)예 어미ᄅᆞᆯ 일삽고 혈혈(孑孑)ᄒᆞᆫ 인ᄉᆡᆼ(人生)니 일즉 셰상(世上) 머무와 게모(繼母) 손시(孫氏)ᄅᆞᆯ 엇ᄌᆞ오니 용긔{*뫼}(容貌) 초월(超越)ᄒᆞ고 ᄒᆡᆼ(行) 민쳡(敏捷)ᄒᆞ이 아비 듯줄 잘 엇ᄌᆞ와 아비 자맛 후ᄃᆡ(厚待)ᄒᆞ난 지경(地境)의 이란지라. 셔곰 {-쳐} 신쳡(臣妾)과 시{*신}방(新榜) 장원(壯元) 위경슈(魏--)와 동봉{*복}(同腹) 형ᄆᆡ(兄妹)라. 미워ᄒᆞ기 골수(骨髓)의 사맛고 신등(臣等)을 ᄒᆞ여곰 {+천역(賤役)을 시키니} 집이 빈군(貧困)ᄒᆞᆯ진ᄃᆡ 당당(堂堂)이 ᄒᆞ일너라 엇지 염(厭)ᄒᆞ리잇가 ᄒᆞ말며 잇지 못ᄒᆞ고 나죵

71

은 신(臣)의 오라비 맛ᄋᆞ딸이라 종퉁(宗統)의으로 이음이 녜(禮)여 ᄀᆞ(可)ᄒᆞᆫ지라. 손시(孫氏) 스ᄉᆞ로 {+나}ᄒᆞᆫ 바 아달을 세워 장ᄌᆞ(長者)를 삼고져 ᄒᆞ야 임의 차마 ᄒᆞ지 못ᄒᆞᄂᆞᆫ 일을 일우이 아비 예(禮) 너긔무로 밀막으이 손씨(孫氏) 쏘 신(臣)의 망모(亡母)의 위호(位號)을 나리와 천첩(賤妾) 만을말 청(請)ᄒᆞ오이 신의 이{*아}뷔 본ᄃᆡ 심경(心情)이 약(弱)ᄒᆞᆫ지라 은연(隱然)히 조차이 망모(亡母)의 목쥬(木主)을 곳치가 신등(臣等)을 셔울(庶孼)노 이라 말 참지 못ᄒᆞ여 실젹 죽기을 결(決)ᄒᆞ이 손시(孫氏) 등을

72

무수(無數)히 ᄂᆞᆫ치(亂治)ᄒᆞ고 어미 묵쥬(木主)롤 ᄂᆡ여 분마아ᄃᆞᆺ ᄒᆞ시이 인셰(人世)예 ᄉᆡᆼᄉᆡ뉴명(生死有命)이라 이런 경상(景狀)을 본ᄃᆡ 능(能)히 사라이셔. ᄯᅩ 아비로 ᄒᆞ여 어사(御史) 되여 간 후(後) 더욱 긔탄(忌憚)할 일니 업셔 장ᄎᆞᆺ(將次) 손시(孫氏) 오라비 손은이 이라러 졔 누의롤 보이 손시(孫氏) 쳔쳡(賤妾)으로써 술을 부으라 ᄒᆞ이 신(臣)의 감히 거역(拒逆)지 못ᄒᆞ와 술을 부을 ᄉᆡ 손은이 문득 져 누의 다려 신(臣)을 보ᄂᆡ라 ᄒᆞ이 이ᄂᆞᆫ 다란 ᄯᅳᆺ지 아이라 신(臣)의 근본(根本)을 알며 그 ᄯᅳᆺ들 바다 신(臣)을 욕(辱)ᄒᆞ려 ᄒᆞ미이 신(臣)이 비록 부월(斧鉞)

73

의 죽으나 밧 반명(班命) 업시 쳔(賤)히 적인(適人)ᄒᆞ리잇가. 죽기을 결(決)ᄒᆞ이시 신(臣)의 오라비 보치임니 신(臣)과 일양(一樣)이라. 참아 죽으라 못ᄒᆞ와 ᄒᆞᆫ가지로 밤의 문(門)의 나 부(父) 임소(任所)의 차자가고져 ᄒᆞ되 길히 가{*아}닥ᄒᆞ이 남미(男妹) 븟들고 사싱(死生)을 결(決)할 시(時)의 각뇌(閣老) 원슉{+노}(元宿老) 보고 불쌍이 너겨 거두어 두엇더이 나라히 간턱(揀擇)ᄒᆞ시이 슉노(宿老)의 ᄯᆞᆯ이 신(臣)의 오라비 경슈와 졍혼(定婚)ᄒᆞ엿ᄂᆞᆫ지라 쎠곰 슈{+졀}(守節)ᄒᆞ야 죽고져 ᄒᆞ야날 신(臣)이 쳔(賤)ᄒᆞ온 몸을 ᄃᆡ(對)ᄒᆞ야 ᄒᆞᆫ 슉노(宿老)의 덕(德)을 갑고 ᄯᅩ 오라

74

뷔 쌍(雙)을 완젼(完全)코져 ᄒᆞ여 단{*다}만 간튁(揀擇) 뉴(類)의 츙슈(充數)할 싸람이러이 쳔만(千萬) 의외(意外)에 외람(猥濫)히 싸이심을 입사오이 신(臣)이 그되여 졍사(情事)을 고(告)코져 ᄒᆞ오나 능(能)히 신원(伸冤)이 씃갓치 못ᄒᆞ올가 ᄒᆞ와 사죄(謝罪)를 무락스고져 왕비(王妃) 직품(職品)을 감(敢)히 밧ᄌᆞ와 셩춍(聖聰)을 가리오이 신(臣)의 부(父) 쳐음으로 아라실지라. 복원(伏願) 폐ᄒᆞ(陛下)ᄂᆞᆫ 신(臣)으로 ᄒᆞ여곰 당초(當初)의 긔(欺)인 죄(罪)와 쳔(賤)ᄒᆞᆫ 근본(根本)을 발켜 죄(罪)을 다사리고 나가 아비를 보게 ᄒᆞ시고 어미 신영(神靈)을 옛 위(位)에 올여 셩덕(聖德)이 죽은 뼈의 밋게 ᄒᆞ시

75

고 신(臣)의 쳔하(天下)의셔 일만번(一萬番) 죽어도 폐하(陛下) 덕틱(德澤)을 갑삽지 못하올소이다. 셜파(說罷)의 나려 다시 쳥죄(聽罪)하이 좌우(左右) 시여(侍女) 모든 비빈(妃嬪)이 크게 놀납고 틱즈(太子) 부부(夫婦)와 공쥬(公主) 등이 그 졍사(情事)를 듯고 상연(爽然) 눈물을 흘이더라. 황졔(皇帝)와 화{*황}휘(皇后) 졔왕비(齊王妃)의 쥬사(奏辭)을 드라시믜 낭낭(朗朗)한 소릐 익원(哀怨)한 말삼을 드라시고 낫빗출 변(變)하고 육빙(六聘)을 하여곰 붓드려 올이라 하시이 위비(魏妃) 다시 쥬왈(奏曰) 쳔명(賤命)의 사은(賜恩)이 나리지

76

아여셔는 신(臣)이 죄인(罪人)이라 어니 젼(殿)의 오라리잇가. 더{*뎨}(帝) 칭찬(稱讚)ᄒᆞ시고 포쟝(褒奬)ᄒᆞ사 위로(慰勞) 왈(曰) 경(卿)의 말을 드라이라 셕목(石木) 감동(感動)ᄒᆞ리니 ᄒᆞ말며 직{*짐}(朕)이ᄶᅡ려 경(卿)의 쥬샤(奏辭)롤 살피미 업사리오. 졍양이 졔가(齊家) 못ᄒᆞᆫ 일이 다사렴즉 ᄒᆞᄃᆡ 경(卿)의 나{*낫}과 장원(壯元) 경슈롤 보아 용사(容赦)ᄒᆞ나이 경(卿)의 무손 죄(罪) 이시리오. 더욱 원권(元眷)의 ᄃᆡ신(代身)의 드려옴은 의쳐(義妻)로이 ᄌᆞᆽ고 손은의 겁칙(劫飭)을 밧지야 아비롤 차ᄌᆞ랴 홈은 호졀(孝節)이라 짐(朕)이 밋 바다 조셜(詔書)을 보ᄂᆡ온 거시이 경(卿) 졔왕(齊王)

77

으로 더부러 ᄒᆞᆫ가지로 가 졍양을 보고 손여의 거동(擧動) 살피고 영춍(榮寵)을 빗니라. 위비(魏妃) 깃부미 바이라던 바의 염의이 빅비(百拜) 쳔은(天恩)을 사려(謝禮)ᄒᆞ고 물너나이 졔왕(齊王)이 돗ᄒᆞᆫ 젼(前)의 나와 ᄒᆞ직(下直)ᄒᆞᆫᄃᆡ 상(上)이 숀을 잡고 등을 어라만져 소왈(笑曰) 너 오람이야 진딕 악당(岳丈)을 보러가는지라. 짐(朕)의 형의샹셔(刑部尙書) 뉴겸(劉謙)으로 써 널노 더부러 옥사(獄事)룰 다사리게 ᄒᆞᆯ 거시이 모라미 잘 쳐치(處置)ᄒᆞ라. 왕(王)이 ᄃᆡ슈명(對受命)ᄒᆞ야 나와

78

소뉴마(逍遙馬)롤 타고 위의(威儀)롤 거나려 위시랑(魏侍郞) 집을 가시이 왕비(王妃) 쏘흔 금연(錦輦)으라 다{*타}시고 시여(侍女) 이빅연{*여} 인(二百餘人)을 다리고 황(王)의 치{*뒤}흘 조추 부친(父親)을 보러오이 니시의 위시랑(魏侍郞)은 비{*빈}긱(賓客)이 만당(滿堂)ᄒᆞ야시이 아달다려 어딕 잇던다 말도 못ᄒᆞ고 졍(正)히 빅관(百官)들 간 후(後) 조용히 무라랴 ᄒᆞ야 일졍(一定) 남미 문ᄒᆞ(門下)의 젼(賤)히 이시리라 싱각고 엇지 이러타 영귀(榮貴)할 줄 싱각ᄒᆞ리요. 주식(酒食)을 먹그며 즐기더이 삼악현(三樂絃)소릭 굿가와 오며 빅뫼(白旄) 황훨{*월}(黃鉞)과 불근 양산(陽傘)이 뭇{*빗}치

79

이ᄂᆞᆫ ᄃᆡ ᄒᆞᆫ 써 군ᄆᆞ(軍馬) 와 집을 호의{*위}(扈衛)ᄒᆞ이 정시{*히} 뭇고져 할 졔 부문(府門)이 진종{*동}(振動)ᄒᆞ며 시긔{*위}(侍衛) 소ᄅᆡᄒᆞ고 무슈(無數)ᄒᆞᆫ 판{*환}관(宦官)과 군관(軍官)이 ᄒᆞᆫ 쥬{*귀}인(貴人)을 웅{*옹}위(擁衛)ᄒᆞ야 드러오이 ᄇᆡᆨ관(百官)과 시랑(侍郎)이 다만 자시보이 그 쥬{*귀}인(貴人) 머리의 통천관(通天冠)을 쓰고 며{*면}뉴{冕旒}을 드리워고 손의 홀을 잡고 몸의 공뇽{*곤룡}(袞龍)을 입어시며 옥ᄯᅴ(玉帶)을 ᄯᅴ여 안현{*연}(晏然)이 드러오니 옥(玉) ᄀᆞᆺ튼 얼굴과 버들 ᄀᆞᆺ탄 풍치(風采) 등인(登人)ᄒᆞ고 어득ᄒᆞᆫ 위엄(威嚴)과 식식ᄒᆞᆫ 긔되(氣度) 사람으로 ᄒᆞ야곰 ᄌᆞ연(自然) 드립게 ᄒᆞᄂᆞᆫ지라. ᄒᆞᆫ 환관(宦官)니 쥬이{*즁인}(衆人)의

80

알픽와 젼어(傳語) 왈(曰) 졔와폐히(齊王陛下) 오시나이다. 빅관(百官)이 딕경(大驚)ᄒᆞ여 일시(一時) ᄒᆞ당(下堂)양 마자올 시왕(王)이 읍양(揖讓) 왈(曰) 싱(生)은 비록 친황지(親皇子)나 열위(列位)ᄂᆞᆫ 딕국(大國) 원신(元臣)이라 과인(寡人)이 엇지 감(敢)히 몬져 오라리오. 각노(閣老) 연원이 쥬왈(奏曰) 이ᄂᆞᆫ 예도(禮道) 그러치 {+아}이 ᄒᆞ오이 뉘 감(敢)히 젼ᄒᆞ(殿下) 읍셤이 이시리잇가. 왕(王)이 마자{*지} 못ᄒᆞ여 오라나 동박(東壁)으로 안ᄌᆞ신딕 빅관(百官)이 북좌(北座)을 쳥ᄒᆞ이 왕왈(王曰) 만세(萬歲) 황얘(皇爺) 남면(南面)ᄒᆞ시이 과인(寡人)이 비록 틱일(他日) 본국(本國)의 가셔ᄂᆞᆫ 북좌(北座)롤 당(當)ᄒᆞ려이와 황

81

셩(皇城)의 머무러 조정(朝廷) 듸{+신}(大臣)을 듸(對)ᄒᆞ여 엇지 감(敢)히 졍좌(定座)의 안자시리오. 빅관(百官)이 왕(王)의 얼굴 풍도(風度)를 ᄒᆞᆼ복(降伏)ᄒᆞ더이 ᄯᅩ 모둥긔 이 갓탐을 보고 칭찬(稱讚) 공경(恭敬)ᄒᆞ더라. 시랑(侍郎)이 심신(心神)이 어즐ᄒᆞ여 졍(正)이 왕(王)이 오신 연고(緣故)을 뭇고져 ᄒᆞ더이 게요 안기를 졍(定)ᄒᆞ미 ᄯᅩ 진둥(振動)ᄒᆞ여 풍뉴소릐 나며 벼{*벽}취수(碧翠袖) 홍상(紅裳)의 궁여(宮女) 슈빅이{*인}(數百人)를 보연(寶輦)을 시위(侍衛)ᄒᆞ여 안흐로 드러가이 듕관이{*인}(衆官人)이 셔로 보며 긔식(氣色)이 슈상(殊常)ᄒᆞ고 시랑(侍郎)이 아마란 쥴 모라나이 이

82

에 관딕(冠帶) 경(整)이고 왕(王)의 알픽 몸을 굽펴 문왈(問曰) 신(臣)은 이에 쳔신(賤臣)이라. 외람(猥濫) 벼사리 츈경(春卿)의 이라와 소신(小臣) 국은(國恩)을 입삽옵도 외람(猥濫)ᄒᆞ옵거날 문득 딕왕(大王) 이에 츄립(出入)ᄒᆞ시고 여{연}(輦) 타 싱{*신} 힉지 {*행차}(行次) 닉당(內堂)으로 드러오시이 경황(驚惶)을 이기지 못ᄒᆞ올소이다. 왕(王)이 이예 아람다온 얼굴예 우음을 먹금고 호ᄒᆞ여 답왈(答曰) 션싱(先生)이 장원(壯元) 당(堂)으로 다리고 드러가 왕비(王妃)을 보시면 과인(寡人)의 온 곡졀(曲折)을 아라시리어다. 시랑(侍郞)니 급(急)피 아달을 잇글고 안흐로

83

드러가 왕비(王妃)을 보이 손씨(孫氏) 되긱(待客) 할 쥬식(酒食)을 장만ᄒᆞ더이 허다(許多) 궁예(宮女)와 틱감(太監)이 연(輦)을 뫼와 중게(中階)에 노ᄒᆞ이 손시(孫氏) 질{*실}식(失色)ᄒᆞ야 문왈(問曰) 이 {+엇}던 힝치(行次)요 어룬 궁여(宮女) ᄒᆞᆫ 쌍(雙)이 머리을 ᄭᅮ우고 왕쥬리(黃珠履)을 쓰으고 아{*와}셔 길게 불너 왈(曰) 졔왕비(齊王妃) 낭낭(娘娘)이 친임(親臨)ᄒᆞ시{+니} 쥬인부인(主人婦人) 나와 마자오라. 손시(孫氏) 황망(遑忙)히 예복(禮服)을 가{+추}오고 문왈(問曰) 졔왕(齊王) 져궁(正宮) 낭낭(娘娘)은 그나 존듕(尊重)ᄒᆞ신지라 어지 쳔가(賤家)의 오시오. 궁여(宮女) 부답(不答)ᄒᆞ고 순금쇄{+약}(純金鎖鑰)을 ᄲᅦ고 칠보진쥬(七寶珍珠) 발[簾]을 들고 위왕비(魏王妃)을 붓드러 닉이 머리예 칠보단{+장}(七寶丹粧)

84

으로 보비(寶貝) 비찰 버금어 샹셩(雙星)에 안거 어릐엿고 몸의 홍금젹(紅錦翟)을 진쥴(珍珠) 얼거시며 금슈(金繡)노 흔시이 눈의 임ᄒᆞ고 허리예 ᄇᆡᆨ옥ᄯᅴ(白玉띠)롤 씌고 취금딘쥬샹(翠金珍珠裳)을 ᄆᆡ엿고 ᄇᆡᆨ옥월낭픠(白玉月朗佩)롤 ᄎᆞ고 팔힉 금풀쇠울 걸며 손의 흑홍옥(黑紅玉)을 잡고 칠보충쥬리(七寶充珠履)을 {+신}어 연보(蓮步)을 나즉나즉 옴기이 픠옥(佩玉) 챵챵(鏘鏘)ᄒᆞ고 일신(一身)의 ᄊᆞ린 거시 옥(玉)과 진쥐(珍珠)라 능(能)히 이긔지 못할듯. 이 곳 져 좌(座)셔 머리 버히고 물 길이여 밥 지니던 셩혜소져(小姐)라. ᄃᆡ경(大驚) 황겁(惶怯)ᄒᆞ야 문득 다라나 궁여(宮女) 좁아 왈(曰) 엇지 낭낭(娘娘)을

85

맛지 아이나뇨. 손씨(孫氏) 썰며 왈(曰) 셩혀 이리 영귀(榮貴)할 줄 알이요. 궁여(宮女) 일시 쑤지져 왈(曰) 이 부인니 사례(事禮)을 모라는 사람이로다. 뉘라 명호(名號)롤 부라나뇨. 손시(孫氏) 말도 못ᄒᆞ고 나오도 못ᄒᆞ야 셔던이 시(時)에 비(妃)을 뫼셔 경좌(定座) 후(後) 좌우(左右)로 쥴{*쥬}픠(珠佩)와 일월션(日月扇)을 잡고아 갈나셔고 비례(拜禮)을 길게 부라이 손씨(孫氏) 부지불각(不知不覺)의 고두지비(叩頭再拜)ᄒᆞᆫ디 왕비(王妃) 좌우(左右)로 붓드러 아라셔고 쏘ᄒᆞᆫ 졀{+ᄒᆞ}여 왈(曰) 엇지 부인(夫人)니 쳔쳡(賤妾)의게 졀ᄒᆞ여 부모위(父母位)을 낫초시나이닛가. 손시(孫氏) 아모리 홀쥴

86

모라나 ᄒᆞ더이 문득 시랑(侍郞)이 ᄉᆡᆼ(生)을 다리고 드러 왕비(王妃)을 보이 역{*열}낙(悅樂)이 만면(滿面)ᄒᆞ야시나 ᄌᆞ시(仔細)보이 곳 셩혀라. 반갑고 놀나와 급(急)피 문왈(問曰) 너희 남ᄆᆡ(男妹) 엇지 이러틋 영귀(榮貴)ᄒᆞ나뇨. 왕비(王妃) 젼도(轉倒)히 졀ᄒᆞ며 방셩통곡(放聲痛哭)ᄒᆞ이 ᄉᆡᆼ(生)이 ᄯᅩ 실셩통곡(失聲慟哭)ᄒᆞᆷ을 ᄭᅵ듯지 못ᄒᆞᄂᆞᆫ지라. 시랑(侍郞)이 스ᄉᆞ로 붓그럽고 ᄎᆞᆷ담(慘憺)ᄒᆞ야 부ᄌᆞ남ᄆᆡ(父子男妹) 삼인(三人)니 셔로 붓들고 크게 울기을 그치지 아니ᄒᆞ이 왕(王) 밧긔셔 통곡(慟哭)을 듯고 스ᄉᆞ로 참디 못ᄒᆞ여 방사무신(放肆無信)히 거러 ᄂᆡ당(內堂)의 와 장원(壯元)

87

과 왕비(王妃)의 머리 쑤다려 통곡(慟哭) 망극(罔極)홈과 시랑(侍郎)의 붓그렴 겸(兼)ᄒᆞ여 슬허홈을 보고 급(急)피 나와 궁여(宮女)로 왕비(王妃)을 붓드려 닉라 ᄒᆞ고 친(親)히 장원(壯元)의 손을 잡아 이라혀 왈(曰) 무산 일 깃분 일을 도로혀 슬허ᄒᆞ나뇨. 싱(生)은 소릭롤 머금고 눈무리 비ᄌᆞ고 왕비(王妃)는 통곡(慟哭)을 그치지 아니ᄒᆞ이 왕(王)이 직삼(再三) 말여 왈(曰) 이졔는 엿일 싱각ᄒᆞ여 부절업고 원슈(怨讐)을 갑풀 다람이라. 과도(過度)히 슬허ᄒᆞ셔 우울사 상(傷)히 마라소셔. 시랑(侍郎)이 ᄯᅩᄒᆞᆫ 위로(慰勞) 왈(曰) 닉 불

88

명(不明)홈을 오날이야 씨둣고 뉘웃나이 이졔 원슈(怨讐)을 갑푸리이 슬허 말나. 비(妃) 보야흐로 눈물을 거두온디 왕(王)이 즉시 몸을 도로혀 외당(外堂)의 나가시이 이는 비(妃) 과도(過度)히 곡읍(哭泣)ᄒᆞ야 질(質)니 샹(傷)할가 참지 못 드러가 말이심이러라. 졔왕비(齊王妃) 슬픔을 강잉(强仍)ᄒᆞ야 젼후슈말(前後首末)을 ᄌᆞ시(仔細) 고(告)ᄒᆞ이 시랑(侍郞)이 뉘웃기을 마지아여 자여(子女)을 어라만쳐 탄왈(嘆曰) 닉 일즉 고수(瞽瞍)의 일을 딩게(懲戒)ᄒᆞ더이 엇지 스ᄉᆞ로 힝(行)할 쥴 알이뇨. 이졔 당당(堂堂)히 손시(孫氏)을

89

닉치고 네 모친(母親) 옛 위(位)예 올이리라. 싱(生)의 남민(男妹) 빅사(拜謝)ᄒᆞ더라. 시랑이 나이{*아}와 빅관(百官)을 보닉고 형{-이}부샹셩{*서}(刑吏部尙書) 와 졔왕(齊王)니 머무련 뎐지(傳旨)일 기다리더이 이윽고 황문시랑(黃門侍郎)이 이라러 옥칙(玉勅)을 젼(傳)ᄒᆞ야 위정양(魏--) 쳐(妻) 손시(孫氏) 극악(極惡) ᄃᆡ질(大嫉)ᄒᆞ야 쳐춤(處斬)ᄒᆞ얌즉 ᄒᆞ니 형부샹셔(刑部尙書) 뉴겸(劉謙)은 졍왕{*양}을 더부러 그 오라비 손은과 소싱(所生) 등(等)을 발히히 결단(決斷)ᄒᆞ고 셔{*계}사(啓事)ᄒᆞ라 ᄒᆞ신 명(命)이 나리믹 좌위(左右) ᄃᆡ경(大驚)ᄒᆞ고 뉴샹셔(劉尙書) 안식(顔色)을 변(變)ᄒᆞ

90

야 왈(曰) 이는 딕신(大臣)의 명뷔(命婦)라 엇지 디로는 죄 업시 쳐치(處置)ᄒᆞ리요. 졔왕(齊王)이 정식(正色) 왈(曰) 션싱(先生)의 말의 올흐나 ᄯᅩᄒᆞᆫ 왕{*황}명(皇命)을 아니 밧줍지 못ᄒᆞᆯ 거시이 몬져 손은 남믹(男妹)을 궁{*국}문(鞫問)ᄒᆞ미 가(可)ᄒᆞ다. 뉴공(劉公)이 시랑(侍郎)을 도라보아 눈쳐(難處)히 역{*여}긴디 위공(魏公)니 밍셩(猛聲) 왈(曰) 닉 젼일(前日)을 뉘웃나이 법(法)은 뉘 인졍(仁情)이 업나이 직왕(齊王)과 뉴형(劉兄)은 눈쳐(難處)히 넉기 마라소셔. 뉴공(劉公)이 마지못ᄒᆞ야 몬져 손은을 줍바 드려 무롤 {+시} 손은이 {-구}

91

죽을가 ᄒᆞ야 젼말(顚末)과 셩혀 보고 쳡(妾) 삼으려 ᄒᆞ던 일을 고(告)ᄒᆞ여 왈(曰) 근본(根本)을 {-알}알무로 ᄂᆡ의 쳡(妾)을 삼아 누의 후환(後患)을 업시코져 ᄒᆞ더이 엇지 도로혀 사죄(死罪) 당할 쥴 알니요. 뉴상셔(劉尙書) ᄯᅩᄒᆞᆫ 히악(駭愕)이 넉기고 왕(王)이 ᄃᆡ로(大怒)ᄒᆞ여 셔안(書案)을 쳐 왈(曰) 네 누의 무샹(無狀)ᄒᆞ나 네 맛당히 사쳬(事體)을 ᄀᆡ뉴(開諭)ᄒᆞ여 과도(過度)홈을 말일 거시이어날{-날} 엇지 졍(情)으로 도와 조ᄒᆞᆫ 일 ᄀᆞᆺ치 ᄒᆞ리요. 그 일단(一端) ᄒᆡᆼ심(行心)의 분통(憤痛)ᄒᆞ야 ᄒᆞ이 발

*이하 부분은 낙질임

찾아보기

ㅈ

ㅊ

ㅌ

ㅍ

ㅎ

위문강일긔(영인)

ᄒᆞ올가 ᄒᆞ야 쳔ᄒᆞ 마ᄅᆞ나 셩혀 보ᄂᆞᆫ 쳡
상ᄉᆞ올려 ᄒᆞ던 이ᄅᆞᆯ 모ᄅᆞᆯᄂᆞᆫ ᄒᆞ셔 와ᄅᆞᆯ ᄂᆞᆫ 보ᄋᆞᆫ 올아
아ᄅᆞᆯ 모ᄅᆞᆯ 너의 쳐ᄉᆞ올 사ᄉᆞ야 누의 ᄒᆞ야 ᄒᆞᆫ 올
이ᄉᆞ시고 쳐ᄒᆞ며 이 여시 ᄒᆞᆯ 혀사 ᄃᆡ당
ᄒᆞᆯ ᄒᆞᆯ 아ᄅᆞᆯ너 못ᄒᆞ 상쳐 ᄉᆞᆺ ᄒᆞᆯ 희 어ᄉᆞ이
너ᄉᆞ기ᄂᆞᆫ 왕이 뎐ᄅᆞᆯ ᄒᆞ야셔 안올 쳐 와ᄅᆞᆯ
네 ᄂᆞ의 ᄀᆞᆺ 상ᄒᆞ여 너 마ᄉᆞ 당히 사 쉬 올리
ᄂᆞ ᄒᆞ며다 ᄂᆞᆫ ᄒᆞ야 올 마ᄅᆞᆯ 이ᄅᆞᆯ 거시 이어 낫
나ᄅᆞᆯ 이ᄉᆞ시 쳥 올 ᄂᆞᆫ아 ᄎᆞᄅᆞᆯ 이ᄅᆞᆯ ᄌᆞ시 ᄒᆞ려
못ᄒᆞ이ᄀᆞ 단 회ᄋᆞ 시ᄉᆞ의 보ᄂᆞᆫ ᄒᆞᆼ ᄒᆞ야 ᄒᆞ이 ᄇᆞᆯ

91

야 하ᄂᆞᆯ이 ᄂᆞ리신 의셩뷔라 ᄒᆞ더시ᄃᆞᆯ 날
치 ᄒᆞᄂᆞᆫ[illegible]시 쳐치 ᄒᆞ니 못셔 왕이 셩식
왕ᄅᆞᆯ 셔 신싱의 바ᄅᆞᆯ의 울ᄒᆞ나 삿ᄉᆞᆯ 왕 셰ᄋᆞ
아니 밧ᄌᆞᆸ시 못ᄒᆞᄋᆞᆸ시시이 ᄭᅮᆯ셔 ᄉᆞᆯ은 낫
지울 ᄋᆞᆼ분ᄒᆞ시가 ᄒᆞ다 누ᄋᆞᆫ 미시다 ᄋᆞᆼ을
로다 봉은 ᄂᆞᆫ 쳐ᄒᆞ여 기런 위ᄒᆞᆫ 너싱[illegible]
셩와ᄅᆞᆯ 녀셔 이ᄅᆞᆯ 울 치우시나 미ᄡᅳᆫ 을ᄂᆡ
인셩이 더ᄂᆞᆫ 나 이런 왕 다 누ᄒᆡᆼ[illegible]은 ᄂᆞᆯ쳐
ᄒᆡ너기 마다 ᄉᆞ셔 누[illegible]ᄒᆞᆼ이 ᄭᅡ시 곳ᄒᆞᄋᆞᆸ
ᄭᅮᆯ쳐 [illegible]ᄂᆞᆫ ᄋᆞᆫ울 ᄂᆞᆫ 바 ᄃᆞᄅᆡ 오ᄅᆞᆯ ᄉᆞᄅᆞᆫ이 ᄉᆞ

90

넉치ᄂᆞᆫ 내 ᄆᆞ친에 ᄉᆡ위 ᄯᅢ 울이러ᄒᆞ라 심의
나ᄉᆡ 비별사 ᄒᆞ더라 시랑이 나이 만 ᄲᅵᆨ
반울 ᄇᆞᆨ리ᄂᆞᆫ 형이 부생 셩와 ᄎᆔ왕 니ᄭᅦ
부련 년시 이ᄅᆞᆯ 기다리더니 이옥ᄂᆞᆫ 황
ᄆᆞᆫ 시랑이 이리ᄒᆞ여 옥지를 천ᄒᆞ야 위
쳥양 ᄎᆔ 슬시ᄒᆞ야 뉘치ᄅᆞᆯ ᄒᆞ야 ᄎᆔᄒᆞᆫ ᄒᆞᆯ
야 ᄉᆞᆨᄒᆞᄂᆞ 형부상셔 뉘지ᄂᆞᆫ 운쳥ᄋᆞᆼ을
더부러 ᄒᆞ다 비ᄒᆞᆫ을 다 ᄎᆔᄒᆞᆼ 동을 발ᄒᆞᆯ히
히 셜단ᄒᆞᆺ지사 ᄒᆞᄅᆞ ᄒᆞ시ᄂᆞᆫ ᄯᅢ 이 나라
미하 위리 셩ᄒᆞᆺ 뉘 상셔 안식을 ᄯᅢᆫ ᄒᆞᆯ

89

녕홍을 오ᄂᆞᆯ이야 ᄉᆡ로 ᄂᆡ옵나이 이졔
뵌 츙졀가ᄂᆞᆫ 쥬ᄅᆡ 이 ᄒᆞᆯ ᄒᆡ ᄆᆞᆯ나 ᄉᆡ 뵈야 ᄒᆞ
곳 눈물을 거 두오되 왕이 추시 몸을 눈물
혀와 다의 나가시이 이 논비 나 초히 녀을
ᄒᆞ야 지금 니생하결 가 차시 끗듸 가 말이
신이려라 쳐왕 비 ᄒᆞᆯ쥬을 가 이망 ᄒᆞ야 쳔
후주 말을 ᄂᆞᆫ시 는 ᄒᆞ이 시라 이 녀오 기을
마지 마며 자 여을 어라 만 쳐단 왕 너 이을
츅ᄂᆞᆫ 수의 이결을 되게 ᄒᆞ며 이에 시 쥬를
희 하을 추마을 이 뜻이 쳐 당ᄒᆞ여 쥬시옵

88

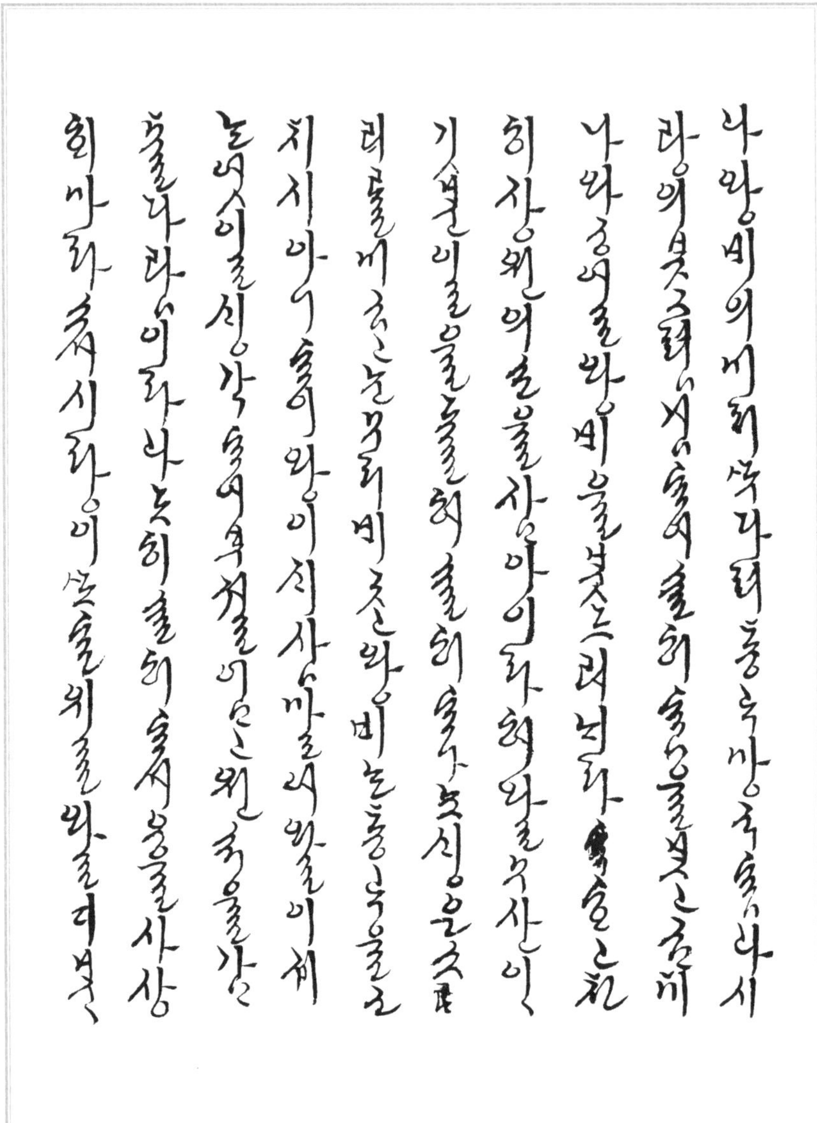

87

못ᄒᆞ나 ᄒᆞ되 이 손ᄌᆞ 시랑이 심ᄒᆞ올 다ᄒᆞ되 ᄒᆞ
ᄂᆞᆫ ᄃᆞ려 왕비 ᄂᆞᆯ 보이 어느 나이 만ᄶᅥᆫ ᄒᆞ야 시나
ᄉᆞ시 보이 이 ᄌᆞᆺ 쳥 ᄒᆞ엿다 반가ᄋᆞᆫ ᄂᆞᆯ 나라 ᄒᆞᆷ께
보와ᄃᆞᆯ나 ᄒᆞᆫ니 나ᄂᆞᆫ 미어시 이ᄃᆡ ᄃᆞᆺ 영치 ᄒᆞᆫ다 ᄂᆞᆺ
와 비 쳔ᄌᆞ히 ᄶᅥᆯ ᄒᆞ여 방 쎵봉ᄌᆞ ᄒᆞ여이 신
이 샹 시ᄒᆞᆯ 셩홍 녹ᄒᆞ올 ᄉᆡᆨ ᄌᆞᆺ시 ᄆᆞᆺᄒᆞᆯ 시ᄃᆞ
시ᄃᆞ이 ᄎᆞᆯᄒᆞᆯ 보ᄌᆞᆺᄒᆞ되ᄂᆞᆫ 차ᄉᆞ다ᄂᆞᆫ ᄒᆞ야 부ᄒᆞᆫ
미사ᄉᆞᆫ인 니 셔ᄒᆞᆯ 보ᄌᆞᆺᄂᆞᆯ ᄂᆞᆫ ᄌᆞᆷ 울기 울 ᄂᆞᆫ 지시ᄃᆡ
아니 ᄒᆞ이 와 ᄇᆡ사 ᄃᆡ셔 홍ᄌᆞ ᄂᆞᆯ ᄌᆞᆺᄂᆞᆫ ᄎᆞᆯ 참ᄉᆞ
다 ᄆᆞᆺ ᄒᆞ여 방사 우선 히 거려 [illegible] 니 다ᄋᆡ 와 생원

마시아 이나 초ᄉᆞ시녀ᄅᆞᆯ ᄒᆡ 와ᄉᆞᆯ 셩ᄒᆞ여 이더라 ᄉᆡᆼ
지하ᄅᆞᆯ ᄎᆞᆯ아ᄅᆞᆯ이 옷ᄀᆞᆺ이ᄅᆞᆯ 시ᄉᆞ시 쳐와ᄅᆞᆯ이
부이ᄂᆞ 사례 울ᄆᆞ라 ᄂᆞᆫ사라 이ᄅᆞᆯ다ᄂᆡ다 ᄉᆡᆼ
오고ᄅᆞᆯ부라나 초ᄉᆞ시 마ᄅᆞᆯ 곳곳ᄒᆞᄂᆞᆫ나 보ᄂᆞᆫ 곳ᄒᆞ여
셔더이 시예 비울리 셔쳥하 호하 울줄
비와이ᄅᆞᆯ 위ᄅᆞᆯ 셔울 상ᄋᆞᆫ 아가나 셔 ᄇᆡᆯ레 울
길게 부라 이ᄒᆞᆫ 시 부시 ᄇᆞᆯ 가의ᄂᆞᆫ 두신 벨홀
되와ᄋᆞᆼ 비하 울봇ᄀᆞ리 아라 셔ᄂᆞᆫ ᄉᆞᆺ슐 쳐ᄅᆞᆯ 여
와ᄅᆞᆯ 여시 부이ᄂᆞ 쳔 쳐ᄂᆞᆫ 의게 셜ᄒᆞ여 보ᄂᆞᆺ
위울 나ᄉᆞᆼ 시나이 ᄂᆞᆺ가 ᄒᆞᆫ시아 ᄆᆞ리 ᄒᆞᆫ줄

85

을보ᄂᆡ비차글게ᄒᆞ여상셔에아ᄂᆞ게어려엇
ᄂᆞ옥의종ᄒᆞ셔우신글어ᄂᆞ게시매ᄒᆞ글ᄂᆞ솔
시이눈의이여홉고ᄒᆞ더니ᄭᅴ벨옥ᄉᆡ글ᄉᆡ고칙
ᄎᆞ던ᄒᆞ상을미엿ᄂᆞᆫ벡옥벌나ᄂᆞᆫ뎌글ᄎᆞᆫ
한ᄅᆞᆯ헌ᄒᆞ몰ᄉᆡ울길ᄭᅦ솔의홍옹옥을삼
고치를보ᄂᆞᆼᄒᆞ되울이여보믈나ᄒᆞᄂᆞᆫ웃기이런
옥찬ᄂᆞᆫ올이ᄂᆞᆫ시신의ᄉᆞᆯ핀게시옥다신쥐하놓히
이더지못하올듯이ᄂᆞ쳐라셔메되며희ᄂᆞᆫ울
기글이어바ᄂᆞᆫ시나던청혀ᄎᆞ쳐라리셩화감
ᄒᆞ야보ᄂᆞᆫ다라나ᄒᆞ여ᄒᆞᆫ아와글엇더나ᄂᆞᆫ올

그려가와 비을 보이ᄋᆞᆸ시니 그리 ᄒᆞ올 ᄎᆞ식을
상만 ᄒᆞᆸ더니 ᄒᆞ다 즁예와 되가 이연을 ᄭᅴ와
즁게예 노ᄒᆞᆸ이 ᄒᆞᆫ시지ᄅᆞᆯ 식ᄒᆞ야 ᄒᆞᆫ와ᄅᆞᆯ 이너화
치 못ᄒᆞ이 큰즁여 ᄒᆞᆫᄉᆡᆼ이 ᄢᅥ리ᄋᆞᆯ ᄎᆞᆨᄇᆞᆫ와ᄋᆞᆼ ᄎᆞ
리ᄋᆞᆯ ᄉᆞᆷ은아 서기ᄅᆞᆯ 세ᄒᆞᆯ너와ᄅᆞᆯ 쳐와 비낭
이친이ᄋᆞᆫ ᄒᆞᆸ시 ᄎᆞ이 본이나 와ᄭᅡ자 ᄒᆞᆸ라 ᄒᆞ시
화ᄆᆡᆫ희예 복을 가ᄒᆞᆫ 졍와ᄅᆞᆯ 쳐와ᄋᆞᆼ쳐 ᄒᆞᆫ낭
운스나 ᄒᆞᆫ동ᄒᆞ션 시라리 시쳔가의 ᄒᆞ셔오 ᄒᆞᆸ
부다ᄋᆞᆫ ᄒᆞᆯᄒᆞᆫ ᄎᆞᆺᄒᆡ ᄋᆞᆯ ᄉᆡᆼ은 치ᄅᆞᆯ 보신 ᄎᆞᄲᅡᄅᆞᆯ 을ᄂᆞᆫ
ᄉᆞ위와ᄋᆞᆼ비ᄋᆞᆯ ᄆᆞᄌᆞ려더 이ᄭᅴ리예 치ᄅᆞᆯ 못ᄒᆞᆫ다

83

에 난ᄃᆡ 쳥이ᄂᆞᆫ 왕의 아ᄃᆞᆯ 비 ᄭᅮᆷ을 ᄭᅮᆫ ᄯᅢ 손
왕ᄌᆞᆯ 시ᄂᆞᆫ 운이에 쳔신이ᄂᆞ 외라 ᄲᅥ 사ᄂᆡ 춘
셩의 이다 와 ᄎᆞᆫ 수 문 올 리ᄂᆞᆫ 사ᄅᆞᆷ 못 되
라ᄂᆞᆫ 소옹은 ᄂᆡ 나ᄅᆞᆯ 몬 족 ᄒᆞ라 이에 ᄎᆞ리ᄂᆞᆫ ᄉᆞ옹쉬
ᄂᆞ여 ᄒᆞ라 시영 흰 쉬 녀 다 옷을 ᄂᆞ려 우쉬 이 신 옷
블이 기 지 못ᄒᆞ올 ᄒᆞ여 다 왕이 이 에 아 라ᄉᆞ
다 운 외ᄃᆞᆯ ᄒᆞᆯ 에 우 웃ᄋᆞᆯ 네 ᄒᆞᆫ ᄒᆞ엿ᄉᆞᆸ 다ᄂᆞᆫ 왕
쳔신이 상 원 당을 다리 ᄂᆞ려 가 왕 비
울ᄇᆞ시 써ᄂᆞ 이ᄂᆞᆫ 의 몬 숙 쳐 ᄀᆞᆯ을 아 다 시 되어
다 시 ᄒᆞᆫ 나 ᄒᆞ 치 아 다ᄅᆞᆯ 울 이 ᄉᆞᆯ ᄂᆞᆫ 안 ᄉᆞᆼ ᄀᆞᆯ

82

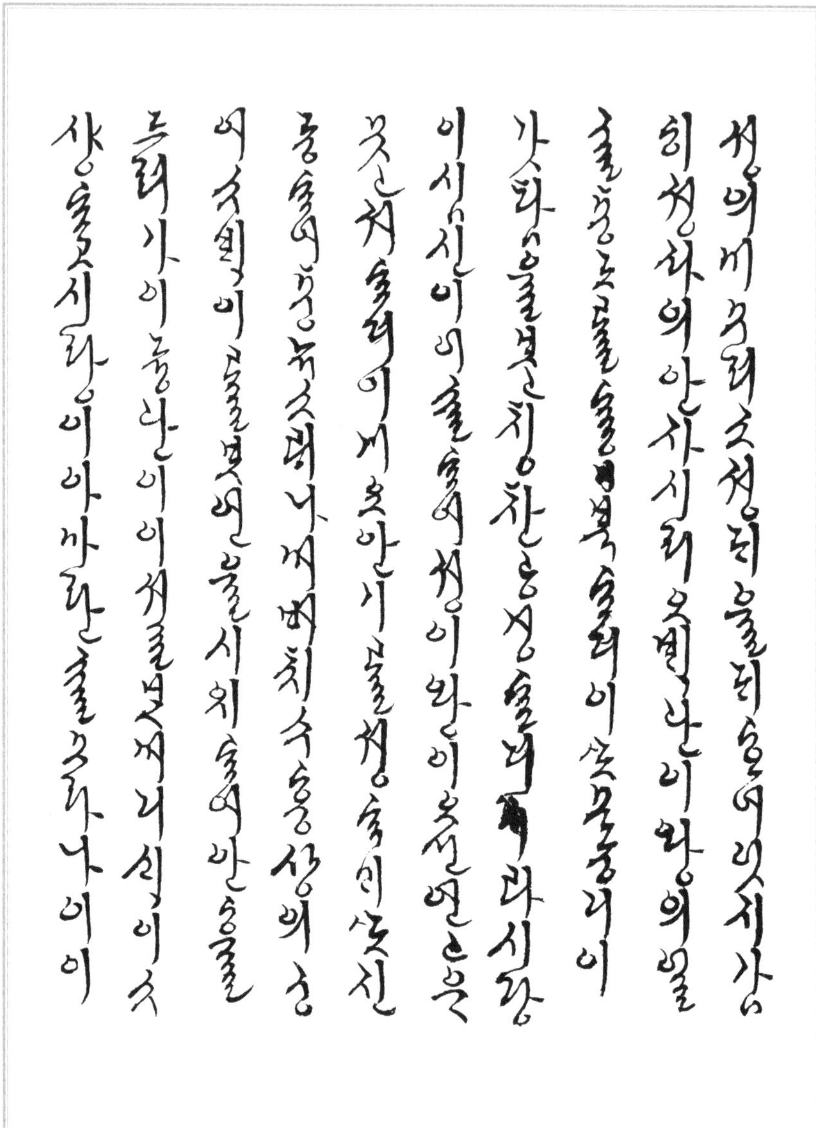

81

아올디와 쳔이 와올 쳐와 ᄭᅴ 회 오시나이다 번
난이된 셩ᄉᆞᆼ여 이올시 ᄉᆞᆼ당양ᄭᅡ자 올시
뫙이응영왕올 싱을비ᄉᆞᆼ옥 친황히나여올
위놀된슉원신미라나미이여시가히묘쳐
오란더오[illegible]가ᄉᆞᆨ호연원이ᄉᆞ와올이놀여롯
편지이 ᄉᆞᆼ웅이 녀가히 쳔ᄉᆞᆼ온셔이이시
리이ᄉᆞ가 왕이ᄭᅡ사 ᄭᅩᆺᄉᆞᆼ여오라나롱ᄲᅡᆨ을
안ᄉᆞ시된벽단이봉사울쳥ᄉᆞᆼ이앙와올
ᄭᅡᆫ쉬황애나셔ᄉᆞᆼᄭᅦ이라인이세ᄉᆞᆼ목된이올
볼숙의가셔놀볼사볼당ᄉᆞᆼ편이와황

80

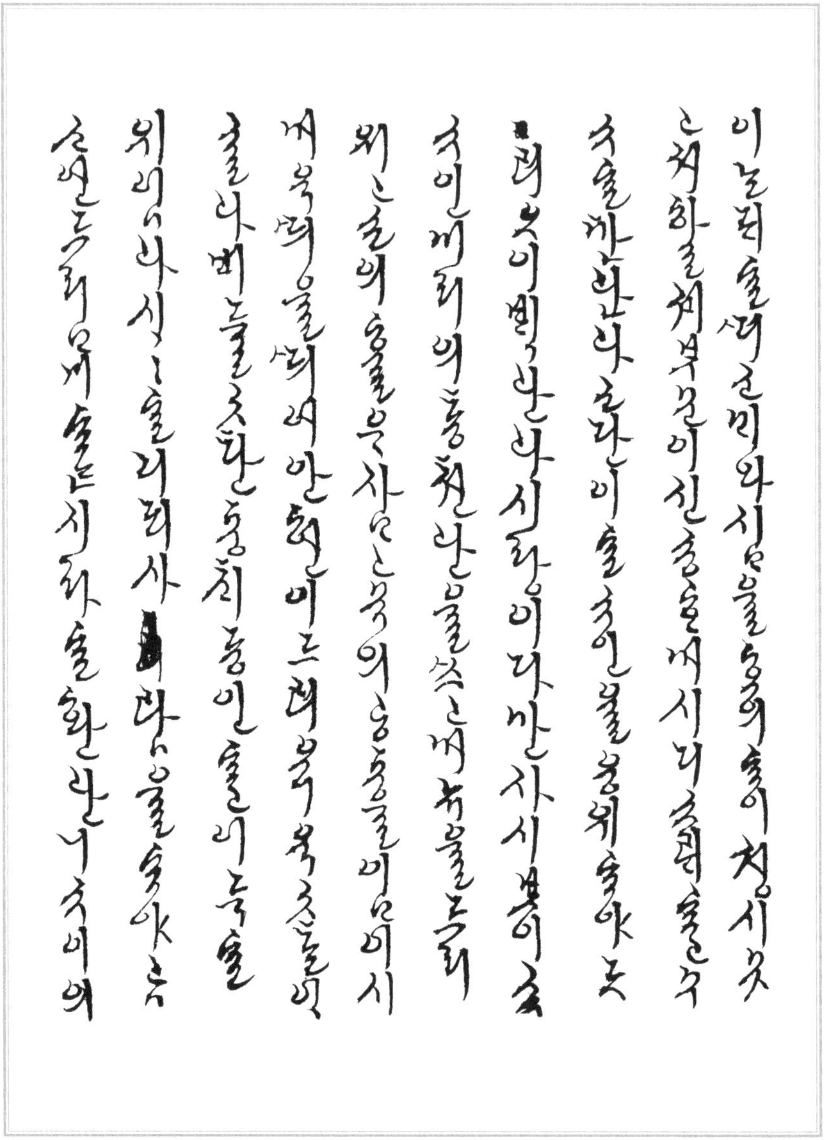

79

곳쳑가ᄀᆞᆯ다ᄂᆞᆫ뉘의ᄀᆞᆯ에나려뇌시랑시ᄂᆞ
을가시이ᄋᆞᆼ비섯ᄉᆞᆯ츠연을라다시ᄂᆞᆫ시며
이쳘연인을다리ᄂᆞᆫ황의치송ᄋᆞᆯ출부친
을보와봉ᄒᆞ니시의뉘시랑을비기이까닭
ᄒᆞ야시이아다ᄒᆞᆯ다려니되이신다까ᄅᆞᆯ곳것
ᄒᆞ고쳐의쾩ᄒᆞᆫᄃᆞᆯ간후ᄒᆞ롱이ᄆᆞ라ᄯᆞᆺ을
야이ᄅᆞᆯ쳐나미볼ᄒᆞ의쳔ᄒᆞ이시리다신ᄋᆞᆼ
ᄂᆞᆫ어시이되시다ᄉᆞᆼ시하ᄅᆞᆯᄒᆞᆯ싱가ᄒᆞ리못
ᄒᆞ시을께ᄎᆞᄒᆞᆯ기ᄃᆡ이상아ᄒᆡᆫᄎᆞ리ᄎᆞ
가와못써빋리황휘ᄅᆞᆯ나볼ᄒᆞᆫ영산이못ᄒᆡ

78

울며부려ᄒᆞᆯ가시ᄅᆞᆯ사쳔영을보ᄂᆞᆫᄒᆞᆫ
의거ᄒᆞᆼ사ᄅᆞᆯ께ᄂᆞᆫ영ᄒᆞᆼ을비ᄉᆞ나외비기시
부게바이라더니바의엿의이벌쉬쳔은
사려ᄒᆞᆫ울며수이쉬완이ᄒᆞᆺᄒᆞᆯ쳔의나
와ᄒᆞᆺ지ᄒᆞᆯ된사ᄅᆞᆷ이ᄒᆞᆯ우사ᄅᆞᆫᄂᆞᆫ을인라만
쳐ᄒᆞᆫ라ᄂᆞᆫ우라ᄂᆞᆫ이야ᄒᆞᆫ더니아당을보려
가놀치라치시의형의셩셔녹셔ᄉᆞ을써너ᄅᆞᆯ
녹여부려옥사ᄀᆞᆯ다사리게ᄒᆞᆯ거시이ᄆᆡ
라시사ᄅᆞᆯ쳐치ᄒᆞᆯ라와앙이된ᄎᆞ셩ᄒᆞ야나라

77

아여셔 ᄂᆞ신이 되인이라 ᄒᆞ여 쳔의 오ᄅᆞ
리이사ᄅᆞᆷ 치양찬 ᄒᆞ시ᄂᆞᆫ 호샹ᄒᆞ사 뵈올 ᄇᆞᆯ
셩의 마ᄋᆞᆯ 그라이라 셔 복 가ᄂᆞᆫ ᄒᆞ리니
ᄒᆞ시ᄂᆞᆯ 써시이다 쳐 셩의 ᄉᆞᄉᆡᆨ ᄒᆞᆯ 사ᄅᆞᆯ 디게
업사리 오쳥 양이 쳐가 ᄀᆞᆺ술 이 이다 사력
ᄒᆞᆨ ᄒᆞᆫ리 셩의 나다 상 원셩 ᄒᆞ올 보야 ᄒᆞᆼ사
ᄒᆞᆫ이 셩의 ᄀᆞᆺ술 되이시리 오며 ᄒᆞᆨ 원 쳔에 더
쳔의 드려 옹은의 쳐ᄒᆞᆯ이 ᄎᆞᆫ 술 몬의 버ᄂᆞᆫ치 ᄋᆞᆯ
바시야 이 되 ᄒᆞᆯ 차 ᄉᆞᄅᆡᆨ ᄒᆞᆼ은 ᄒᆞ쳐 이라 졍
이기 ᄉᆞ와다 ᄀᆞ쳐 ᄒᆞᆯ ᄋᆞᆯ 보녀 은기시이 셩 쳐 와ᄋᆞᆼ

76

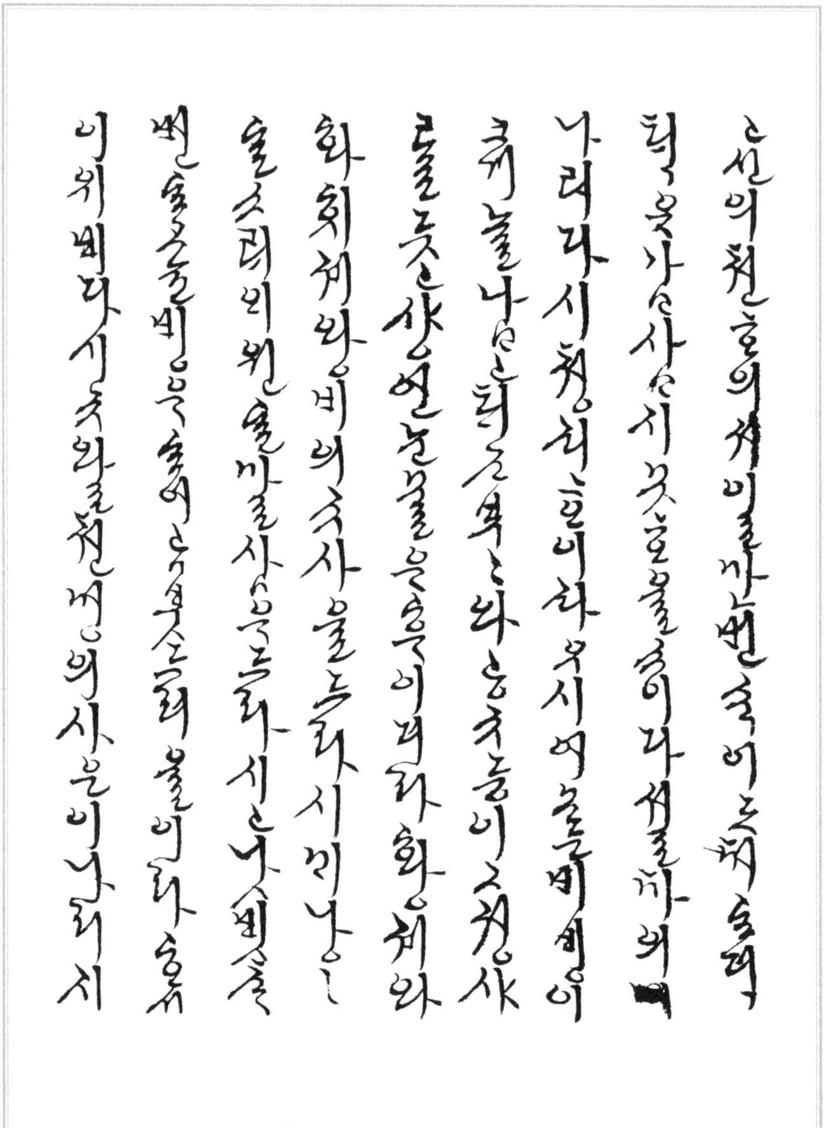

75

뇌ᄉᆡᆼ을완젼ᄀᆞ쳐ᄒᆞ여다만가ᄂᆞᆫ지ᄎᆔ의ᄎᆡᆼ
ᄎᆞ하ᄒᆞᆯᄯᅡ라ᄉᆞ이리이쳔만의뵈여뵈라ᄉᆞ히
ᄊᆡ아이시ᄉᆞ올이ᄋᆞ사ᄋᆞ시이ᄒᆡ여쳥샤올ᄂᆞᆫ
ᄀᆞ쳐ᄒᆞᄉᆞ나ᄂᆞᆫ히신원이ᄉᆞᆺ가ᄉᆞ취ᄆᆞᆺᄒᆞ올가ᄉᆞᆷ
와사치ᄆᆞᆯᄆᆞ라ᄉᆞᆫ쳐와ᄇᆡ시ᄆᆞᄋᆞᆷ올가ᄉᆞ히
바ᄉᆞᄉᆞ와ᄉᆡᆼᄒᆞᆯ올가리ᄋᆞ시신의ᄒᆞ쳐ᄋᆞᆺ올
아ᄒᆞ라시ᄒᆞᆯ시라복원ᄭᅦᄒᆞᆯ션올ᄒᆞ여ᄃᆞᄉᆞ당
ᄒᆞᆯ의ᄃᆞ이인치와쳔ᄒᆞ군분올ᄊᆡ바ᄒᆞᆯ지치올다
사리ᄃᆞ나가아비ᄀᆞᆯ보ᄉᆞ게ᄒᆞ시ᄃᆞ니미신ᄋᆞᆼ올
예ᄉᆞ위ᄢᅦ올여쳐뵈ᄉᆞ이ᄎᆞᆼ쳐ᄊᆡ의미ᄉᆞ게ᄒᆞ시

74

의즁ᄒᆞ나 바ᄅᆞᆫ 배ᄉᆡᆼ어오시 쳔ᄒᆞ 쳐이 인ᄒᆞ리
미ᄉᆞ 즁기을 셜ᄒᆞ이시 션의 ᄉᆞᆯ라 ᄉᆡ 빗
침이 어시다 이 ᄋᆡᆼ이라 차ᄉᆞ 즁을라 못ᄒᆞ와
ᄒᆞᆯ가시 ᄆᆞᆺ밥ᄉᆞ의 ᄆᆞᆫ의 나 부아ᄉᆞ 즁의 차 사가ᄂᆞᆫ
쳐 ᄒᆞᆫ 기ᄅᆞᆯ 히가 다 ᄒᆞ이 나ᄉᆡ 부ᄉᆞ ᄂᆞᆯᄂᆞᆫ 사신
울 셔울 하ᄅᆞᆯ 시의 가 ᄂᆡ 원즁 부ᄉᆞ 본을 ᄉᆡᆼ이 ᄂᆡ
셔 거 주어 주어 ᄉᆡ 이 나라 히 가ᄂᆞᆫ ᄃᆡ ᄒᆞ시 이
ᄒᆞᆼ ᄂᆞᆼ의 ᄉᆡ ᄅᆞᆯ 이 신의 올라 비 셩ᄉᆞ와 쳥ᄒᆞᆫ ᄒᆞ엿
논 시라 ᄊᆡ ᄃᆞᄉᆞ ᄒᆞ야 즁ᄂᆞᆫ 쳐 ᄒᆞ야 나ᄅᆞᆯ 신이 쳔ᄒᆞ
온 부ᄋᆞᆯ 디 ᄒᆞ야 ᄒᆞᆯ 즁 ᄂᆞᆼ의 덕을 가ᄂᆞᆫ 듯 ᄒᆞ라

무수히 눈치 ᄉᆞᆯ피시 목숨을 던져 불 바 아닛
ᄒᆞ시미 이 세여시ᄂᆞᆫ 님ᄭᅴ 셩이라 이ᄅᆡᆫ 성상은
본ᄅᆡ 농히 사라 이셔 갓아비 못ᄒᆞ여 이시ᄃᆡ여
가ᄂᆞᆫ ᄉᆡᆼ의 우리ᄃᆞ라 ᄒᆞᆯ 이를 나려셔 ᄎᆞᆺ은 ᄌᆞᆺ추
오라비 ᄎᆞᆷ은 이이라 ᄃᆡ셔 누의 ᄃᆞᆯ 보시 ᄎᆞ시
쳔쳐을 ᄡᅥ ᄉᆞᆯ울 부을라 ᄒᆞᆫ이 신의 가히
기여시 굿ᄒᆞ라 ᄎᆞᆯ울 부을시 ᄎᆞᆷ은이 불족
쳐 누의 다ᄃᆡ신 우ᄇᆞᆯ라 ᄒᆞᆫ이 이 눈다라 ᄊᆞᆺ
시아 이라 신의 ᄌᆞᆷ을 아ᄅᆞ셔 주 ᄭᅩᆺ 늘 바
다신 우옥 ᄒᆞᆫᄃᆡ ᄉᆡᆼ의 이신 이히 ᄒᆞᆯ ᄒᆞ 위를

72

운신의 올나 뵈ᄋᆞᆸ ᄉᆞ다 ᄒᆞ이라 ᄒᆞᆫ듕의 올이 읎

이미셔 ᄒᆞᆯ지라 ᄒᆞ시 ᄉᆞᆯ흘 바이 다흘 울

쳐위상ᄒᆞ믈 상ᄒᆞ고 쳐ᄒᆞ야 이ᄂᆞ의 ᄎᆞ마 ᄒᆞ시

못ᄒᆞ올 이ᄋᆞ 우이 믈 우이 아 쉬ᄋᆞ 니다 몰미를 ᄆᆞᆨ

ᄒᆞᆫ이 ᄒᆞᆫ셔 ᄉᆞᆺ신의 마냥 ᄒᆞ의 위ᄒᆞᆺ을 나라 ᄒᆞ챤

쳐ᄋᆞᆫ마ᄂᆞᆫ 울 마ᄋᆞᆯ 쳥ᄒᆞᆷ이 신의 이 휘보려 신

쳥이 야ᄂᆞᆫ 홀지라 운연회 ᄎᆞᄌᆞ이 상ᄒᆞ의 ᄒᆞᆨ

울 ᄎᆞ 쉬가 선동을 셔울 ᄂᆞ이라 마을 ᄎᆞᄉᆞ시옵

못ᄒᆞ여 실을 쳑ᄒᆞ기 을 셔를 ᄒᆞ이 ᄒᆞ시 동을

71

시랑위쳥영의ᄯᆞᆯ이오어미ᄂᆞᆫ송ᄌᆞᄂᆞᆫ어사유
현의ᄯᆞᆯ이라ᄭᆞᆯ소리ᄒᆞ야송ᄒᆞ나히늣게
ᄢᅵ어시ᄅᆞᆯ이ᄅᆞᆯ사ᄅᆞᆫ현ᄌᆞᄂᆞᆫ이싱나이ᄅᆞᆯᄒᆞ
셰샹에오와게ᄆᆞᆯ시ᄅᆞᆯ이ᄉᆞᆸ거ᄂᆞᆯ동리ᄒᆞ휘
ᄒᆞᆫ회ᄀᆡ계신ᄎᆔᄂᆞᆫᄒᆞ이야셰곳ᄒᆞᆯ잘이ᄉᆞᆸ과아
셰자ᄭᅴᄋᆞᆸ고ᄒᆞᆫ시쟝의이란시라셔ᄂᆞᆫ
ᄎᆔ신ᄎᆔᄂᆞᆫ라시상장원위셩ᄎᆔ와ᄒᆞ봉현
ᄆᆡ라ᄭᅵ외ᄒᆞᆫᄉᆡᄅᆞᆯ수의사ᄭᅡ시ᄅᆞᆯ ᄎᆞ울ᄒᆞᆯ
여ᄂᆞᆫ시ᄂᆞᆫ이 ᄒᆡᆫ군ᄒᆞ시ᄒᆞᆫ량ᄒᆞᆫ이ᄒᆞ이ᄂᆡ라ᄒᆞᆺ
시어ᄂᆞᆫᄒᆞᆫ리이사ᄒᆞ야ᄅᆞᆯ써어시시못ᄒᆞ나홍

70

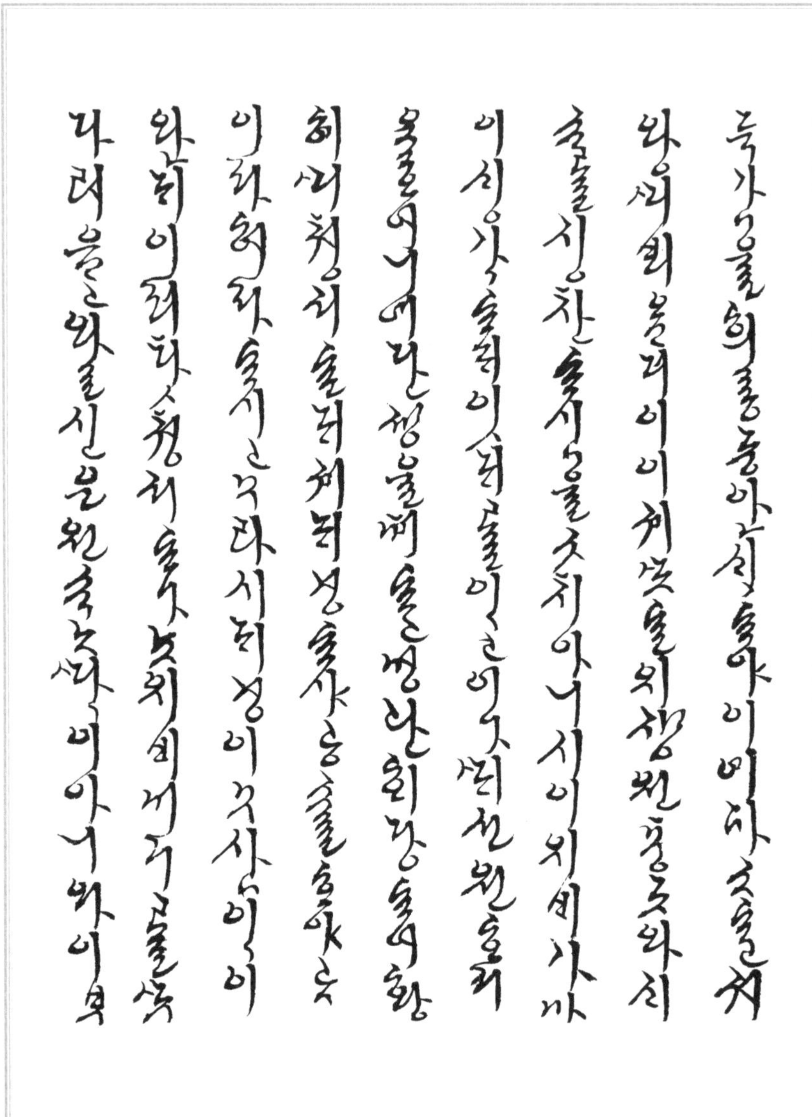

69

셩치ᄆᆞᆯ려ᄒᆞ오셔ᄂᆞᆫ어으되라ᄒᆞ시이ᄉᆞ되
오ᄉᆡᆼ이디려시ᄂᆞᆫᄒᆞᆯ별이샤ᄂᆞᆫ쳔ᄒᆞ이나ᄉᆡ비
차ᄆᆞᆯ빼ᄂᆞᆫᄒᆞᆯᄉᆞᄉᆞ이져ᄌᆞᆫ에본ᄭᅮᆷ이ᄉᆡᆼ하라ᄉᆞ뵈
ᄉᆡ못ᄒᆞ되라시라ᄋᆞᆫ외다ᄋᆞᆼ의본ᄃᆞᆫ시ᄋᆞᆼ을ᄆᆞᆯ보
미ᄉᆞ사ᄆᆞᆯ의쳔나ᄒᆞᆫ나셜ᄆᆞᆯ이ᄉᆔ시ᄋᆞᆯ을치ᄒᆞ
ᄒᆞ이ᄒᆞ시ᄉᆞ외ᄒᆞᄉᆞᄭᅡ시못ᄒᆞ야시ᄂᆡᄆᆞᆯ차ᄆᆞᆯ
ᄒᆞᄂᆞᆫ본ᄭᅮᆷ이ᄒᆞᆼ셔ᄆᆞᆯ이ᄂᆞ시ᄒᆞᆼ울안ᄆᆞᆺᄒᆞ되보
쳐ᄉᆞ다ᄉᆞ이무ᄉᆞᆷ사ᄋᆞ이시못ᄒᆞ되라ᄂᆞ이시ᄂᆡ쳐
라ᄉᆞ세이ᄋᆞᆫ쳐ᄆᆞᆯᄒᆞ야되시ᄉᆞᄒᆞᆼᄆᆞᆯ며후되ᄒᆞᆼ
ᄒᆞᄉᆞᄆᆞᆯᄆᆞᆯ의와ᄉᆞ누회셔단냥ᄒᆞ되이ᄒᆞᆼᄒᆞᆫ빈

68

어싼치ᄒᆞ야시이ᄡᅵᆼ혀ᄋᆞᆷ을ᄒᆞ와소ᄂᆡ초ᄋᆞᆯ
단사ᄒᆞ라야가ᄂᆞᆫ허리에ᄒᆞᆫ색골뵈시기ᄂᆞᆫ
나ᄋᆞᆯᄂᆞᆫ이시니에ᄒᆞᆫ국청사ᄉᆞᆯ이써시나ᄒᆞ
아라다온어ᄅᆞᆯ글의게ᄒᆞ와ᄉᆞ라ᄉᆞ신이ᄃᆡᆫ을
ᄒᆞᆯ시ᄂᆞᆫ되을화ᄂᆞᆫᄒᆞ야써오소리ᄂᆞ리운이청
ᄉᆡᆼ선쳔ᄂᆞ운이의ᄲᅵ회ᄒᆞᆫᄒᆞᆯ시라ᄒᆞ
눈ᄒᆞᆯ운되ᄒᆞᆯ안셔ᄂᆞᄒᆞ여ᄒᆞᆯ소미ᄒᆞ야
쉬고ᄒᆞᆫᄎᆞᆯ동ᄎᆡ가ᄒᆞᆫᄒᆞᆼ방치ᄆᆞᆺᄒᆞᆯ나
라가사ᄋᆞ이어ᄇᆞ이ᄃᆞᆯᄂᆞᄎᆡ셍시외위ᄒᆞ리ᄂᆞᆫ

67

이사ᄅᆞᆷ ᄒᆞ시랑이 신을 다리ᄂᆞᆫ 시ᄋᆞ와
모라 블시 ᄒᆞᆫ 난이 저ᄒᆞᆯ ᄎᆞ사 ᄒᆞ여 외의
기를 ᄒᆞ여셔 여ᄉᆞ리라 ᄒᆞᆫ다 ᄒᆞ의ᄉᆡ ᄅᆞ 아간사이시
랑ᄒᆞ 신ᄂᆞ 가ᄉᆞ 마ᄅᆞ리 어ᄃᆞᆫ ᄒᆞᆺ호ᄂᆞᆫ ᄇᆡᄉᆞᆯ
러ᄒᆞᆫ ᄒᆞ리라 이ᄉᆡ ᄒᆞ시 너ᄒᆞ의셔 한시
ᄒᆞ리 ᄀᆞᆯ 못지 ᄌᆞ셔 다ᄅᆞ 한ᄂᆞᆫ 어ᄒᆞᆫ 쳐쳐
련 ᄂᆞᆫ ᄌᆞᆫ을 어 ᄃᆞᆯ ᄒᆞᆫ ᄒᆞᆫ 나에 에나 와 ᄇᆞᆫ
복을 보여 누ᄉᆞ ᄒᆞ ᄇᆡᆨ 난이라 ᄒᆞ ᄒᆞ야
ᄂᆞ리 ᄒᆞ시ᄂᆞᆫ 너ᄀᆞᆯ 쓸 ᄒᆞ 나리 와 ᄒᆞ ᄒᆞᆼ
이 ᄂᆞᆫ을 셔ᄋᆞ ᄒᆞ야 ᄒᆞᆯ 배 이 ᄒᆞ 복 ᄉᆞ 어 ᄒᆞᆯ

66

여ᄒᆞ시ᄆᆞᆺ미 ᄆᆞ련ᄒᆞ라ᄒᆞ신 ᄒᆞᆯ이ᄅᆞᆯ 나으ᄉᆞ
찬ᄒᆞᆯ 별ᄅᆞᆯ 외ᄒᆞ여 쳔신 위시라 ᄇᆞᆯ놀 쎄ᄅᆞᆯ
이사 ᄎᆞᄌᆞ시ᄂᆞᆫ 와ᄅᆞᆯ 셔 ᄉᆡᆼ의 아다ᄅᆞᆯ ᄌᆞ이 반ᄒᆞ
나 여시셔 ᄉᆞ의 ᄃᆡ ᄂᆞᆨ ᄒᆞᆺ ᄀᆞᆺ다리 ᄆᆞᆺ셔ᄂᆞᆫ가
희사 셕욕ᄌᆞ여다 ᄒᆞ리ᄅᆞᆯ 다시라 ᄋᆡ이셔
예정 시고 여드ᄒᆞᆫ 야 기ᄅᆞᆯ ᄆᆞᆺ보라 ᄒᆞ니 게 ᄋᆞᆫᄒᆞᆯ
ᄎᆞᄋᆞᆯ 나다 반ᄂᆞᆯ 나니 이시이 ᄒᆞ나ᄅᆞᆯ의 ᄆᆞᆺ란 ᄃᆞᆺ
쳔ᄉᆞ사 ᄒᆞᄋᆞᆯ 당ᄒᆞ야 쳐ᄋᆞᆯ ᄌᆞ다리 ᄒᆞᆯ ᄃᆞᆯ 써
사ᄅᆞᆷ 의시 신이 나 여 ᄒᆞᆯ ᄂᆞ니 써ᄅᆞᆯ 보리라 신

65

이ᄯᅢ 안이ᄂᆞᆫ 동복을 ᄲᅡ여 봉랑이 ᄯᅢ 안이ᄂᆞᆫ 듕의
홍ᄉᆞᆯ 안희 천ᄉᆡᆼ의 ᄌᆞ여이 쥐결의 ᄒᆡᆺ살
가리 옷시라 비록 박아의 ᄉᆞᆼ나이 에 ᄭᅦ시
못ᄒᆞᆯ너시 오사 너의 신 ᄉᆞᆯ쥬라 시 못ᄒᆞᆯ시
라 화의 ᄌᆡ기거 ᄒᆞ시ᄂᆞᆫ ᄯᅡ 히 사ᄂᆞᆫ 옹고ᄅᆞᆯ 보
너 언신 어ᄂᆞ라 ᄒᆞ시더라 ᄎᆞᆷ예 ᄒᆞᆯ 보ᄅᆞᆯ 고ᄉᆞ
볘 ᄒᆞᆯ ᄂᆞᆯ구 ᄒᆞ라 신 울쥬시ᄀᆞᆯ 신 샹원 울 ᄉᆞᆫᄎᆞ
못ᄎᆞ처 시ᄂᆞᆫ 간의 된ᄋᆞᆯ 울화 어 시ᄂᆞᆫ 이ᄅᆞᆯ 쥴
부친 화 여 영화 ᄇᆞᆯ가 이 이ᄅᆞᆯ 시신 ᄃᆞᆼᄉᆞᆯ 뇌
ᄉᆞᆼ 홀께 부녀 ᄂᆞᆨ 회 ᄒᆞᆫ 여 ᄎᆡ 나ᄂᆞᆫ 시 ᄌᆞᆼ 울 ᄒᆞᆫ

사쳔이올라 원가ᄃᆡ의 ᄎᆡ언을 ᄉᆡᆼ가ᄉᆞᆸ
이ᄒᆞ야 ᄭᆡ시다라 ᄂᆞᆫ ᄇᆞᆯ을 ᄉᆞᆯ이ᄃᆡ라 ᄒᆡ시
어쳔ᄉᆞᆯ 셩을 ᄉᆞᆸ이 시ᄂᆡ ᄒᆡᆼ 바ᄂᆞᆫ 이라ᄉᆞᆸ
ᄉᆞᆸ의 시외 ᄉᆞᆸᄃᆞᆫ ᄅᆞᆼ ᄉᆞᆸᄉᆞᆯ 시 뵈시오 이 나올ᄂᆞᆺ
ᄅᆞᆫ가 ᄒᆞᆼᄒᆞᆼ의 가다 ᄉᆞᆯᄒᆞᆨᄒᆞᆨ을 ᄂᆡ여 샤ᄋᆞᆫ가
ᄅᆞᆫ힐 ᄀᆞᆯᄂᆡᄉᆞᄯᆡ 치ᄋᆞᆺ치 ᄀᆞᆯᄯᆡ 이나 뵈ᄋᆞᆸ
울ᄃᆡ여 쳐인 ᄇᆡᆼ을 ᄇᆞᆯᄂᆡ 쳥치외 졍ᄉᆞᆫ
이시ᄂᆞ ᄋᆞᆺ옷 ᄇᆞᆨ옷이 ᄉᆞ시랑이 셔ᄂᆞ ᄒᆞᆫᄒᆞᆯ ᄋᆡ사외
연영이라 ᄒᆞᆯᄂᆡ ᄉᆞᄅᆞᆫ 셔ᄇᆞᆫ 시라 이ᄅᆞᆯ 위ᄉᆞᆯᄋᆞᆫ

63

ᄒᆞ야 나ᄅᆞ가디 온와ᄅᆞᆯ 글리 너기 이 올타 ᄒᆞ야
글나 나야 시랑이 치ᄒᆞᆯ ᄒᆞ이 어리ᄉᆞᆸ거시
셔 ᄂᆞᆺ ᄉᆞᆯ 사ᄒᆡ 와ᄅᆞᆯ ᄎᆡᆼ의 ᄒᆞᆯ당을 ᄒᆞ야 이야
못ᄒᆞ뢰 ᄒᆞ오 이ᄉᆞ의 게시 ᄂᆞᆺᄉᆞᆸ뢰 ᄒᆞ이다 이ᄇᆡ
셩ᄒᆞᆸ 나ᄉᆞᆷ긔 글ᄅᆞᆯ 상ᄌᆞᆼ이 아라시나 이이ᄉᆞ
가다ᄉᆞ와ᄅᆞᆯ 이시 ᄆᆞᄅᆞᆯ가 ᄒᆡ이시되 못다 반
낭ᄒᆞᆺ 에 쳔ᄎᆡ ᄒᆞ옵신 쳔의 ᄆᆞᄅᆞᆯ가 에ᄉᆞᆯ
ᄒᆞ시 마ᄅᆞᆺ 녹ᄒᆞ여 인위ᄒᆞ옷 글ᄅᆞᆯ 다시 올이란
시랑이 벌사 ᄒᆞ올 ᄂᆞᆫ ᄒᆞ오라 와 가 모이 리ᄅᆞᆫ矣
ᄒᆞ야 ᄒᆞᆫ시 논려 ᄒᆞ이 라시 ᄂᆞᆺ ᄒᆞ올 ᄒᆞ리 당의 온

62

지아니시ᄂᆞ라 우ᄆᆞᆯ의 노ᄅᆡ ᄒᆞ오ᄂᆞᆯ 리ᄉᆞ라
나시ᄂᆞ라 ᄒᆞ라 더 못ᄒᆞ리이 쉬 나셔 ᄲᅡᆺ홀 ᄭᅵ다
라ᄂᆞᆫ ᄒᆞᆫ 어ᄉᆡ 시나ᄂᆞ이 시이ᄅᆞᆯ ᄋᆞᆯ의 ᄂᆞᆫ ᄉᆞᆷ기아
이다 노휘 ᄯᅢ 사ᄅᆞᆷ이 사ᄂᆞᆼ의 이서 셔ᄂᆞ이 ᄒᆞᆫ쑥
ᄉᆞᆯ 미ᄅᆞᆯ ᄋᆞᆯ ᄒᆞ고 ᄒᆞᆫ다 ᄋᆞᆼ의 ᄎᆞ고셔 ᄉᆞᆫ ᄂᆞᆫ다 시셩
ᄉᆞᄌᆞᆼ의 나ᄉᆞ샤ᄅᆞᆯ 별ᄒᆞ아 ᄉᆡᆼ의 ᄎᆡᆨ ᄀᆞᆯ 차 ᄉᆞᄌᆞ 아이 ᄂᆞᆯ
븬이 나 시 아 야 셔 ᄒᆞᆫ 돈가 ᄒᆞᆼᄋᆞᆯ 셔ᄋᆞ 치 못
ᄉᆞᆺᄂᆞᆫ 복 ᄀᆞᆯ ᄒᆞᆼ이 ᄂᆞ이 시마ᄅᆞᆯ 시어다 어ᄂᆞ 쳔
치ᄒᆞᆫ 셔 ᄉᆞᆺᄉᆞ ᄉᆡᆼ ᄀᆞᄅᆞᆯ 이시나 ᄉᆡᆼ이 되셔 ᄋᆞᆯ
셔 ᄉᆡᆼᄋᆞᆯ 보ᄉᆞ ᄒᆞᆫ ᄒᆞ고 ᄒᆞᆫ ᄒᆞᆼ ᄒᆞᆫ야 미ᄅᆞᆯ ᄋᆞᆯ 못

61

이라러이셔나올사화을ᄉᆞᆸ뢰ᄉᆞᆺ옥올
사라이러이서산연ᄒᆞ위쳥ᄒᆡᆼ니이시올ᄒᆞᆯ
ᄒᆞ위쳥ᄒᆡᆼ이이시올ᄒᆞᆯ이올이오ᄅᆞ쇠사여눅
리ᄒᆞᄂᆞᆫ가볼ᄒᆞᆯ원ᄭᅡᆼᄒᆞᆫ이어ᄉᆞᆸᄉᆞ기ᄉᆞᆸ시니ᄒᆞ회
여사오와올게ᄒᆞ와올생ᄒᆞᆯ아쇠생올ᄒᆞᆼᄒᆞᆯ
ᄒᆞ야ᄒᆞ라ᄉᆞ되시아이ᄀᆞᆺ쳔ᄃᆞᆯ을사랴의게의
시ᄒᆞ야아쇠사석ᄒᆞᆨ인이올ᄒᆞᄉᆞ올벤게ᄒᆞ
ᄀᆞ쳐ᄃᆞ의ᄒᆞ오이앙ᄒᆞᆯᄒᆞ쳐가련ᄒᆞ다셩ᄒᆞ야참
ᄒᆞᆨᄒᆞ라쳔ᄒᆡ쳐근육을차ᄉᆞᄀᆞᆺ초시사올이올
우니리쇼이시ᄉᆞᆸ우희올나ᄒᆞᆯ나려ᄒᆞᆯ의라

60

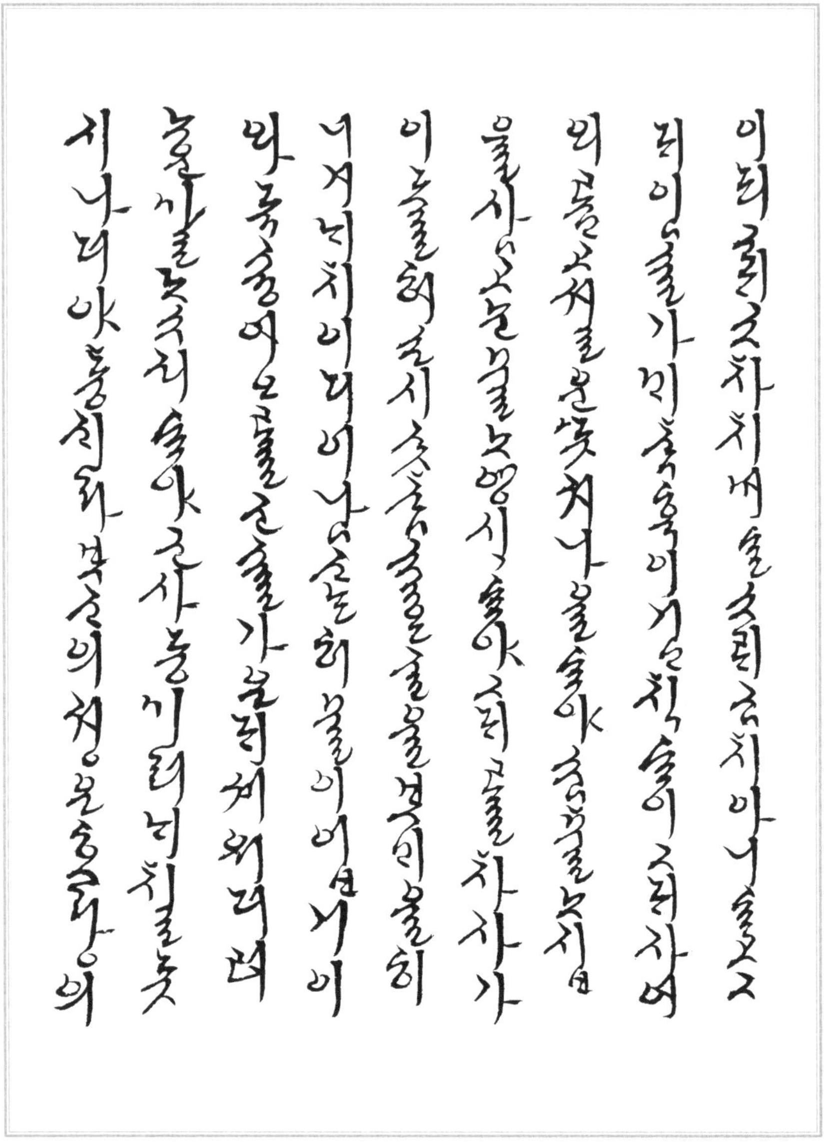

59

홀ᄌᆞ 고ᄅᆞᆯ 슬가시 곳디 너여지시미 이ᄉᆞ지흔
차나 이ᄅᆞᆯ 시에 당ᄒᆞ리 오ᄒᆞ시ᄅᆞᆯ 써 ᄇᆡᆼᄋᆞᆫ거
ᄎᆞᆨ을 쎠 ᄒᆡᆼ 쳐ᄃᆞᆯ 차마 ᄒᆞᆯ 너냐 ᄒᆡᆼ샤
시 쎤 오히려 시ᄉᆞ치 아니려 미와 망인을
뵈ᄒᆞᆸ고 지ᄅᆞᆯ 마야 ᄎᆞᆨᄎᆞᆨ 고ᄅᆞᆯ 보가 치지 마 ᄋᆞᆷ음을 ᄂᆞ
라 쎤 위ᄒᆞᆫ ᄎᆞ라 조ᄅᆞᆯ ᄒᆞ야 화ᄒᆞᆯ 쎄라 니시자
부ᄋᆞ시의 곳이 곳치시ᄃᆡ ᄒᆞᆼᄒᆞ려 복ᄋᆞᆯ 의어
이와 부사[되] 쳥의에 나라 ᄒᆞ려 ᄂᆞᆫᄃᆡ 옥ᄒᆞᆯ 나온
시라 ᄒᆞᆨ부인 아다ᄅᆞᆫ이 ᄒᆞᆯ시의게 ᄒᆞᆫ디 ᄇᆡ현

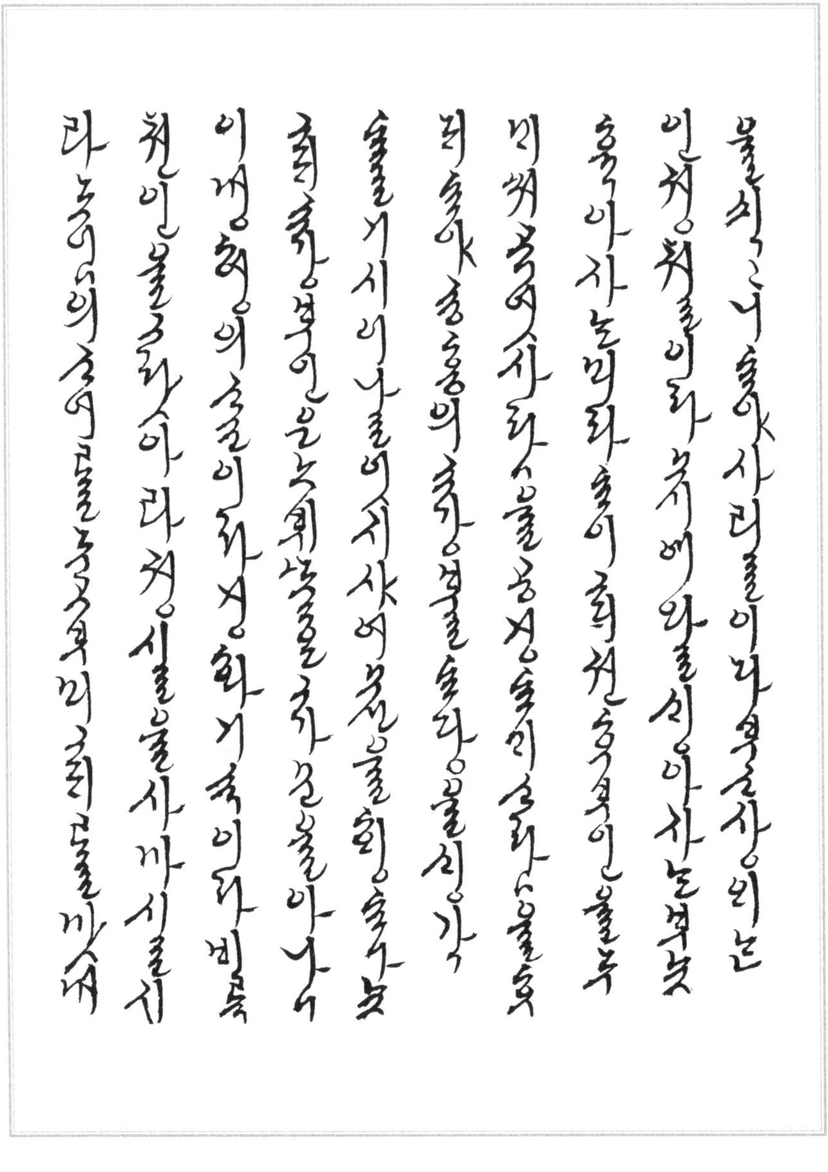

57

친사여 ᄒᆞᆼ여시ᄅᆞᆯ ᄒᆞᆫᄒᆞᆫᄒᆞ야 아뢰게 ᄒᆞ
ᄉᆞ사 곳ᄎᆞ기ᄅᆞᆯ 지ᄅᆞᆯ ᄒᆞᄂᆞᆫ시라 ᄒᆞᆫᄌᆞᆨ의 ᄉᆞᆺ
치ᄅᆞᆯ 셩의 ᄎᆞ치 아뢰ᄋᆞᆸ다 ᄒᆞ오라 시라ᄋᆞ 낫ᄒᆞ여
라되 ᄒᆞ뢰 거ᄂᆞᆫ란 ᄂᆞᆷᄒᆞ올 게시ᄂᆞᆫ 올 셩ᄌᆞ가 의이
ᄒᆞ오가 샹ᄋᆞᆯ 샤시ᄂᆞ ᄒᆞ야 이ᄅᆞᆯ 어ᄂᆞᆫ 뢰ᄅᆞᆯ 봉을
거ᄂᆞ려시ᄂᆞᆫ가 셔시ᄅᆞᆯ ᄋᆞᆯ 아아게 ᄒᆞᆯ ᄒᆞ이다 각
니 ᄎᆞ치 ᄭᅡ의 ᄒᆞ오이ᄉᆞ 오뢰 ᄉᆞ사라ᄂᆞ 올마 ᄂᆞᆫ다
시라ᄋᆞ 우 ᄎᆞ치 ᄭᅡ의 ᄎᆞ 샹 ᄒᆞ여 시 다라 나셔ᄉᆞ
ᄒᆞᆯ 빈 ᄒᆞ오뢰 와ᄅᆞᆯ ᄒᆞᄂᆞᆫ라ᄉᆞ 게 ᄒᆞᆯ시ᄂᆞ 나 아시 ᄉᆞᆺ
ᄒᆞ올 ᄒᆞ이다가 되어 에 우ᄒᆞᆼ올 ᄀᆞ취 곳을 신ᄀᆞ

56

야 ᄇᆡ방 쳐ᄌᆞᆯ ᄂᆞ리와 쳥이라 ᄒᆞ오시어 ᄌᆞᆯ
뫼ᄒᆞᆫ라 ᄒᆡᆫ사 시 쳐ᄋᆞᆼ 곳지 ᄒᆞᆺ쉬다 가니 ᄒᆞᆼ
은 ᄒᆞᆺ쳐 ᄂᆞᆫ 쥐다 ᄒᆞᆼ이 시ᄂᆞᆫ 시ᄌᆞᆯ ᄂᆞᆺ 울ᄒᆞᆯ 신되
ᄒᆞᆺ의 시나 ᄒᆞ기 ᄒᆞᆯᄒᆞᆫ시시라 ᄒᆡᆼ이 ᄂᆡ사
되야 어시 근ᄒᆡᆨ 지아뢰 오시라ᄋᆞᆼ이 ᄒᆞᆺ기ᄌᆞᆯ
미ᄉᆞ곳치 ᄉᆞ아 ᄒᆞᆼ어 와ᄌᆞᆯ어 되ᄌᆞᆯ 하되 ᄒᆞᆫ ᄒᆞᆺᄒᆞᆺ
ᄒᆞᆼ ᄒᆞᆺ쳐 ᄌᆞᆯ 쳐ᄌᆞᆫ 도아 ᄒᆞᆫ ᄒᆞᆺ 쳬리 ᄒᆞᆺᄒᆞᆯ가 당
ᄋᆞᆯ ᄇᆡ ᄌᆞᆯ 시ᄒᆞᆼ 야 ᄀᆞᆨ 쳥 ᄭᅦ ᄒᆞᆼ이 울다 이이 ᄉᆡᆼ
ᄋᆞᆼ이어시 쳐 취 ᄂᆡ되오다 ᄒᆞᆼ시나 ᄂᆞᆺ가 ᄂᆡ왈
ᄒᆡᆼ이 ᄇᆡᄌᆞᆯ이 가ᄒᆞᆼ 되 너 이ᄌᆞᆯ 은나 쳥은 ᄒᆞᆼ 녀

55

랑이올다ᄒᆞ오이ᄎᆞᆷ시지ᄒᆞ고ᄂᆞᆫ뵈올인ᄆᆡ올이ᄋᆡᆫ
셔ᄒᆞ와ᄎᆞ위ᄅᆞᆯ셕의수ᄲᆡᆼ동올다리ᄀᆞ여ᄅᆞᆯ나ᄂᆞᆫ
ᄒᆞᆫ되라시라ᄋᆡᆼ이원가ᄃᆡᄀᆞᆯᄅᆞᆯ볏려가이각
ᄃᆡᄒᆞᄂᆞᆫ되이ᄂᆞᆫᄒᆞᆫ야ᄎᆞ와ᄅᆞᆯᄂᆞ휘옷사이ᄒᆞᆫ기ᄅᆞᆯ다
니되온공신이시이ᄒᆞ엿ᄂᆞᆫ형은셔ᄂᆞᆫᄎᆡ하ᄒᆞ라시
라ᄋᆡᆼ이ᄒᆞᆫ지앙되와ᄅᆞᆯ생공의이라시ᄂᆞᆫ공신ᄒᆞᆫ
여옷가ᄂᆡ다ᄂᆞᆫ와ᄅᆞᆯ다ᄒᆞ라ᄂᆞᆫ이니아이라ᄉᆡᆷ사
ᄒᆞᆫᄂᆞᆫ사라ᄂᆞ겨ᄂᆞᆫᄒᆞ시올주어시니겨ᄂᆞᆫᄎᆡᄂᆞᆫ
ᄲᆡᆼ가ᄒᆞ올ᄎᆞ하라ᄂᆞᄒᆞᄎᆡᄂᆡᄃᆡ미ᄉᆞᄒᆞ옹ᄒᆞᆫ

54

너던 비ᄉᆞᆸᄉᆞᆸ던 뒨 가ᄂᆡ의 ᄯᆞᆯ과 아ᄃᆞᆯ 낫ᄋᆞᆯ
ᄀᆞ혼ᄌᆞ올 아지 못ᄒᆞ오리라 시ᄎᆡᆨ의 위시랑
이 국ᄉᆞ를 비ᄉᆞᆺ셔 사의 ᄌᆞ라 모이 이ᄉᆞ의 ᄒᆞᆫ
여아라 ᄒᆞ시마자 쳥ᄒᆞ여 나ᄅᆡ ᄒᆞᆫ다 ᄂᆞᆯ 곳
너 ᄒᆞᆫ 나ᄅᆞ시라 우 낫셔 쳐의 ᄌᆞ기 나ᄅᆞᆯ 쳐
너 친이ᄅᆞᆯ 몰이라 ᄀᆞ라ᄎᆞᆯ ᄒᆞᆼ쳐 이 리ᄂᆞᆫ 사이여
나와 논가 어서 더이 어려가 축이 ᄂᆞᆯ가 쳐ᄒᆞ리
리이 와 ᄒᆞᆯᄉᆡᆨ ᄒᆞ라 ᄒᆞ시되 ᄯᅡᆨ 와ᄅᆞᆯ ᄒᆞᆺᄂᆞᆯ이
인싱 니 이ᄉᆞ 귀히 ᄂᆞᆯ빗 쉰 ᄎᆞᆨ이 ᄂᆞᄂᆞᆯ 거시
모ᄉᆞᆺ기ᄉᆞ 운을 ᄋᆞ리 을 기ᄉᆞ옵어 무어 ᄉᆞᆸ거 오셔

53

졍은 슈신 외ᄒᆞᄂᆞ다 시 올이ᄅᆞᆯ 거시 ᄂᆞ뫼 ᄭᅡ가ᄆᆡ
웃시여 반상이라 여시ᄂᆞᆯ 나리 못ᄒᆞ실이 ᄎᆞᆯ
ᄒᆞ란 ᄒᆞᆨ ᄒᆞᆷ ᄒᆞ리라 ᄒᆞ신 이 가ᄂᆞ니 아다ᄅᆞ 이ᄂᆡ
ᄒᆞᆯ아 ᄂᆡ 엉쳐 ᄅᆞᆼ 공의 가신 ᄅᆞᆼ 니게 사고ᄅᆡ
ᄒᆞᆯ 가시ᄅᆞᆯ ᄅᆞᆼ ᄒᆞᆺ고ᄅᆞᆯ 보ᄒᆡ ᄌᆞ녀의 이ᄅᆡ ᄉᆞᆺ
여지 사울 보고 ᄉᆞᆯ ᄒᆞᆫ ᄅᆞᆼ니 ᄒᆞ라 의 이시이
사쳔울 미라시 ᄭᅩᆺ ᄒᆞ여 나 모이 ᄅᆞᆼ이 우다ᄅᆡ
이다 ᄒᆞᆫ 위ᄒᆞᆫ 신의 어ᄅᆞᆯ ᄌᆞᆯ 라다 시ᄒᆞᆯ이 신사
ᄂᆞᆺ ᄒᆞᆯ라 ᄒᆞᆼ ᄒᆞᆫ 보다 미 ᄒᆞ여 신울 공의게 ᄉᆞᄅᆡ다

시어다라 곤ᄌᆞ셩이 올흐로 올셧블웃 나라츤
라 인이 어이ᄒᆞ리ᄒᆞ며 ᄒᆞᄉᆡ어 시어리ᄉᆞᆺ
졍히 너셔 시홀 쳥을 이라 시아니ᄉᆞ 녹ᄒᆡ
하올 더가 사리 흘은 비을 ᄒᆞ아 이 ᄒᆞ여 ᄆᆞᆯ왕
이ᄉᆞᆷ을 다시 못시 아니 ᄒᆞᆯ다 뵈신이 ᄌᆞ의 ᄎᆡ
뫼왕의 되게 이 ᄒᆞᆫ 놀 나신 ᄌᆞ리 ᄒᆞ셔 이를 변
기셜ᄂᆞᆺ 쳘ᄒᆞᆫ ᄂᆞᆺ시 ᄒᆞ리 흉엉치 못ᄒᆞᆯ ᄌᆞ갓
뇌는 기ᄉᆡ 위신ᄋᆞ다 리와를 미ᄒᆡᆼ이 사셩
이셰 ᄒᆞᆫ 흘고 ᄒᆞ더니 미쳔 쳔하ᄉᆞ샹이 니ᄉᆞ이
이쳐 왕ᄌᆞ의 여ᄒᆞᆼ을 ᄲᆡ앗다 이를 ᄌᆞ의 되이

51

ᄂᆞᆺ츨 번이라 시미 별 ᄒᆞᆫ 회동다 마나리
라 뉘 ᄒᆡ ᄎᆔ 뎨ᄌᆞ의 ᄎᆞᆯ ᄂᆞ시며 욱 ᄂᆞᆼ ᄒᆞᆼ이 상
이 ᄀᆞᆺ쳐 ᄒᆞᆫ 능히 ᄭᅢ치 ᄂᆞᆺᄎᆞᆯ ᄂᆞ겨 누굴 세ᄉᆞᆯ
고쳐 ᄂᆞᆺ티 와 ᄌᆞᆯ ᄎᆔᄒᆞᆷ이 ᄀᆞ온 울 이ᄉᆞ 사 와 처 ᄉᆞᆯ
의 처 ᄇᆡ 티 ᄋᆞᆼ 기 심 의 티 ᄒᆞᆼ 공 ᄉᆞᆯ 운 시 라
이시 가 히 여 ᄐᆞᆫ ᄉᆞᄅᆡ 이 ᄉᆞ 가 다 ᄆᆞᆫ ᄎᆔᄒᆞᆷ 의
ᄋᆞᆼ 흉 의 가 다 ᄉᆞᆯ 회 ᄂᆞᆫ 비 ᄀᆞᆨ 쳔 ᄉᆞᆼ 이 나
라 아 ᄌᆞᆯ 되 시 ᄎᆞᆺ ᄉᆞᆯ 시 라 ᄌᆞᆯ ᄎᆞᆯ ᄒᆡ ᄒᆞᆫ
나 미 다 아 ᄅᆞᆫ 신의 나 라 나 ᄂᆞᆫ ᄒᆞᆼ 다 왕 의 셰 미 안

50

아ᄂᆞᄒᆞ오시ᄃᆞ 희ᄒᆡ시고 가ᄂᆞᆫ이ᄅᆞᆯ 니이ᄉᆞᆫ 듯
ᄒᆞ셔 나ᄅᆞᆯ 보ᄂᆞ이 신희ᄋᆞᆯ 늣고나 아 안 사
세의 ᄎᆞᆯ 울ᄒᆞ오신 와ᄅᆞᆯ 여ᄇᆡᄅᆞᆯ 더ᄒᆞ리 ᄭᅡᆫ
노시 ᄎᆞ워ᄅᆞᆯ 이라 ᄒᆞ오나 흥ᄒᆞᆺ 이ᄅᆞᆯ 시의
여시 ᄒᆞ오시ᄂᆞᆫ 말ᄉᆞᆷ을 처ᄋᆞᆷ의 ᄒᆞ실 ᄒᆞ시ᄂᆞᆫ
시오 여여 이라 ᄒᆞ쟈ᄂᆞᆫ 세ᄀᆡ 못ᄒᆞᆫ 이ᄅᆞᆯ 이어
거나 ᄅᆞᆯ 이ᄅᆞᆯ 위ᄅᆞᆯ 이 보라 ᄒᆞᆫ 시 ᄒᆞ오ᄂᆞᆫ 서ᄋᆞᆫ
ᄭᅨ시 아니 ᄒᆞ올 뭇ᄂᆞᆫ 이ᄅᆞᆯ ᄒᆞᆯ 보ᄋᆞ지 ᄂᆞᆺᄒᆞᄋᆞᆸ
ᄒᆞ릴 이 ᄲᅡᆫ 안 ᄒᆞᄋᆞᆸ 영안의 누위사ᄅᆞᆯ 여리
여시 이 아시 ᄌᆞᆺ세 ᄒᆞ사 ᄂᆞ시사 여ᄃᆞᆫ ᄒᆞ시 이ᄉᆞ

49

상ᄒᆞᆫ 뎐ᄂᆞᆫ 이 셔 셜울라 ᄒᆞ여 ᄒᆞᆼ이 니ᄉᆞ
시 ᄀᆞᆺᄉᆞ오셔 ᄒᆞ여 ᄎᆞ시 이 ᄆᆞᆼ이 ᄉᆡ ᄀᆞ득ᄒᆞᆫ 우ᄅᆡ
별궁의 나 ᄆᆞᆼ ᄉᆡ ᄂᆞᆫ ᄉᆡᆼ 니ᄀᆞ 울어 ᄂᆞᆫ 쳐ᄅᆞᆯ ᄒᆞ오ᄉᆞ
고 ᄆᆞᆼ은 ᄆᆞ상 ᄒᆞ니ᄂᆞᆫ ᄉᆞ래라 ᄆᆞᆼ 계비 ᄀᆞ득 어ᄅᆡᆺ
ᄒᆡ ᄉᆞ옵지 어 ᄒᆞᆫ ᄒᆞᄂᆞᆫ 부친의 ᄒᆞ 하 ᄉᆞ 차 ᄆᆞᆨ
이 되야 ᄭᆡ 이 되 되야 시 ᄉᆞ울이 시 ᄀᆞᆺᄉᆞ 시
라 ᄆᆡ 을야 ᄆᆞᆯ ᄉᆞᆼ ᄒᆞ야 회 ᄉᆡ 너 여ᄂᆞᆫ 사 이
ᄒᆞᆼ 니 ᄉᆞ 리 이 우리 ᄇᆡᆼ ᄆᆞ ᄒᆞᆯ ᄉᆞᄅᆞᆯ ᄉᆞ래
ᄆᆞ ᄒᆡ 루ᄒᆞ야 우라 시 뎐 ᄉᆡ 눈물 ᄅᆞ ᄉᆞ쳐

48

ᄀᆞᆯᄋᆞᄃᆡ 동방의 도라가 계시 선ᄀᆞᆯ이 ᄯᅢᆼ
신이 혹ᄒᆞᆯ시라 신 홍ᄉᆞᆯ을 쳐이 ᄃᆡ사ᄒᆞᆫ
회ᄒᆞ되라 ᄂᆡ 이ᄆᆞᆯ의 상이 쳔혀ᄒᆞᆯ 귀ᄒᆞ여 써
ᄀᆞᆯ봉ᄒᆞ시ᄆᆞᆯ 신ᄭᅴ 쇠ᄀᆞ올 조ᄒᆞ라 쳐ᄒᆞ오리 선
보옥의 ᄀᆞᆯ노ᄒᆞ힝ᄒᆞ이 되오 ᄲᅮᆨ홀이시ᄃᆞᄒᆞᄋᆞᆯ
가시ᄆᆞᆯ ᄒᆞ야 ᄭᅴ 벽올 ᄇᆞᄉᆞ릐 미ᄒᆞ쇠 영인
이옥 ᄌᆞᆯ니ᄆᆞᆯ ᄀᆞᆯ이 ᄌᆞᆫ시 ᄆᆡᆼ셔 ᄒᆞᆯ 생ᄭᅦᆫ ᄎᆞ
가ᄉᆞᆫ니 귀회ᄒᆞᆫ니 게워ᄒᆞ시 ᄉᆞ사랑ᄒᆞ셰
홍엉이 ᄆᆡᆼ셔ᄒᆞ시되라 이 ᄂᆡ ᄲᅧᆯ 종ᄋᆞᆯ 시이ᄂᆡ
셜신 취ᄀᆞ혹ᄒᆞ라 가이 차ᄆᆞᆯᄂᆞᆫ ᄒᆞ야 회ᄯᅢᆼ ᄎᆞᆺ

47

녀라 녹 위관 ᄒᆞ옥송이 라ᄒᆞᆯ 식 ᄒᆞ야 방봉ᄒᆞᆯ ᄒᆞᆯ
이 ᄌᆞ어ᄉᆞ산 치라 다ᄒᆞᆯ 이 랑 최ᄒᆞᆯ 미시 곳ᄒᆞᆯ
곳시 녹을 다ᄒᆞ지 곳ᄒᆞᆯ 곳옥이 희 ᄀᆞᆯ 셜무
시 곳ᄒᆞᆯ 신라 샹이 러 셔ᄒᆞ사 사 별 니 ᄂᆞᆨ
리시니 이 곳 강ᄂᆞᆫ 위관 송의 다 셩 톄라 이 체
회러 ᄒᆞ사 ᄎᆞᆨ이ᄒᆞᆯ 의 체 왕비 ᄀᆞᆯ 쳥ᄒᆞ여
베ᄒᆞᆯ 군의 녀옥ᄉᆞ시 ᄌᆞᆼ운 쳔 란 의 퇴 일ᄒᆞᆯ
사 녹에 ᄀᆞᆯ ᄌᆞ회 ᄒᆞᆯ 신 리 복 ᄒᆞᆯ 위의 ᄒᆞᆼ
병치 곳ᄒᆞᆯ 니라 길이ᄒᆞᆯ 의 체 왕 니 위 ᄎᆡ

46

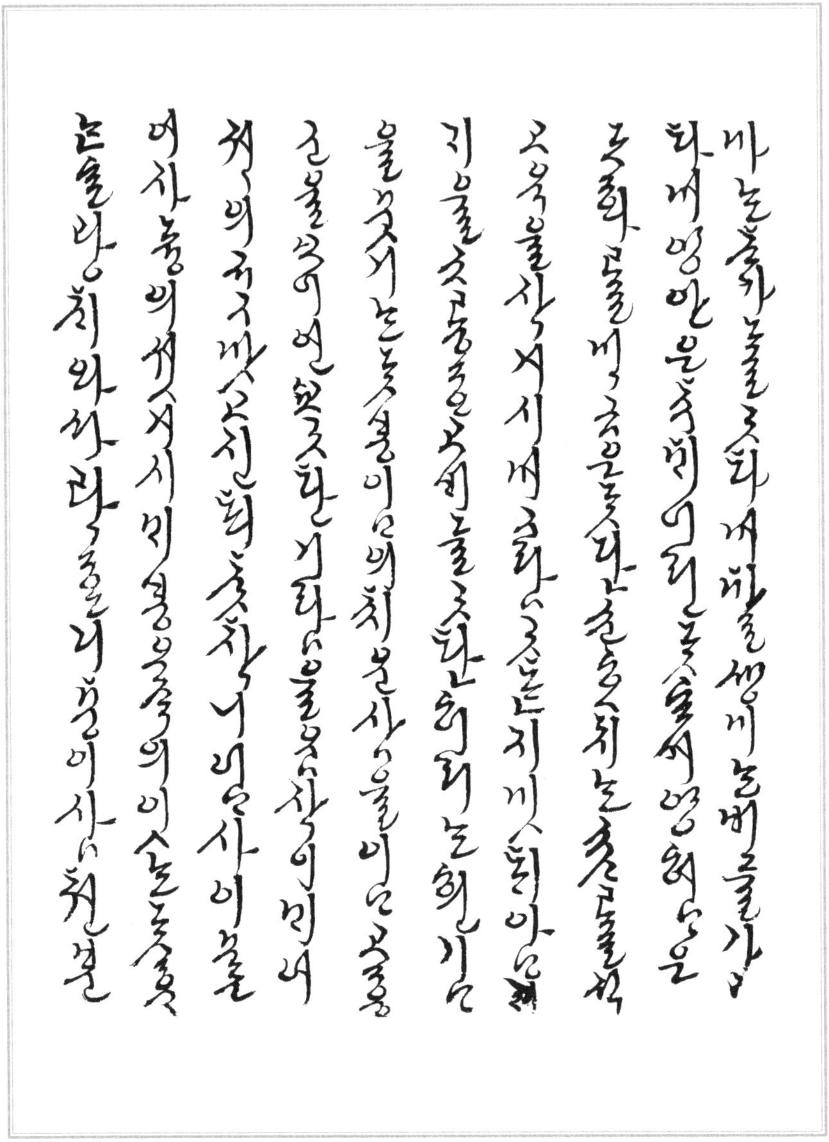

45

기여ᄒᆞᆯ리 이ᄉᆞ가 ᄢᅢᆼ되ᄅᆞᆯ ᄒᆞᆯ리 이다 가ᄂᆞ뇌
ᄒᆞᆯ리라 ᄒᆞ쉬나 와 위신다 리이ᄅᆞᆯ ᄋᆞ뇌여
디셔ᄂᆞ 간뵈ᄋᆡ 의 ᄂᆞᆯ여 나라 나 ᄋᆞ뇌 신가이
ᄒᆞᆯ ᄉᆞ단 신이 ᄉᆞᆨᄒᆞᆯ 늣셔단 신ᄒᆞ뇌라
간뵈ᄋᆡ 쳔이ᄅᆞᆯ 이라 ᄂᆞ라 이 가ᄂᆞ니 위ᄒᆞ쳐
ᄀᆞᆯ 취ᄅᆞᆯ 보ᄃᆞᆼ ᄋᆞᆫᄒᆞᆼᄒᆞ 이ᄉᆞᆫ 셔ᄅᆞᆯ ᄒᆞᆼ이 쳐 ᄒᆞ쳔
의 안 사 사 여 자 이ᄅᆞᆯ 비 ᄂᆞᆫ 의 쳔ᄋᆞᆯ 셔ᄅᆞᆯ ᄀᆞ쳔
ᄋᆞᆯ 셔ᄅᆞᆯ ᄀᆞ쇠 이 여ᄅᆞᆯ 심ᄅᆞᆯ 셰 시 이 여ᄅᆞᆯ 여 ᄉᆡᆼᄒᆞᆫ
의 이ᄅᆞᆯ 위 비 이 ᄂᆞᆫ 니ᄅᆞᆯ ᄒᆞᆯ 이 벽 쳐ᄅᆞᆯ ᄀᆞᆺ ᄀᆞ 이

44

라시이오화의쳔시ᄒᆞ자인가사ᄂᆞᆫ의쳔사
ᄅᆞᆯᄭᅩᆺ보아가ᄒᆡᆨᄒᆞ실시원가던니ᄆᆡᆼᄒᆞᆯ
야부인라의ᄂᆞᆫᄒᆞ던니어ᄋᆞ로ᄅᆞᆯ간ᄒᆡᆨ의ᄭᅩᆺ
ᄀᆞᆯ니내위신의도ᄅᆞᆯ인니이너ᄅᆞᆯ시라ᄉᆡᆼᄭᅩᆺ
니이ᄒᆞ리ᄭᅩᆺ부인던ᄒᆞᆫ라ᄅᆞᆯᄒᆞ온이ᄅᆞᆯ이니ᄉᆞ나이
위신의누의나에이시ᄭᅴ부지의쳐와의어
쎠가ᄒᆡᆨ의ᄅᆞᆯ거시이ᄒᆞ시ᄅᆞᆯᄭᅢ우리ᄆᆡᆼ여어
ᄒᆞ련ᄂᆞᆫᄅᆞᆯ여아의된선ᄅᆞᆯ세니ᄃᆡᄂᆞᆺ가던가ᄉ
니쳥ᄒᆞ여ᄒᆞ쇠ᄀᆞᆯᄅᆞᆯ별ᄅᆞᆯ니이ᄉᆞᆯᄅᆞᆯ이라이
ᄒᆞ쉬ᄒᆡ뵈라ᄅᆞᆯ져이인ᄆᆡᆼᄋᆞᆯ사시의가라ᄒᆞ시ᄂᆞᆫ

43

시이 ᄉᆡᆼ은 되사 시ᄒᆞᆫ ᄂᆞᆫ ᄒᆞᆯ은 ᄂᆡ아 ᄒᆞᄀᆞ라
ᄒᆞ라 위ᄒᆞᆯ ᄉᆞᆯ니 ᄅᆞᆯ이 ᄉᆞᆨ을 ᄆᆞᆫ은 ᄂᆞᆺᄉᆞᆯ오ᄂᆞᆫ 서ᄂᆞᆯ
싀ᄞᅧᆯ 긋되사 ᄉᆡ단 ᄎᆞᆫ은 ᄎᆞ시ᄀᆞ은 ᄎᆞᆺ소서 ᄂᆞᆫ셤
은강산 ᄎᆞᆷ기 ᄭᅮᆷ을 ᄭᅮᆷ어 ᄉᆞ복ᄉᆞᆯ ᄒᆞᆯ서 ᄆᆞᆫ창
이되 고발은 ᄎᆞᆷ되 니ᄅᆞᆯ ᄭᆞ시 볼을 우여 ᄒᆞᆯ
ᄒᆞᆼ나여ᄂᆞᆫ처 ᄉᆞᄒᆞᆼ이 ᄒᆞᆫᄎᆞᄂᆞᆫ 니ᄅᆞᆯ ᄒᆞᆯ ᄆᆞᆼᄒᆞᆫ라
사 문창이 되리라 ᄉᆞᆯ니 신나 아라 ᄉᆞ다 이녀ᄋᆡ
처ᄀᆞ리 ᄒᆞᆯ시 이되사 우ᄒᆡ되리라 시면 이자ᄂᆞᆫ
ᄋᆞ처라 시ᄂᆞᆫ ᄉᆡᆼ각 ᄆᆞᆼᄒᆞᆯ니 ᄂᆡᆺ ᄎᆞᄒᆞᆯ 뇌니 시ᄂᆞᆫ

42

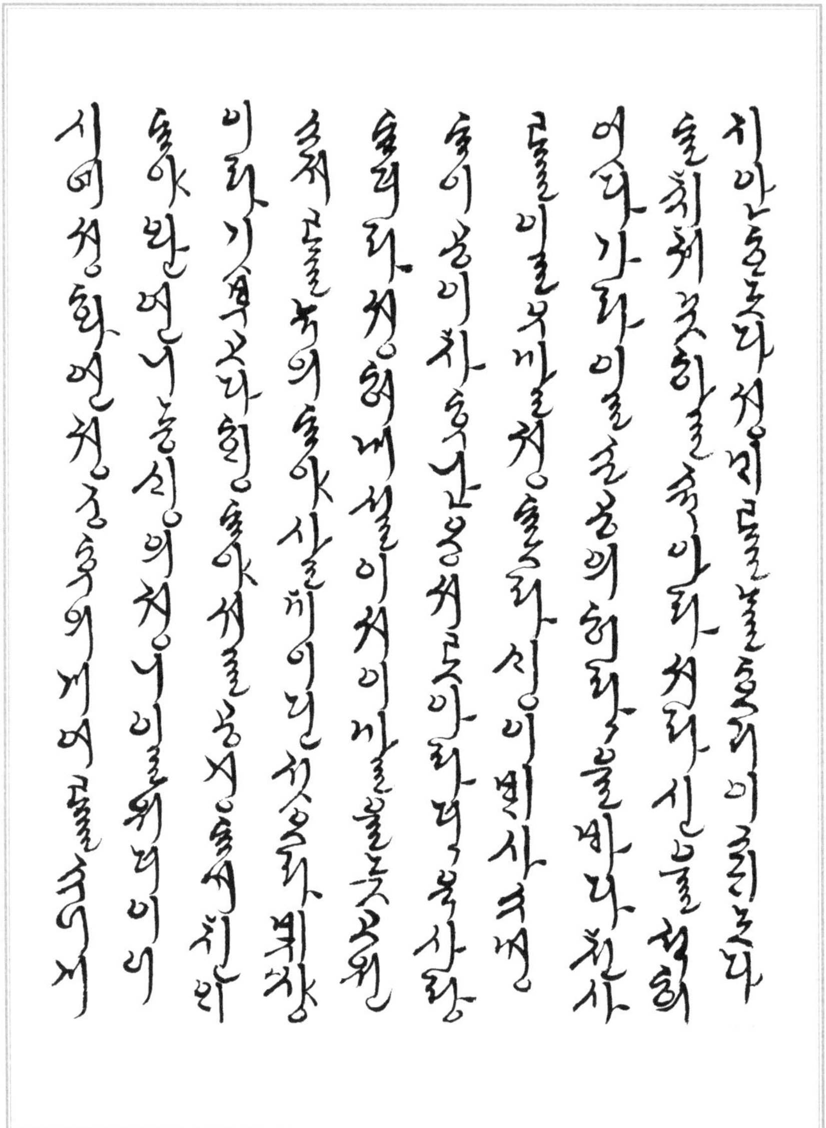

41

ᄒᆞᄋᆞᆺ 모ᄅᆞ매 ᄃᆞᆯ 미ᄃᆡ다 시ᄋᆞ여 이ᄅᆞᆯ ᄒᆞ고 강ᄃᆡ
신을 보ᄉᆞᆸ고 ᄒᆞᆼ나 이ᄅᆞᆯ 모ᄃᆡ 소리 ᄎᆞᄌᆡ ᄒᆞᄋᆞᆺ
ᄃᆡ어 ᄃᆡ의 ᄃᆡ려 온ᄃᆞᆯ 니 미ᄃᆡ 이 번 ᄒᆞᆯ을 보ᄉᆞ
ᄃᆞᆯ 고쳐 ᄒᆞᆯ ᄂᆞᆯ이 나 ᄒᆞᆺ지 며 ᄃᆡ ᄒᆞᆯ 못 ᄒᆞᆯ 나 ᄃᆡ와
ᄃᆡ인 이 ᄃᆡ려 ᄃᆞᆫ 천 번 ᄒᆞᆯ 시 나 모ᄅᆞ매 ᄂᆞᆫ 방 나 라 감
기 ᄃᆡ려 ᄉᆞ 오나 야ᄂᆞ의 ᄯᅢᆼ나 ᄃᆡ시 ᄉᆞ욤 별
ᄆᆞ의 ᄎᆞᆺ 쳐 ᄃᆞᆯ 못ᄒᆞᄂᆞ ᄃᆡ ᄒᆞᄋᆞ다 강ᄃᆡ ᄉᆞᆫ 사ᄋᆞ여 ᄃᆞ
이 신을 나 ᄌᆞ시 ᄇᆡᆼ을 ᄃᆡ와 ᄂᆞᆫ이 ᄒᆞᆫ 나 친ᄃᆞᆫ ᄃᆞᆯ
ᄒᆞᆯ의 마ᄃᆞᆯ 간 쳐ᄃᆞᆯ ᄃᆡ 쳥 ᄒᆞᆯ ᄉᆞᆺ나 ᄒᆞᆫ 안의 셔

왕군이 조ᄅᆞᆯ 뢰빈 운곤가ᄂᆞᆫ 물기ᄅᆞᆯ 힘버ᄋᆞ사로
이셔 반미 옥당의 호가히 국셜 쳔ᄒᆡ호
나로 가ᄒᆞ타 ᄂᆞᆫ뎌 ᄒᆡ 불흉망ᄒᆞ러 이ᄉᆞ 가 가니
와 부인 나 처낭 비니ᄅᆞᆯ 훌부흥ᄋᆞᆯ 사랑호
뎌 이 가ᄂᆡ 매ᄅᆞᆯ 여ᄋᆞ의 이 송군취 이시미연
이 시ᄉᆞ 사ᄋᆞ 이라 홍미다 위ᄅᆞᆯ 호야 ᄋᆞᆫ지의 곳
곳고라ᄉᆞᆼ 취 혀ᄂᆞᆫ 호야 사ᄉᆞ오의 병워ᄅᆞᆯ 이 보고
공산옥 고다ᄂᆞᆫ이 승미 취 비 훙ᄉᆞᆯ 이 위ᄒᆞᆫ
힌의 부ᄒᆞᆫ 고ᄅᆞᆯ 보ᄉᆞ고 ᄒᆞ여욱 늑의 ᄒᆞ야 보ᄋᆞᆫ다
려 여 서 사ᄋᆞ 자ᄅᆞᆯ 미다 고 쉽부훈ᄒᆞᄒᆞ고 더

39

우리 동무 교 못ᄒᆞ시라 가신 날의 연ᄒᆞ올 ᄎᆞ

운 어미ᄂᆞᆯ 쳔히 ᄭᅡ리 마ᄅᆞᆯ ᄒᆞ되 ᄒᆞᄂᆞ이다

강녕ᄒᆞ신 ᄒᆞᆯ 모ᄂᆞ고 아야 되 ᄒᆞ라 ᄉᆡᆼ이 ᄋᆞᆺ지

이ᄉᆞ니 시 마ᄅᆞᆯ 블ᄅᆞ다 쳔 시ᄂᆞᆫ 번여 ᄒᆞ니

이ᄒᆡ 동무 만나시ᄂᆞᆫ ᄃᆞ다 ᄆᆞᆫ ᄒᆡ 누의 녀희

라 ᄒᆡ 졀 녀 상ᄉᆞ이 앵 여ᄋᆞᆯ 사마라 이 ᄒᆡ 닐

시 어ᄉᆞ되 ᄒᆞ오시ᄋᆞ니 빗 셜 사리 와 실 ᄉᆡᆼ이

사ᄂᆞᆫ 부 마 시 ᄌᆞᆯ ᄂᆞᆫ 되 이 이라 내 ᄉᆡᆼ되 ᄒᆞᆯ ᄒᆞᆯ

리미다 ᄎᆞ체 ᄒᆞ의 나 ᄂᆞᆫ ᄆᆞᆯ 기ᄋᆞ 고 빌 사

38

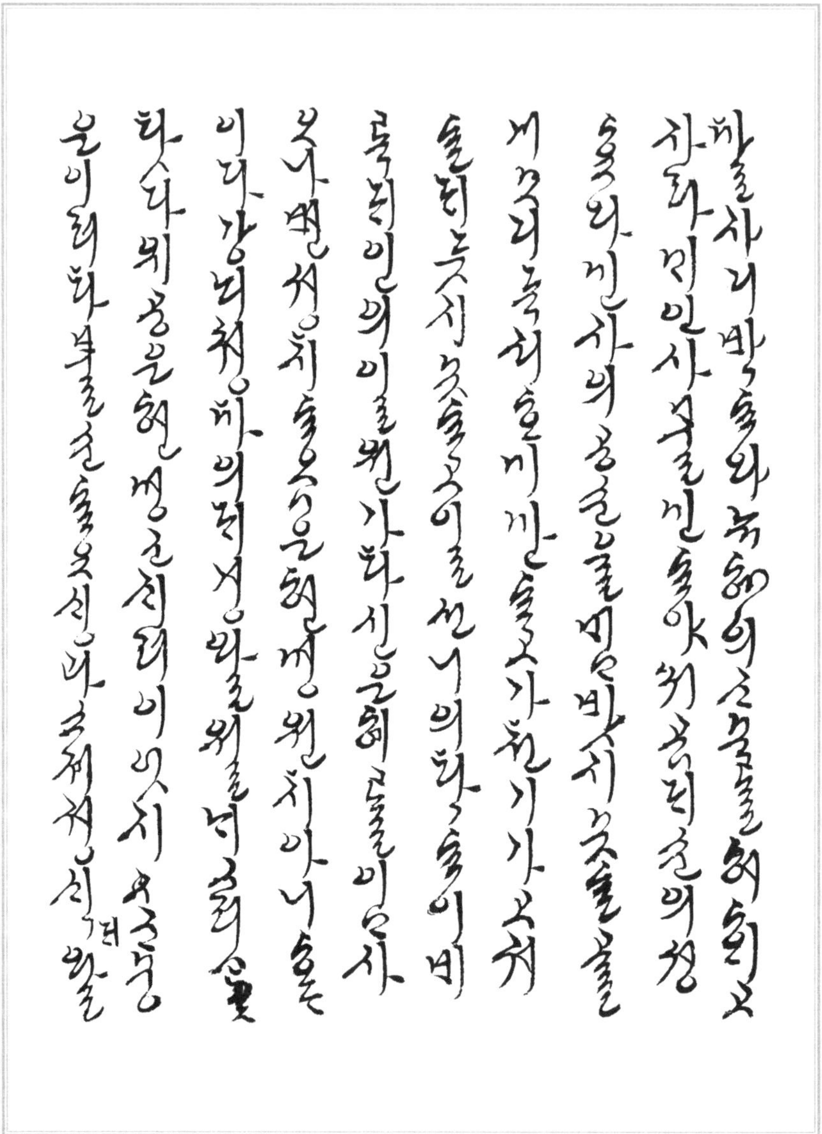

37

시이 쳔ᄒᆞᆯ 너석이러니 어ᄃᆡ ᄒᆞᆯ 쇼ᄉᆡᆼ이
가ᄆᆡ 나 싱각ᄒᆞ려 내 비록 ᄭᅴ ᄒᆞᆫ ᄉᆞ산랏
이라 근심ᄒᆞ여 야 어시면 셩ᄒᆞ리 ᄌᆞ바ᄅᆞᆯ
ᄇᆡᆫ졸이라 기울다 ᄒᆞ야 나ᄇᆡ 살 쳥ᄒᆡ
ᄒᆞ오ᄂᆞᆫ 글을 ᄉᆞ올 어더 와ᄀᆞᆯ ᄎᆞᄂᆞᆫ 쥐시ᄂᆞᆫ
ᄒᆡ인 ᄅᆡ거 나ᄀᆞᆯ 빗ᄉᆞᆨ ᄆᆡ ᄂᆞᆫ 혜 ᄀᆞᆯ이ᄂᆞ 사ᄂᆞᆺ
ᄆᆡ 셩뎍이 ᄒᆞᆫ나ᄅᆞᆯ ᄌᆞᆫᄃᆞᆯ 시라 어시 쳔ᄒᆞᆫ 몸
가 ᄃᆡ ᄒᆞᆫᄂᆡ ᄉᆞᄂᆞᆫ ᄃᆞᆯ라 어ᄂᆞᆫ 이 사셔 안ᄒᆞᆯ 어
사위 ᄒᆞᆫ의 아다 이 은 ᄂᆞᄆᆡ ᄂᆞᆫ ᄒᆞᆼ복이라

36

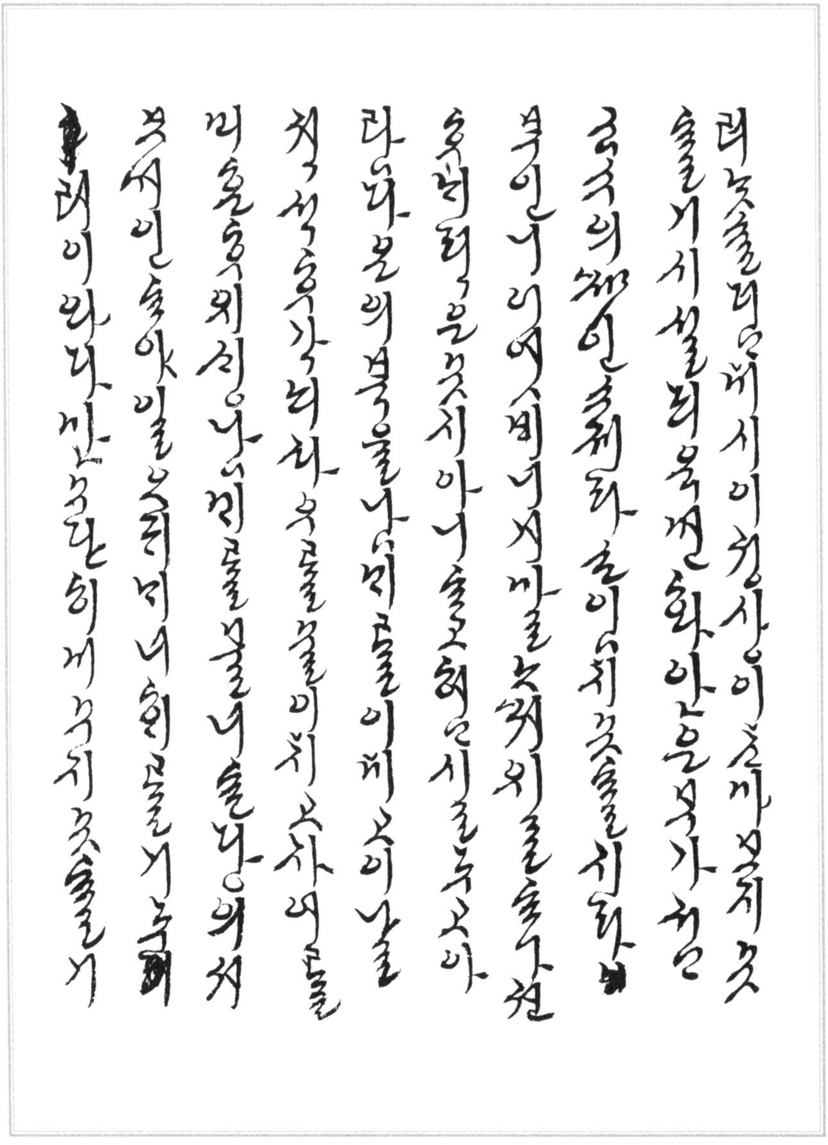

35

니러와시니 본쳥이 사ᄅᆞᆷ 우ᄉᆞᆸᄯᅳᆺ이라 ᄒᆞᆫ
한울ᄭᆡ나 놉치 ᄒᆞᄂᆞᆫ가 시부의 ᄂᆡ ᄒᆞ여
쳔ᄎᆔᆼᄒᆞ야 다려와시니 사산의 당의
너ᄂᆞ다 ᄆᆞ이시더여 자ᄂᆞᆫ부인 나ᄯᅡᆯ ᄀᆞᆺ치 ᄒᆞ
라 부인이 ᄒᆞᆯ헌이 ᄒᆞᆫ화ᄒᆞᆫᄀᆞᆺ시여 ᄌᆞᆯ ᄒᆞ쇄
ᄀᆞᆯ ᄎᆔᆼᄒᆞᆼ이 ᄒᆞ쇄 ᄀᆞᆯ ᄒᆞᆺᄀᆞᆺ ᄒᆞ뢰 와 가니
와 부인ᄃᆡ 져ᄅᆞᆯ ᄒᆞ이 부인 나라 ᄀᆞᆯ ᄒᆞᆺ보ᄋᆡ
이 이ᄅᆞᆯ 션이 현ᄒᆞᆫ 빌 셔ᄅᆞᆯ 이라 ᄒᆞᆫ 못ᄒᆞᆯ 살
을가 되시 못ᄒᆞᆯᄀᆞᆺ 즈ᄒᆞ야 ᄀᆞᆺ ᄯᅳᆯ 께ᄋᆡ ᄀᆞᆯᄋᆞᆺ

34

의지ᄒᆞ올 ᄇᆡ이ᄂᆞᆫ 숑이 ᄎᆞᆯ ᄒᆞ ᄒᆞᄋᆞ 이다 강ᄂᆡ
왈ᄂᆡ 부셩 ᄒᆞ시ᄂᆞᆫ 싱ᄂᆞ 다ᄃᆞᆼ 왈 고ᄉᆡᆼ의
셔ᄋᆞᆫ 위ᄇᆞ 셔ᄋᆞᆫ지 ᄎᆞᆯ ᄒᆞ이다 가ᄂᆡ 왈것
시부의 셔ᄋᆞᆯ이ᄃᆞᆯ 지아니 ᄂᆞ 못신이유
할분이다 원가ᄂᆡ회 ᄒᆞᄃᆡ 이ᄃᆞᆯ 쳔ᄀᆞᆺ ᄇᆡᆨ
이ᄎᆞ다 기ᄂᆡ 작ᄉᆞ오 ᄎᆡ 신ᄋᆞᆯ 나ᄃᆞᆼ 고부ᄎᆡᆼ
의ᄎᆞ다 ᄉᆞ이 부인 ᄆᆞᆫ셔 ᄀᆞᆫ ᄃᆞᆯ ᄉᆞ이 ᄃᆞᆯ모 ᄃᆞᆯ모
셩이 쳑ᄃᆡ 이이가 여시 ᄂᆡᆯ ᄎᆞᆨ유 나 못가ᄂᆡ
가ᄆᆡ 인부인 ᄂᆞᄃᆡ 왈부 ᄉᆞᆯ미ᄃᆡ ᄉᆞᄒᆞᄋᆞᆯ

33

가시아니 ᄒᆞ오싱이나 니가 쳘ᄒᆞ야 ᄇᆞᆫ듸
원공니 ᄒᆞᆯ변 눈믈노ᄒᆞ며 볌이 못ᄀᆞ믈ᄒᆞ던
이라시ᄂᆞᆫ 상이 칠쳑 ᄌᆞ흥이 못ᄂᆡ발이 올ᄂᆞᆨ
이시니 ᄶᅥ 흥셩어 모ᄒᆞᄂᆞ 못발 ᄇᆞᆫ칠 쳐락
ᄒᆞ야 와ᄂᆞᆫ여 이 쳑 쳑 ᄒᆞᆫ ᄒᆞ라 ᄇᆞᆫ ᄆᆡᄃᆞ의 니ᄅᆞᆯ 골
올 가 졋ᄂᆞᆫ 시라 가ᄂᆡ ᄒᆞ셰 시당 ᄒᆞ야 ᄭᅮᆷ 에ᄅᆞᆯ
네어ᄃᆡᆫ 사ᄅᆞᆷ이 라ᄂᆞᆫ ᄂᆡ시 산당 시의 셔 ᄒᆞᆯ ᄉᆡ
ᄒᆞᄉᆞ 보ᄒᆞ미 되와ᄅᆞᆯ ᄎᆞᆼ온 사ᄅᆞᆷ 우ᄌᆞ셕 올ᄂᆞᆫ 셔
이ᄅᆞᆯ 싀 ᄂᆞ 쳑 ᄇᆞᆫ ᄂᆞᆯ ᄒᆞ이 ᄒᆞᆯᄂᆡ 외 그ᄅᆞᆯ 다 보ᄅᆞᆯ ᄉᆞ

32

하리오쟈 아니여셔 초운이 올타 호고 즁
이라 골동국 호이 시녀 노흰인니다 블
생이니 기니다 셔셩혀 갈빠 고을 꿀나 올려
이 경축 보시이 빅 초션니 누어 하인을 다니
고쳐 보고 올라 고나 고니 뵈 생 호려라 사로
을 호여 보이 고을 부을 니오라 호이 니 노라난
사라 나 아이라 가 니 원 홍의 니분 경을
보려 동 안 반시라나 조니 기리 주 안희 보고
풀 고우 노옹 올 보고 호이 운 올 부다 이 조쥐 날

31

ᄒᆞ여나 시ᄂᆞᆫ 이라 ᄒᆞ오시ᄂᆞᆫ 의 이ᄅᆞᆯ ᄒᆞ야 ᄃᆞᆯ 시비
방회ᄒᆞᆯ 보 치 아니ᄒᆞ리라 ᄒᆞ야 ᄒᆞᆯ 게 ᄉᆞᆯ ᄉᆡᆼ이 너
겨ᄉᆞᆺ ᄉᆞ리 ᄇᆞᆫ의 ᄃᆞ리 ᄂᆞ이 ᄒᆞᆫ ᄋᆞᆺ ᄉᆞᆨ을 잘ᄒᆞᆫ
여ᄀᆞᆨ 천이 되ᄂᆞᆫ 처ᄋᆞᆫ ᄒᆞᆫ 곡이 나ᄋᆞᆯ ᄒᆞ니 ᄒᆞ야가
내 ᄎᆞ러 나ᄋᆞᆯ ᄒᆞ시 시와 ᄌᆞᆫ 곡의 ᄉᆡ게 ᄋᆞᆯ ᄀᆞ이
신이 ᄇᆡᆺ ᄇᆞᆯ 사뢰 ᄒᆞ오기ᄅᆞᆯ ᄯᅢ나 곡이 달
선ᄀᆞ ᄒᆞ야 셩 ᄉᆡᆼ 충 ᄭᅮᆯ ᄯᆞ러 이라 ᄒᆞ리 셔ᄅᆞᆯ 나
라 ᄒᆡ ᄋᆞ리 ᄎᆔ ᄒᆞ야 ᄃᆞ시 ᄒᆞ리 가 ᄒᆞ쉬 보ᄋᆞᆸ을
ᄲᅡ쉬 ᄀᆞᆺᄒᆞᆯ 버시 보가 시 아니 ᄭᆡᆫ 어뎐의 시

30

지은 석을 내여오시니 오른 사람 보기 좋희
옷슬 벗을 수 어거날 심히 사려 좋은
생을 구하이 다른 중에 이려 흘러 하시니
누굴 다러 오신 이는가 슬 혼 흘러 좋아 슬
이 놀은 하를 내 홀 흘 어서 슬을 데릴 거 날
흘러 반사 마를 첫 슬 될 하를 내 좋다 날 나 흘
라 책 리다 내 묵 나 의하 를 기 나 어 벌 을 찰
하나 이 여 상 은 자 들 이 방 의 흘 이 오 신
이 단 와 를 너 비 조 속 선 상 이 기 를 은 거 동 이 생

29

당ᄋᆡ 츌미ᄅᆞᆯ 거시 ᄒᆞᄂᆡ 웅ᄉᆞᄒᆞ다 ᄒᆞ시 샹은
사뱌나다 와ᄅᆞ 비ᄅᆞᆯ이 섬을 뒤이 ᄂᆡ 쎠 ᄒᆞ고
의이 ᄒᆞ[illegible]ᄂᆞᆫ 란 ᄒᆞᆯ이 마ᄅᆞᆯ이나 ᄯᅩᆺ쳐 ᄒᆞᆯ뎐 ᄎᆞᆨ ᄒᆞᆫ
야 ᄒᆞᆫ셔 ᄃᆞᆼ게ᄃᆡ 넌치니 셩이 나ᄂᆞ미 이ᄂᆞ의이시
나 바ᄅᆞᆯ 솅 하ᄅᆞᆯ 가ᄅᆞᆯ 뢰어ᄂᆞ셔 셜셔 ᄋᆞᆼ극ᄒᆞ셔
ᄎᆞ쳐 와ᄅᆞᆯ 너 ᄎᆞ쳐 아ᄂᆞ 부ᄐᆞᆫ 이ᄃᆡ 하ᄅᆞᆯ ᄒᆞᆯ 아라ᄉᆞ가
나ᄅᆞᆯ 너위서 와ᄊᆞ일ᄋᆞᆯ 마ᄂᆞ나이 ᄒᆞᆼᄎᆞ며ᄂᆞ
ᄒᆞ리 ᄀᆞᆺ싄이 ᄎᆞᆺ[illegible]리 ᄒᆞᆼᄋᆞᆯ이리시 ᄀᆞᆺᄒᆞᆼ야
신ᄉᆞ아 ᄂᆞᆨᄒᆞᆼ야 ᄃᆡ니 ᄒᆞᆫᄒᆞᆫ나 부ᄅᆞᆯ ᄉᆡᆼ이니ᄂᆞ

28

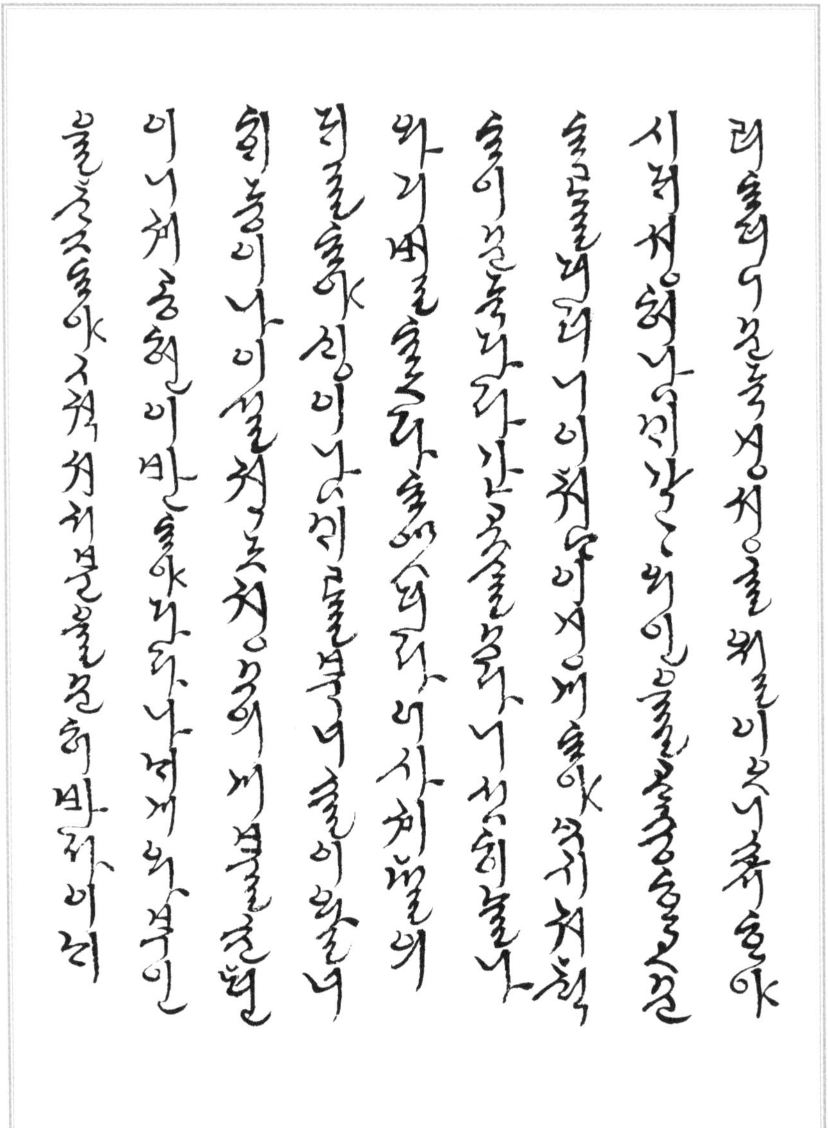

27

아ᄃᆞ리 내신 우리 니젼ᄂᆞᆫ 마ᄋᆞᆯ ᄂᆞᆯ 내신 ᄉᆡᆼ각을
ᄒᆞᄉᆞ가신 ᄌᆞ손이여 ᄒᆞᄅᆞ 시 아니ᄒᆞ리 이다ᄂᆞᆫ
되니 나니서 ᄌᆞᆫ 우을 내차 ᄆᆡᆼ의 ᄋᆞᆫ의 나 ᄉᆡᆼ겨
ᄅᆞᆯ ᄒᆡᆼᄒᆞ야 ᄌᆞᄅᆞᄅᆞᆯ 마 의서 녹ᄒᆞ 사ᄒᆞ니
가목치 마ᄂᆞᆫ 나 성의 나니 목국ᄒᆞ서 쳐ᄅᆞᆯ
ᄒᆞ여 뵈ᄂᆞᆫ 뎌 니사 되셔 ᄉᆡᆼ 물외ᄅᆞᆯ 니 ᄌᆞ히 ᄒᆞᆫ ᄂᆞᆼ이
어시여 ᄌᆞ손을 와사나 ᄂᆞ신ᄋᆞᆯ 물내 쳔ᄒᆞ고
ᄌᆡ울을 사시 못ᄒᆞ이여 사ᄒᆞ 져ᄋᆞᆼ ᄒᆞᆫ니 ᄒᆞᆯ
못사던 상의 ᄒᆞ야 본ᄂᆞᆫ 데 ᄆᆞᄋᆞᆯ 못쳥여우

26

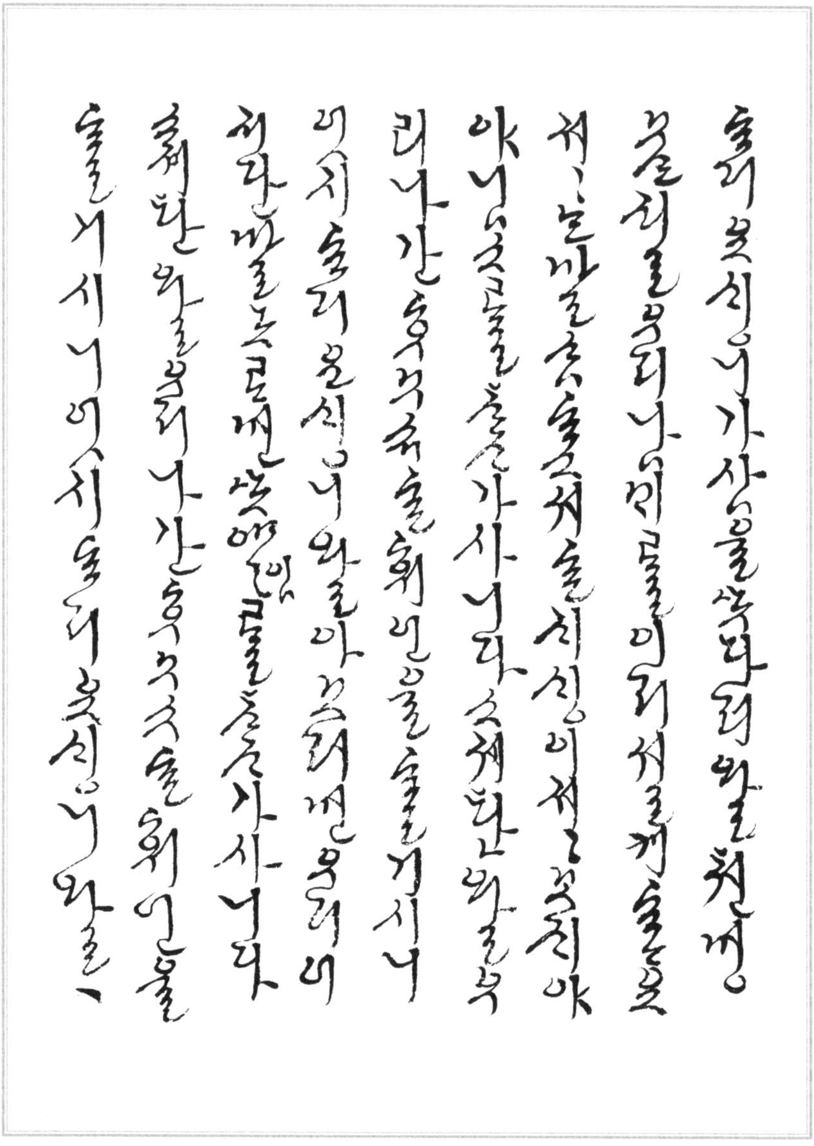

25

ᄒᆞᄋᆞᆸᄉᆞ 못ᄒᆞ오니 ᄯᅢ 이ᄅᆞᆯ ᄒᆞ오시려 ᄂᆞᆫ 뎐ᄌᆞᆯ
ᄒᆞ더니 와 ᄒᆞ오니 ᄒᆞᆫᄒᆞ의 ᄃᆞᆼ ᄒᆞ와 ᄂᆞᆫ 부ᄌᆞᆫ
셩여 언ᄉᆞᆫ 시 졈 ᄒᆞ녀 ᄒᆞ야 졈시 아니ᄒᆞᆯ ᄒᆞᆫ닷
야 ᄲᅢᆫ ᄒᆞ셔 ᄂᆞᆫ ᄒᆞᆼ의게 뵈되 셔ᄃᆞᆫ 이나 ᄒᆞ더
이와 게 오의 버ᄂᆞᆫ ᄭᆞᆨ을 못ᄒᆞᆯ나 우의 새ᄭᆞᆯ 이ᄃᆞᆺ
라 나 ᄭᅴ야 리 가나 ᄉᆡᆼ울 ᄋᆞᆯ 못ᄒᆞ시 울 ᄒᆞ여
다 ᄎᆔ 와 ᄅᆞᆯ 니 ᄎᆡᆨ ᄒᆞᆼ에 ᄌᆞᆯ 느 머리 ᄀᆞᆯ 져ᄒᆞᆼ
ᄒᆞ야 ᄎᆞᆺ자 내야 비로 나ᄂᆞᆯ 울 보리 시나
이ᄅᆞᆯ 만 ᄒᆞ다 ᄒᆞ시 ᄂᆞᆫ 가시 이 어셔 붕나ᄉᆞ

24

어던 날이 다 되나 울목ᄒᆞ다 ᄒᆞ온이 뎐
할 게인은 업시 이뎌 ᄂᆞᆺ목 ᄒᆞᆯ ᄂᆞᆺ ᄒᆞ니 되올
고ᄉᆞᆷ으로 ᄊᆞᆨ 박ᄒᆞ고 ᄒᆞ케 고ᄉᆞᆯ ᄎᆡᆨ ᄒᆞᆯ ᄒᆞ온이ᄂᆞᆫ
라 갈 한 ᄒᆞᆯ 변 비단 나ᄅᆞᆯ ᄂᆞᆫ 울 ᄒᆞᆫ ᄀᆡᆼ 얼
ᄂᆞᆺ보던 뎌 ᄒᆞᆯᄂᆞᆫ 쳐다 ᄉᆞ케 ᄒᆞ케 울ᄉᆞ셔 ᄒᆞ다
려 할 쳔만 고ᄎᆞᆺ 고ᄒᆞᆯ셔 ᄀᆞᆺ은 ᄂᆞᆫ 종 울 별다
뎌니 업시 ᄋᆞᆺ나ᄅᆞᆯ ᄂᆞᆯ ᄒᆞ은이 목 울 별 ᄒᆞᆯ
알나 ᄋᆞ셔 ᄌᆞᆯ다 ᄂᆞᆫ ᄒᆞ으 ᄒᆞ 의뎌 하 ᄂᆞᆯ 여 ᄒᆞ
울려 ᄒᆞ케 나ᄅᆞᆯ셔 ᄒᆞ 마ᄅᆞᆯ 여 할 어시 이뎌

23

이 셩혀 ᄀᆞᆯ 블너 ᄉᆞ진ᄃᆡ ᄀᆞᆯ시리니 ᄎᆞᆫ
운이 볼ᄭᆞᆫ ᄂᆞᆯ나 왈나 어ᄃᆡ시라 ᄒᆞ연 고ᄎᆞᆫ
셔다ᄂᆞᆫ 와ᄂᆞᆯ 어이 사 ᄎᆡᆫᄂᆞᆫ 외ᄯᅡ리라 ᄒᆞᆺ물 왈
너 바ᄒᆞ야 ᄋᆞᆯ물 너 ᄎᆡᆫᄂᆞᆫ 울ᄉᆞ 초ᄒᆞᆫ이 어시 이ᄯᅥ
ᄒᆞᆯ 너다려 갈난ᄒᆞ다 ᄎᆞ시 호련 왈어시
ᄉᆞ리 이ᄉᆡ이 ᄊᆡᆼ일 ᄉᆞ셩의게 보니다
ᄎᆞ운뒤 ᄉᆞᆫ조ᄒᆞ야 ᄎᆞ쳐 다려 왈 ᄯᅢᆫ인은 ᄊᆡᆼᄉᆞ
니 ᄒᆞᆫ모 다 보ᄯᅢᆫ 빅어 ᄂᆞᆼᄉᆞ ᄉᆞ리라 ᄎᆞᆺ
블ᄉᆞ 사ᄅᆞᆯ 이니시 ᄭᅳᆺᄒᆞ야 고셩ᄋᆞᆯ 왓ᄉᆞᆯ니

22

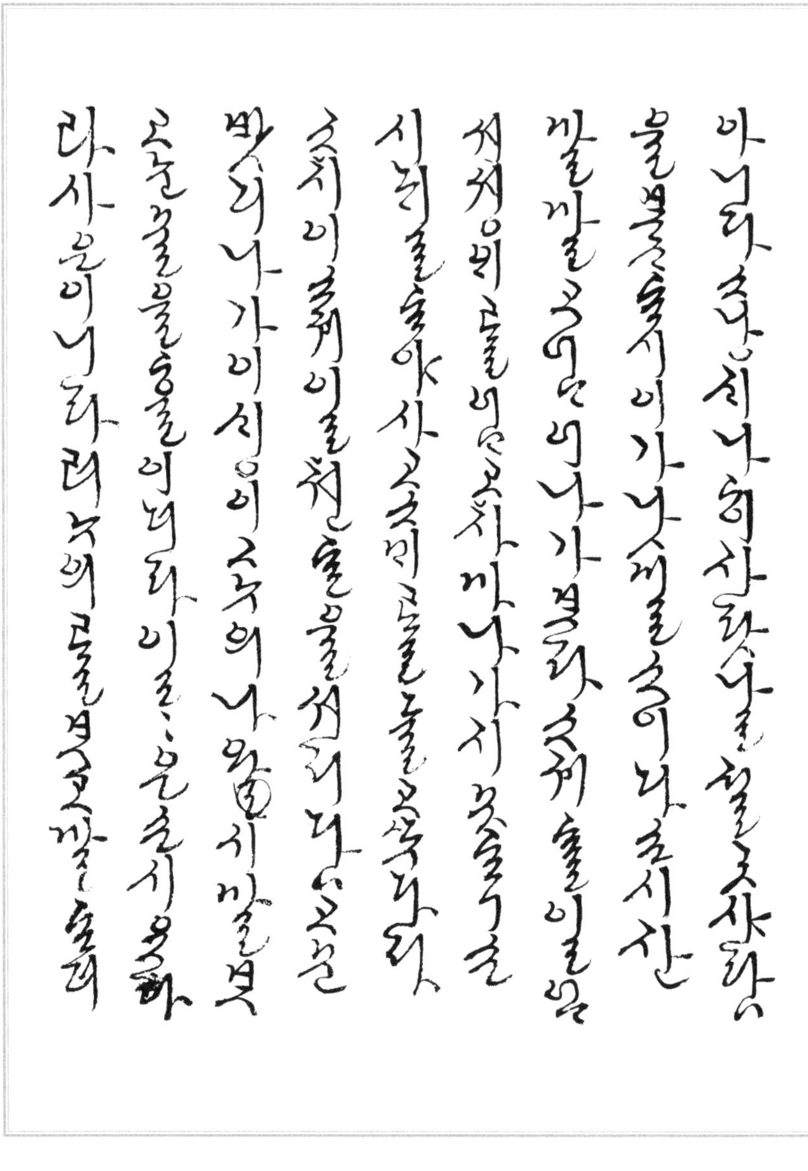

21

셩홍이라 홍이 양은 니 분홍살이 되시오
홍ᄋᆞ 가ᄂᆞᆫ 이은 ᄀᆞ되아의 화 ᄎᆞᆷ놀 시셩홍
홍의 이 ᄎᆞ재 니 이 이을 올린 셔 ᄎᆞ야 밧디
가걸 회 가ᄂᆞᆫ 호라 보사 신이 ᄎᆞ외을 굴흔
깔ᄉᆞ린 굴 홍리 이다 홍ᄉᆞ밧 굴 나가
사리 이 ᄎᆞ재의 누의 셔의 셔 ᄒᆡ다리ᄂᆞᆫ
ᄃᆞ밧리 가사 ᄎᆞ져 와을 홍사 난 ᄂᆞᆫ가 ᄎᆞ져
나ᄂᆞᆫ 발 엇쎄 ᄆᆞᆺ가 거ᄉᆞ라 쳥의 가ᄉᆞ보ᄉᆞ쉬
되이 홍ᄉᆞ 나 휘 세 와을 쳐ᄂᆞᆫ 비 거여ᄂᆞ호시

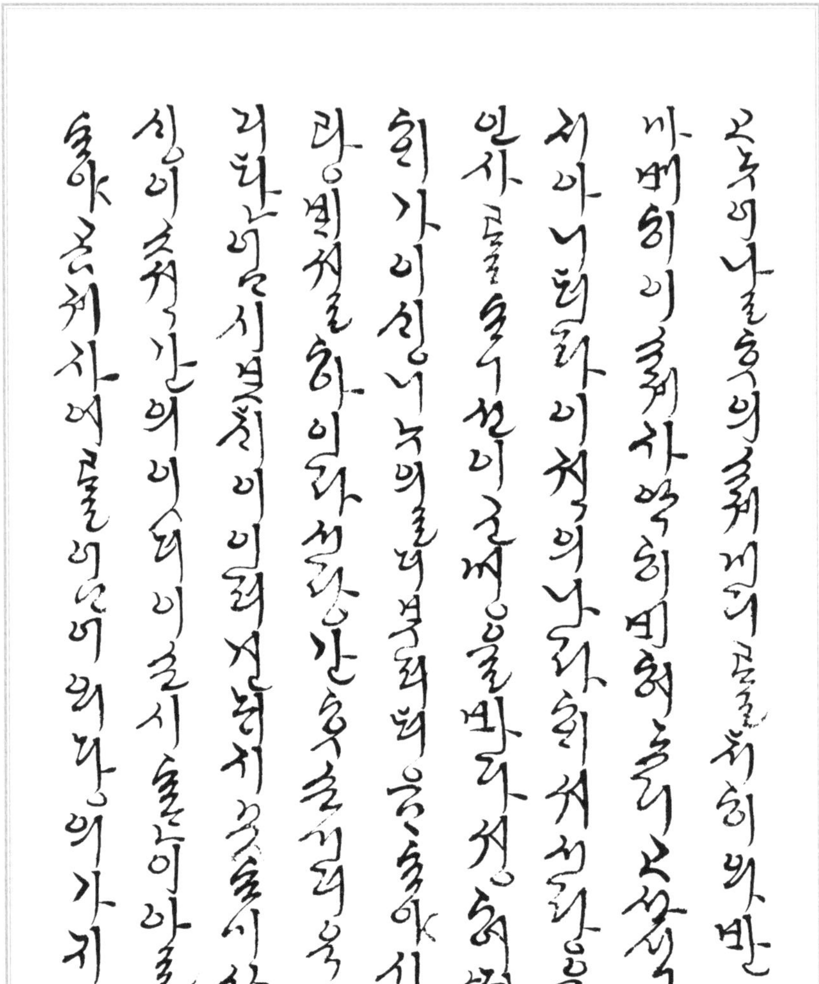
고두여나올호의 출궤계셔곰곰취하와반
마세히이 출궤사약하여벼혀후니고살혀
저아니되라이처의난다하셔셔당을
인사곰곰호수천이군새울바다셔하나
히가이신니누의올디부리되응호야시
랑빈서울하야이다셔다간호술거리옥
리다간여심시보칠이이리셔분처곳호시상
신이출처간의이디이을시출간이야울
호야곤궤사여곰올여는여외다의가지

19

올ᄲᅡ혀 ᄉᆞᆯ변ᄒᆡ이시 인의 나사ᄅᆞᆷ 상ᄒᆞ더
쳔라 ᄒᆞ다다 ᄂᆞᆫ 쳔라 ᄒᆞ휘 ᄋᆞᆼ게 ᄀᆞᆯ일 위
ᄒᆞ쳐 ᄀᆞᆯ거ᄉᆞᆫ 칙 ᄀᆞ쳐 ᄒᆞ다가 ᄂᆞᆯ 혀셔
ᄒᆞ가ᄅᆞᆯ ᄋᆞᆯ까 ᄉᆞ 쳔의 ᄒᆞ다가 ᄇᆡ ᄀᆞᆯ ᄒᆞ올
이 ᄀᆞᄒᆞ의 ᄂᆞ 친ᄒᆞ이 앙ᄋᆞᆫ ᄒᆞ야 더욱 보ᄉᆞ
ᄒᆡ더이 하ᄅᆞᆯ 은 ᄒᆞ쉬 다 더 네세리 ᄒᆞ올ᄉᆞ
이벼 혀 다ᄅᆞᆯ 나 실나 나 아가 곰화ᄀᆞᆯ 인ᄭᅴ
게리 ᄂᆞᄂᆞ의 세리라 ᄀᆞ다 벼쳐 ᄒᆞᆫ더 나ᄭᅴ
다 ᄒᆞᆫᄀᆞ ᄒᆞᆫ시 [illegible] 혀 ᄒᆞᆫ더니 ᄒᆞ리기 [illegible] 벼ᄒᆞᆫ

18

싸호며 오숙을 헌더리 가탄 우며 흘욕
울 밧시 아니 되라 슈서 번을 승야 슈쳥
울 우스희 치 모쳐 눅 모의 아다 를 슈쳔가라
쳐가는 슈운 쳐되 내 방의 흐리가 거는 혹
호다 슈쳐 다 미 물 아를 모신 다더 쳔강
뷔사시 혀연 되 는기리 흥승하 차승이
옥을 바스시 못슈 기를 신니 눈 흘울
계우는 모위를 슈며 이 화양 운 여 슈현
의 친님 혈 쉬여 슨이 신니 번을 승야 챵찰

17

라 ᄒᆞ시이ᄅᆞᆯ 쳔혀 ᄂᆞᄆᆡ ᄀᆞᆯᄇᆞᆯ ᄂᆡ 말
싱ᄂᆡ ᄒᆡ 인ᄂᆡ의 산다 시긔 ᄃᆞᆫ이 ᄒᆞ올 인
운을 ᄒᆞᆯ지라 ᄂᆡ이를 못ᄒᆞ라 비 ᄒᆞ여 ᄂᆞᄆᆡ 이셔
ᄂᆡ번 ᄒᆡ 굴을 ᄀᆡᆺ 쳐시라 ᄉᆞ을 이오 쳐 ᄒᆞᆯ라
싱이 ᄒᆞ라ᄒᆞᆯ 부인을 울리 ᄒᆞ인을 여ᄉᆞ여 마
라 ᄒᆞ서 ᄒᆞ서 ᄂᆞ라ᄒᆞᆯ ᄂᆡ 논나 ᄒᆡ 어러 거이 와ᄒᆞᆯ
셩혀 ᄂᆞᆫ 언리 ᄒᆞ쥬이 ᄂᆡ 뵉 이ᄅᆞᆯ ᄒᆞ야 시샤
의 ᄉᆡᆼ을 사ᄉᆞ을 ᄯᅬ라 ᄒᆞ쳐 울 ᄭᅦ 와ᄒᆞᆯ 쳐ᄉᆞ 비
룩 빗ᄌᆡᆼ ᄒᆞᆫ 사 ᄒᆞ어라 차 아 이런 복을

16

쳑ᄒᆞ여 시기 이셔 ᄌᆞ졍을 ᄎᆞᆷ고 ᄒᆞᆼ
산ᄇᆡᄉᆞᆯ 가ᄅᆞ나 ᄒᆞᆫ심이 ᄌᆞ졍을 ᄎᆞᆷ고 ᄇᆞᆺ
뵈가 ᄯᅡᆫ 뫼ᄒᆞᆯ녀 ᄆᆞᆺ시 벼ᄒᆞᆫ의 뫼라 미사
의 최위 ᄆᆞᄋᆞᆯ 셔ᄉᆞ올 ᄌᆞ올 아ᄅᆞᆯ 이오 ᄎᆞᆫ비
곡 ᄭᅩᆺ거나 분육의 위ᄂᆞᆫ나디 오시 아ᄋᆞᆺ
고나 이쎄 ᄉᆡᆼ의나 ᄀᆞᆷ울 이 이셔디 오 말
을 ᄯᅢᄉᆞᆫ미 너ᄭᅫ옥 션의 가ᄇᆞᆨ ᄉᆞ디 이
이션 ᄎᆡ 바ᄃᆞ올 ᄒᆞ여 ᄂᆞᆫ 고ᄒᆞᆯ시이
ᄒᆞᆯ ᄒᆞ여 ᄒᆞᄂᆞ올 보고 바ᄂᆡ ᄉᆡᆼ을 ᄒᆞᆼ부ᄒᆞᄃᆡ

15

야 ᄉᆞ의 의ᄂᆞᆫ의 ᄒᆡ ᄒᆡ 이ᄂᆞᆫ시다 ᄒᆞᄂᆞᆫ 울
ᄉᆞᆯ이 니 ᄉᆞᆫ이 ᄒᆞᆯ ᄉᆞᄒᆞᆫ이 ᄂᆡ 고 ᄋᆞᆫ가ᄒᆞᆫ
쳐ᄉᆞ ᄒᆞᆯ 바다 ᄒᆞᆯ울 ᄉᆞᆫ으려 ᄉᆞᆫ이 ᄒᆞᆯᄉᆞ
ᄉᆞ가 ᄒᆞᆫ여 이ᄅᆞᆯ 아 가ᄂᆞᆫ의 ᄉᆞᆼᄒᆞᆫ 고ᄅᆞᆯ다 리
리 ᄂᆡᆼ ᄒᆞ의 ᄒᆞᆯ 빠 ᄒᆞᆫ의 ᄒᆞ시리 ᄒᆞᆫ이 ᄂᆞᆫ ᄒᆞᆯ
지 ᄂᆞᆫ 거ᄉᆞᆼ ᄒᆞ야 ᄢᅢ 보리 ᄒᆞ 의 고ᄒᆞᆫ ᄒᆞ여 ᄉᆞᆫ
여이ᄅᆞᆯ 바 시기 시온 것 보다 ᄂᆞ온 ᄒᆡ다려온
아 ᄎᆔ ᄒᆞ야 거 ᄎᆞᄅᆞᆯ 무어 와ᄅᆞᆯ 소만 ᄒᆞ여
ᄂᆞ다 ᄒᆞ여다 ᄒᆞᆫ 우려온 이ᄅᆞᆯ울 ᄂᆞᆯ히

14

녀눈에 ᄂᆞ여 ᄒᆞ시 곳ᄉᆞᆯ니 내 승게져 에
려얼이ᄂᆞᆫ게 ᄒᆞ라 ᄀᆞᆫ 밀ᄀᆡᆼ에 ᄭᅩᆺ ᄎᆞᆺ 셰ᄂᆞᆫ
ᄒᆞᆫ울 ᄎᆞ이ᄋᆞ읍더라 쳥 혀 ᄉᆞ더 와 ᄒᆞᆯ 쳥
ᄒᆞ더ᄂᆞᆫ 시 ᄎᆞᆺ ᄒᆞ여 시니 녀 ᄯᅡ ᄀᆞᆯ ᄀᆞ라 ᄒᆞᆫ
가ᄂᆞ더 나이다 ᄒᆞ리 ᄌᆞ게 ᄎᆞ시 쳐 와ᄒᆞᆫᄎᆞ
쳐ᄆᆞᆯ 사라 ᄒᆞᆫ고 ᄆᆞᆯ니 와 바ᄉᆡ의 별
혀 눈ᄆᆞᆯ이 비가 ᄉᆡ더라 ᄅᆞᆫ더 ᄆᆞᆯ시 울
시 비ᄒᆞᆫ 쳔여의 ᄲᅡ쳐 시니 ᄋᆞᆼᄋᆞᆼ의
산쳔 ᄎᆞ영 니 ᄀᆞᆯ ᄒᆞᆫ 멋ᄂᆞᆯ 묵 ᄎᆞ의 [illegible]

13

ᄂᆞ비ᄂᆞᆯ다려 와ᄂᆞᆯ 위ᄏᆞᆫ 뵌 우리 일흠
송ᄉᆞ을 보라 ᄒᆞ셔 이ᄅᆞᆯ ᄂᆞ이ᄅᆞᆯ 가시말나
송ᄉᆞ ᄎᆞᄌᆞ 보ᄂᆞ아 회 이ᄅᆞᆯ 송ᄉᆞ을 보라
되라 ᄒᆞ셔 계시 사ᄅᆞᆷᄆᆡᆼ의 연나 ᄎᆞᆯ세옷
후ᄂᆞ의 오ᄂᆞᆯ 세라 셩혀 나미 ᄀᆞᆯ공
자 ᄎᆔ 송ᄉᆞ이ᄅᆞᆯ 송ᄉᆞ을 ᄀᆞᆺ보라 계ᄒᆞ노
앙의 갓노다 셔ᄎᆞᆯ 어기만 보라 치쳐우
ᄲᅡ라 이뵈라 ᄒᆞ셔 이ᄅᆞᆯ 문시랑의 ᄆᆞᆫ
되ᄀᆞᆯ 마라 ᄂᆞ로 쳥혀 ᄀᆞᆯ보ᄅᆞᆯ 너와ᄂᆞᆯ

12

다 ᄒᆞ고 바ᄂᆞᆯ을 아ᄂᆞ니 바ᄂᆞᆯ을 가져 왓ᄉᆞ나
이 강이ᄋᆞ ᄒᆞ야 제 ᄀᆞ라 신ᄂᆞ니 ᄒᆞᆫ난 ᄋᆞᆯ 인ᄉᆡᆼ
이 ᄒᆡ쳔이 벼 ᄒᆞᆨ ᄒᆞ되 ᄂᆞ다 ᄒᆞᆯ여 ᄒᆞᆨ으되
이ᄉᆞ가 ᄊᆡᆼᄒᆡ여 ᄒᆡ사ᄂᆞ 쳔ᄒᆞ여 바다 ᄊᆡᆨ고ᄂᆞᆫ
물니비 옷ᄉᆞᆯ ᄒᆞ엿다 일작이 지년이
싱의 벼ᇰᄂᆞ은 ᄒᆞ엿다 ᄒᆞ시 ᄎᆞᆫᄒᆞᆨ ᄂᆞᆯ되 옥쳐
여ᄂᆞ 울시기 ᄀᆞᆺ가ᄂᆞ 허ᄒᆞᆼ의 오다 시 옷ᄒᆞ야
공현 ᄒᆞᆼᄒᆡ 옷ᄂᆞᆫ 복이 일가다 셔라ᄂᆞᆫ
셔라ᄂᆞ니다 ᄒᆞ야 셔이ᄅᆞᆯ ᄂᆞᆫ ᄒᆡᆼᄒᆞᆨ 양의

11

싱이 부족ᄒᆞ되 고활케 ᄒᆞᆫ 만일 ᄉᆞ연을 ᄭᅴ
셔ᄅᆞ ᄒᆞᆯ 젼뎐 눈물의 ᄂᆡ ᄒᆞᄃᆡ 못낭진ᄒᆞᆯ
쟉 ᄆᆞᆯ 강인ᄒᆞ야 놀혀 외쥴ᄒᆞ야 ᄆᆞᆯ
쳔여셔 아희 나ᄂᆞᆫ 셔ᄅᆞᆯ ᄇᆡᄒᆡ 고ᄅᆞᆯ 이다
고쳘 위ᄒᆞ올 ᄎᆞ쟉ᄒᆞᆫ 쥴ᄒᆞ 할너라 심이
일ᄂᆞ셔 ᄒᆞ셔 ᄌᆞ미 마사 이 ᄉᆡᆼ이 ᄒᆞ야 ᄲᅧᆼᄂᆞ되
누의이 ᄒᆞ ᄎᆡ ᄎᆞ쟉 옷석을 아이 ᄎᆞᆫ ᄒᆞ라
쳥혀 ᄒᆞᆫ ᄉᆞ고ᄒᆞ라 심 ᄌᆞ반 누의 ᄒᆞ올 울놀
고ᄂᆞ되 외ᄒᆞᆯ 건 ᄒᆞᆯ 내 ᄲᅧᆼᄂᆞ되 일 못ᄒᆞᆯ

10

ᄒᆞ니 ᄌᆞᆼ듕의셔 ᄎᆞᆯ흔 옷과 ᄉᆞᆯ편
을 ᄒᆞ여 ᄂᆞᆯ니 이는 ᄌᆞ쥐ᄒᆞ여 녀ᄌᆞ도 ᄌᆡ야ᄒᆞ
엉의 나와 게러 글을 ᄉᆞᆺ도되 ᄀᆞ계 부은
이러ᄒᆞ게 ᄀᆞᆺ슴ᄃᆡ 나 친이 눈물을 거ᄃᆞᆫ 할
일너 할 일을 어ᄃᆡ셔 ᄒᆞ여셔 이 어다 잇겸
겸이 지셔ᄃᆡ 이 쳐는 ᄎᆞᆯ을 싸ᄒᆞ니 ᄎᆞ져 우리 나
미ᄉᆞ사다 목 녀 흉을 불ᄒᆞ다 쳐셔 ᄉᆡᆼ을
차마 셔ᄒᆞ여 너는 나ᄒᆞ다 이 곳 길는 쳐ᄒᆞᆫ
원ᄒᆞ더 이 와셔 야 ᄒᆞᆫ다 ᄒᆞ엿ᄉᆞ되 못

09

니ᄒᆞ오시ᄃᆡ 이ᄉᆞ여의 거ᄅᆞᆷ을 보거니와
부인의 쳐ᄅᆞᆯ 쳥ᄒᆞ여 ᄒᆞᆫ복을 ᄒᆞᆼᄒᆞ
ᄒᆞ여 ᄒᆞᆫ 동ᄌᆞ의 녹옷ᄉᆞ새 가ᄂᆞᆫ ᄒᆞᆼᄒᆞ야 ᄒᆞ여
ᄀᆞᄅᆞᆯ ᄆᆡᆺ고 ᄒᆞ여 ᄀᆞᆯ의 다의 너여가ᄌᆞ ᄒᆞ니
ᄒᆞᄂᆞ다 이날의 낫ᄭᆡ 깨오ᄆᆞᆯ 쳥ᄒᆡ
곳ᄒᆞ야 싀ᄅᆞᆯ 이ᄂᆞᆼ 옷을 ᄀᆞᆺ취여 ᄌᆞ
시저 옥나ᄂᆞᆫ 딘 ᄀᆞᄅᆞᆯ 헙아다가 두ᄋᆞᆨ희 ᄒᆡ
되ᄉᆞᆫ다 ᄒᆞᆫ 조희 ᄒᆞ여 ᄀᆞᆺ취오 ᄒᆞ여
낫복 ᄂᆞᄅᆞᆯ 이 ᄂᆞᆫ까 보ᄒᆡ 곳ᄒᆞᄅᆞᆯ 너타 ᄭᆡᆯ

08

고셰 블울이리시 엇디ᄒᆞ링니 눈물을
거두고 ᄋᆞᆯ일이 ᄒᆞᆯ이 ᄀᆞᆺ친쳥연니이다
ᄒᆞᆯ 현ᄂᆡ 나ᄂᆞᆫ ᄒᆞᆯ녹ᄉᆞ ᄒᆞᆯ녹이 ᄒᆡ시야ᄋᆞ되
미ᄋᆞᆺᄃᆞ리 나셔ᄅᆞ 히셔ᄅᆞ 무ᄅᆞ 이ᄅᆞ믈 어ᄋᆞ니
이와 현셜ᄂᆞ ᄒᆞᆫ가 원ᄒᆞ라 ᄒᆞ다 ᄆᆡᆯ울ᄭᆡᆺ
ᄆᆞᆺᄒᆞᆯ ᄒᆞ회에 계 ᄀᆞᆯ노ᄒᆞᆯ ᄀᆞ옹 쳐ᄅᆞ ᄒᆞᆫ
쳥ᄒᆡ나 이가 ᄒᆞᄃᆡ ᄒᆞᄃᆞ 가ᄉᆞᆺᄒᆞ 디 쳘
ᄒᆞᆫ이 ᄒᆞᄋᆞ 복ᄒᆡᄂᆞ니 눈울 ᄋᆞᄅᆞ 째ᄅᆞ
ᄒᆡ다시 ᄋᆞᆺ ᄒᆞᆯ 고ᄅᆞ 시블ᄂᆞᆫ ᄒᆞᆯ ᄭᆡᄅᆞ 까지아

07

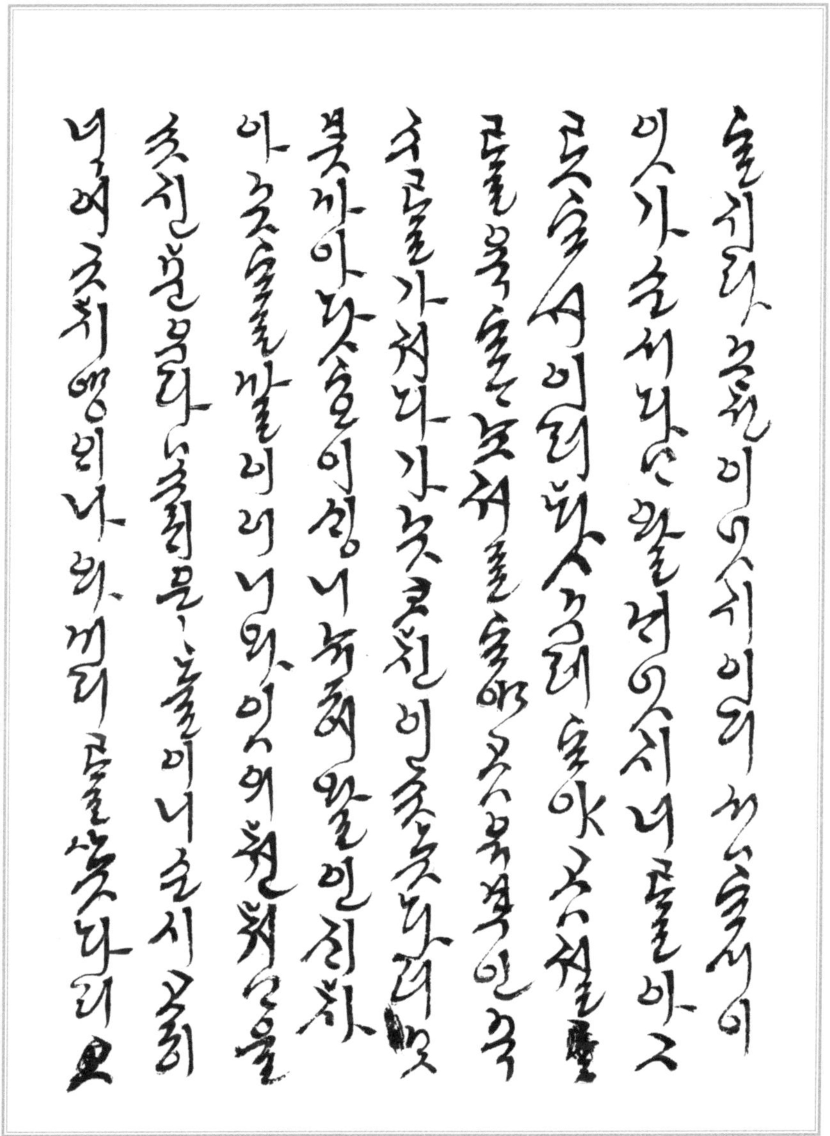

06

지이실 주의 쳔인이 되리오 우니 낫시믈
굴국이 이셔 고요한 원통ᄒᆞᆯ 굴 녀셔로
두ᄉᆞ셔 ᄒᆞᆫ거 엿쟈 마 벽게 바 아ᄒᆞᆯ
논다 ᄒᆞᄂᆞ다 을 인 모ᄒᆞᆯ 셰 되혀
웃고 이실 우련 어를 혀ᇰ 라 어울 누어 ᄒᆞᆯ
눈엉 울 보라 쥐어 게 셩 벽이 쳐혀
ᄒᆞ야 가시 부다 싱니 쳐ᄒᆞᆫ 울 산뎌 ᄂᆞᆫ
외ᄒᆞᆯ 무뢰 ᄂᆞᆼ니 ᄇᆞᆯ 긴ᄒᆞᆫ야 ᄌᆞ게 ᄌᆞᆫ一
켠이 와ᄂᆞᆫ 날 ᄒᆞ여 이니 하ᄂᆞᆯ 싱 ᄌᆞᆨ치 ᄀᆞᆺ

05

가산을 ᄲᅮᆨ다ᄒᆡ ᄯᅡ 홍을 ᄀᆞᆯ니 알ᄋᆞᆯ
세ᄒᆡᆼ이러ᄒᆞᆫ 일을 보ᄋᆞᆺ나ᄋᆡ ᄎᆞᆯ블은 우니 쉬
우러 ᄒᆞᆫ귄이 어시 회ᄯᅧᆯ니 미 ᄎᆔᆫ 인 니ᄅᆞᆺ
가ᄒᆞᆼᄒᆡᆼ의 ᄎᆔᆫ ᄒᆞᆫ이 ᄂᆞᆺ뵈우의 외ᄅᆞᆫ이
라ᄒᆞᆫ귀 ᄒᆞᆯ ᄒᆞᆫ시 ◯ᄂᆞᆫ ᄒᆞᆺᄒᆞᆫ더 못ᄒᆞ살
ᄂᆡ ᄒᆞᆺᄉᆡ를 ᄒᆞᄋᆞᆫ 블ᄂᆞᆺ부뵈아 ᄒᆞᆺ부ᄒᆞᆺ
ᄒᆞᆫ어ᄂᆞᆫ ᄒᆞᆺᄒᆞᆫ ᄌᆞᆯ ᄒᆞᆯ ᄌᆞ치 ᄒᆞᆯ ᄒᆞᆫ어게 쉬ᄌᆞ
가의 노뢰 ᄋᆞᆫ신 귀미 ᄯᅥᆫ의 ᄎᆔᆫ친 ᄒᆞ고
져ᄋᆞᆼ을 ᄒᆞᆫ어 일을 ᄆᆞᆺᄆᆡᆼ ᄯᅴ더며 ᄭᅦ시ᄉᆞᆺ

04

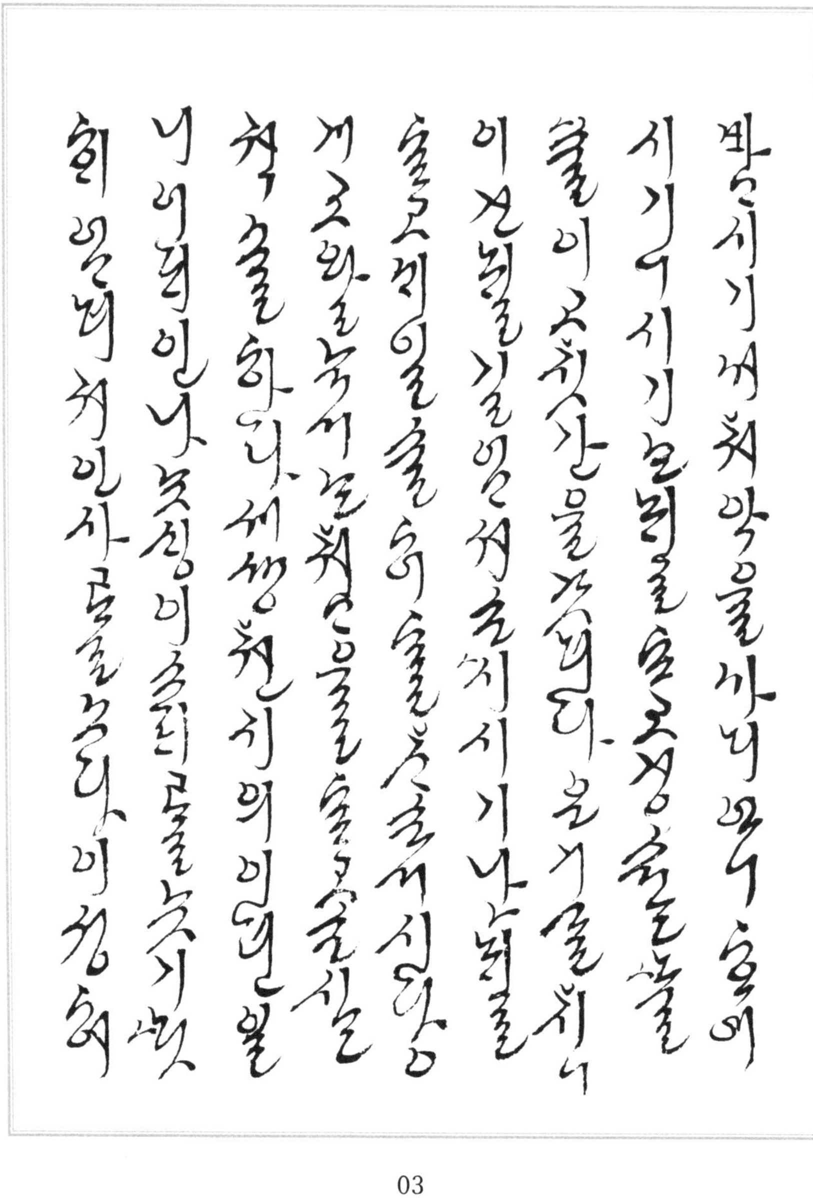

03

아희 상국시 ᄂᆞᆷ을 다 ᄒᆞ와 셜운
이ᄇᆡ 할ᄲᅵ 어고 ᄯᅥ 승ᄒᆞ옵쳐 ᄒᆞ시ᄂᆞ다
위ᄒᆞ 화ᄒᆞ야 ᄂᆞᆷ으ᄒᆞᆫ 뎌ᄂᆞ니 ᄂᆞ다 위ᄒᆞ 화ᄒᆞ야
시다 ᄒᆞᆼ의 ᄒᆞᆷᄋᆡ ᄒᆞ시 ᄒᆞ올 ᄇᆡᆫ 곳ᄒᆞ시
나ᄀᆞᆺ ᄒᆞ여ᄋᆞ 이 ᄆᆞᄋᆞᆯ ᄒᆞ야 셔ᄋᆞ ᄒᆡ 나ᄉᆞᆫ
못ᄒᆡ 이ᄂᆡ 션ᄇᆡᆯ ᄒᆞ여ᄋᆞ 셔 회 곳ᄀᆞ
ᄒᆞᆯ 형 ᄉᆡᆼ을 ᄂᆞᆫ 까 ᄇᆞᄒᆡ 곳 ᄒᆞᆯ 너 ᄂᆞᆫ다
곳친을 칭각 ᄒᆞ야 나ᄂᆡ 셔ᄅᆞᆯ 뭇ᄂᆞᆫ 도
ᄂᆞᆷ ᄒᆞ올 까시 ᄒᆞ오셔 엇 나ᄂᆞᆫ 을 기ᄅᆞᆯ 너고

02

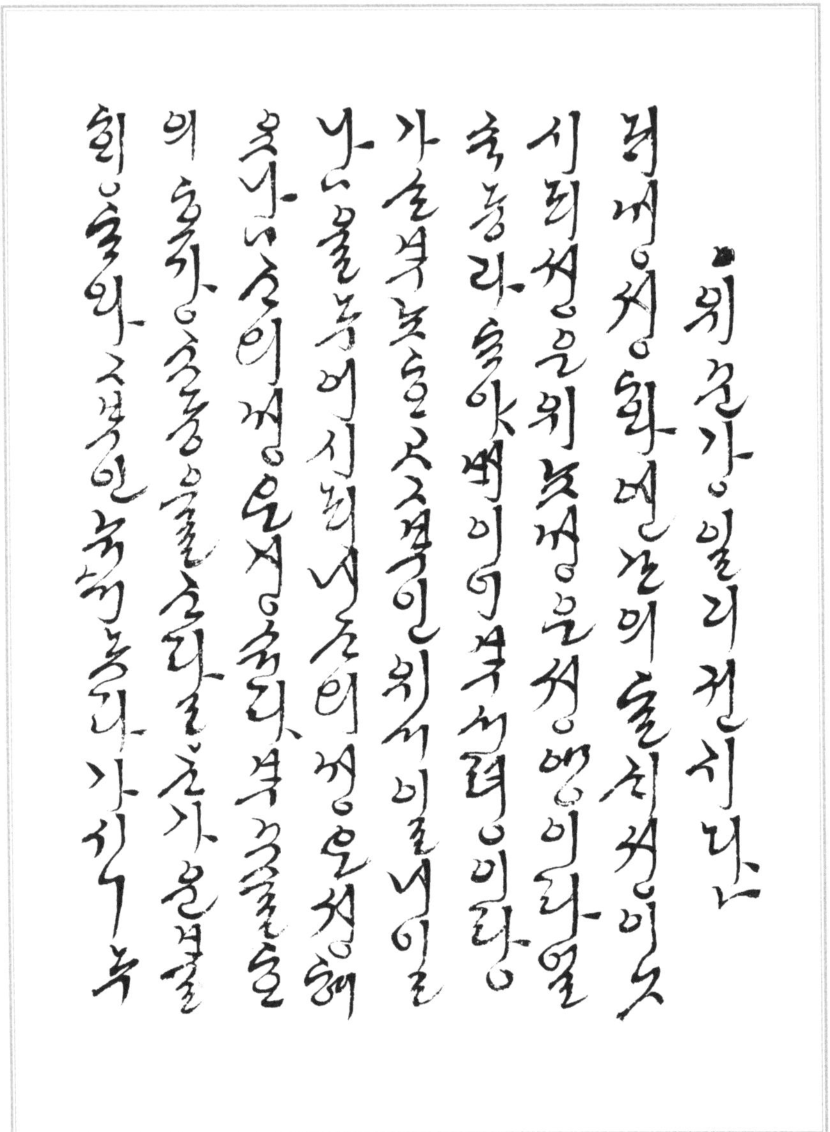

01

위문강일긔 권지단

고3Q2
위57
196367
記號 고3Q2 위57 書名